ソードアート・オンライン　オルタナティブ

クローバーズ・リグレット

渡瀬草一郎

イラスト ぎん太　原案・監修 川原 礫

デザイン ビィビィ

「『狐の嫁入り』の化け狐に、こんな感じの人がいたような……？」

「私は頭脳労働専門でね。戦闘は君達に任せるから、頑張ってくれたまえ」

「え、これマジ……？　カマイタチどころか、ただのイタチにも負けそう……」

ナユタ
17歳。《アスカ・エンパイア》でのジョブは《戦巫女》。格闘戦が得意。本名は櫛稲田優里菜（くしいなだ・ゆりな）。マイペースであまり感情を表に出さない。

「ご契約いただいた場合には、〝一週間以内のクリア〟に向けて、私が全力を尽くします」

「……社長さんがゲームで遊んでいて、会社は大丈夫なのかな……？」

クレーヴェル
《アスカ・エンパイア》で探偵を名乗るプレイヤー。美形の細面だが、雰囲気は怪しさ満点。飄々としてつかみどころがない。現実世界の外見もアバター時とうり二つ。

「意味わかんない……もっとやさしく。小学生にもわかるレベルで」

『足手まといの身ではありますが、何卒よしなに』

ヤナギ
77歳。《アスカ・エンパイア》でのジョブは《僧侶》。クエスト『幽霊囃子』のクリアを、高額な報酬と共にクレーヴェルに依頼した。

『なゆさん、後で合流できたら、めちゃくちゃ褒めて甘やかしてね？』

『コヨミさん、覚悟は決まりましたか』

『……やはりこのクエストには、《幽霊》が出るようだな』

「忙しい時期にお休みとってまで攻略を手伝っていただいて、感謝しています」
「なんかここ、意外に居心地いいんだよねぇ……」
コヨミ
23歳。《アスカ・エンパイア》でのジョブは《忍》。本名は暦原栞（こよみはら・しおり）。高校生のナユタより年上だが、見た目は中学生レベル。周囲を飽きさせないムードメーカー。

「逃げるどころか――向かってきてますよ」
「これはまた、面妖な……」

「私なら、三秒であの大蛇を骨抜きにできる。君はそこで見ているといい」
「な、なゆさん！　大丈夫!?　ケガない!?」

もくじ

「うまっ!?　何これうまっ！
ド・ロタ・ボー・パーラーの
最高級イツマーデンプリン
越えてるっ！」

ソードアート・オンライン オルタナティブ

クローバーズ
リグレット

渡瀬草一郎
イラスト ぎん太
原案・監修 川原 礫

《和風VRMMO　アスカ・エンパイア》
〝百八の怪異〟イベント概要

・当イベントでは、関東エリアに実装される新たな街、《あやかし横丁》を起点に、一年を通じて百八つのクエストを順次配信していく。
・計百八個のクエストは、以下の三種に分類される。
○百物語　ユーザーが《ザ・シード》を用いて制作した投稿作品。
○七不思議　各提携《ていけい》企業とのタイアップクエスト。多数参加型の大規模なものを想定。
○大詰め　イベント最終週に配信予定。詳細は部外秘とする。
ユーザー投稿のクエストに関しては、投稿作の傾向《けいこう》からいくつかのトラブルが予見される。

対応中の事例に関する問い合わせはエラー検証《けんしょう》室・虎尾《とらお》まで。

一章

三ツ葉の探偵

祭り囃子《ばやし》が遠くに聞こえる。

笛が甲高《かんだか》く、鼓《つづみ》が軽妙《けいみょう》に、琴《こと》が雅《みやび》やかに、音をつなげて浮《う》かれ騒《さわ》いでいる。

間近で聞けば賑《にぎ》やかなはずの喧噪《けんそう》も、離《はな》れてしまうと何処《どこ》か寂《さび》しい。

その音が何処《どこ》から聞こえてくるのか、誰《だれ》も知らない。

幽霊囃子《ゆうれいばやし》と呼ばれている。

この場を離《はな》れれば聞こえなくなるが、近づこうとしても近づけない。

空の上や地の底から聞こえてくるわけでもない。音の出所を探《さぐ》ろうとすると、ぐるぐると周囲を巡《めぐ》り歩く羽目になる。

音はすれども姿は見えず、探す者を誑《たぶら》かすように遠くで囃子《はやし》が鳴り続く。

寂《さび》れた社へと続く暗い石段に腰掛《こしか》け、巫女装束《みこしょうぞく》のナユタはぼんやりとその音を聴《き》いていた。

遠い昔にも、似たような経験をした気がする。

独りで、暗い場所で、疲《つか》れて、途方《とほう》に暮れて――

よくよく考えるまでもなくそれは気のせいで、おそらくほとんどの人間には、子供の頃《ころ》にこんな時間を夢想したことがある。

暗い神社の石段に腰掛《こしか》け、誰《だれ》も通らない眼下の道を眺《なが》めながら、祭り囃子《ばやし》に耳を澄《す》ます――

竹林がかさかさと笹《ささ》を鳴らし、見上げた夜空には数えられる程度の星が瞬《またた》き、肩《かた》を叩《たた》かれて振《ふ》り返《かえ》ると誰《だれ》もいない――

彼女《かのじょ》のそんな夢想は、メールの着信音によって中断された。

中空に浮《う》かべたメニューウィンドウに、フレンドからのメッセージが表示される。

【やほー。なゆさん、今何してる？】

ナユタは俯《うつむ》き、数瞬《すうしゅん》、眼《め》を瞑《つぶ》る。行動を切《き》り替《か》えるスイッチのようなもので、彼女《かのじょ》の癖《くせ》である。

細く息を吐《は》ききった後で、彼女《かのじょ》は素早《すばや》く返信を綴《つづ》りはじめた。

【《幽霊囃子《ゆうれいばやし》》の探索《たんさく》です。クエストの発動条件が不明で、いろいろ試《ため》していました】

ほとんど間をおかずに、次のメッセージが返ってきた。

【あれかぁ……〝お囃子《はやし》の音がするのに見つからない〟、〝お賽銭《さいせん》をいれると泣き声がするから、たぶんそれがスイッチの一つ〟って奴《やつ》だよね？】

【それです。他に何か、情報ありませんか？】

【情報っていうか、根拠《こんきょ》の怪《あや》しい噂《うわさ》だけど――配信から三日経《た》ってても進展なしってことは、何か特別なキーアイテムが必要なんじゃないかって。そっちは後回しにして、一緒《いっしょ》に他のクエストやらない？《かごめ、かごめ》で手頃《てごろ》な刀が手に入るらしいんだけど、恐怖度《きょうふど》が八で、ちょっと一人じゃ怖《こわ》くて――】

【わかりました。合流します】

【ありがとー！　なゆさんかっこいい！　じゃ、化《ば》け猫茶屋《ねこちゃや》で待ってるね】

メッセージのやりとりを終えると、ナユタは石段から立ち上がった。

長い黒髪《くろかみ》と巫女装束《みこしょうぞく》の袂《たもと》をふわりと浮《う》かせ、そのまま彼女《かのじょ》は下へ飛び降りる。

現実と違《ちが》って着地の衝撃《しょうげき》はほとんどなく、四肢《しし》は羽のように軽く感じられた。

全てのプレイヤーがそんな身体感覚を持っているわけではない。ナユタの職である《戦巫女《いくさみこ》》は、特性として跳躍力《ちょうやくりょく》に優《すぐ》れている。その上で、彼女《かのじょ》は八艘《そう》飛びの進化形となる《無双《むそう》飛び》のスキルも修得しており、殊更《ことさら》に身が軽い。

反面、装備一式にはまず軽さを求めたため、選択肢《せんたくし》を自ら狭《せば》めてしまい、必然的に防御《ぼうぎょ》が薄《うす》く、更《さら》にリーチが短いという欠点も抱《かか》えていた。

多くの戦巫女《いくさみこ》は特性の跳躍力《ちょうやくりょく》を伸《の》ばすよりも、得意武器のボーナスがついて扱《あつか》いやすい長刀を用い、更《さら》に低い体力値を補うための重装備を選択《せんたく》するのが定番となっている。その意味で、ナユタの方針は主流からは外れていた。

移動は快適になるものの、ちょっとした油断が致命傷《ちめいしょう》となるため、攻略《こうりゃく》の上ではむしろ避《さ》けるべきピーキーな育て方とさえ言える。

月明かりに照らされた無人の田舎道《いなかみち》を、ナユタは滑《すべ》るような速さで歩き出す。

脇見《わきみ》をすれば、田を撫《な》でる一陣《いちじん》の風が稲穂《いなほ》を波のように揺《ゆ》らしていた。

さやさやと涼《すず》しげなその音に、幽玄《ゆうげん》たる囃子《はやし》の音色がひっそりと混ざる。揺《ゆ》らぎ踊《おど》るような笛、律儀《りちぎ》に拍子《ひょうし》を打つ太鼓《たいこ》、凛《りん》として雅《みやび》やかな琴《こと》――一つ一つの音は賑《にぎ》やかで活気に溢《あふ》れているものの、旋律《せんりつ》としてはやはりどこか物悲しい。

月夜の田畑を眺《なが》めながら、転送ポイントまでの道程を歩くうちに、彼女《かのじょ》はふと妙《みょう》なものを見つけた。

行きには見かけなかった、道祖神を祀《まつ》った小さな祠《ほこら》――

屋根の高さは腰丈《こしたけ》ほどしかなく、奥《おく》にある石像も相応に小さい。

正面には、一通の書状が供えられていた。

(来た時にはなかったはず……神社のお賽銭《さいせん》がスイッチになっていたってこと――？)

供え物を取ることには躊躇《ちゅうちょ》もあったが、何らかのヒントである可能性は高い。

手にとって広げると、さほど上手《うま》くもない毛筆の字が躍《おど》っていた。

《　ぼたもちがたべたい　》

ただの一行――

あまりに簡潔すぎて、つい裏の白紙まで確認《かくにん》してしまう。

ナユタは戸惑《とまど》いつつ、祠《ほこら》に収まった石像を見る。

そこに彫《ほ》られていたのは、まだ幼い子供の悲痛な泣き顔だった。

§

和風VRMMO、《アスカ・エンパイア》の新規イベント、《百八の怪異《かいい》》——

「あやかし横丁」という新たな街の誕生を記念してはじまったこのイベントは、約一年を通して大小様々な百八種ものシナリオ群を追加配信していくという大がかりなものだった。

国内ではアルヴヘイムに次ぐ規模を誇《ほこ》りながら、ここに来てユーザー数の伸《の》びが鈍化《どんか》しつつある同ゲームにとって、これは文字通り威信《いしん》を賭《か》けたアップデートである。

《世界の種子《ザ・シード》》の拡散以降、フルダイブ可能な仮想世界の構築が、企業《きぎょう》のみならず一個人にも容易となったことで、プレイアブルフィールドは爆発的《ばくはつてき》に増加した。

それは同時に、既存《きそん》ユーザーの他ゲームへの分散も招き、人数を確保できなくなった一部の零細《れいさい》ゲームはサービス停止にも追《お》い込《こ》まれている。

それなりに規模の大きい《アスカ・エンパイア》も危機感を強め、今回のイベントでは作り手と遊び手の双方《そうほう》を視野にいれてきた。

《百八の怪異《かいい》》は、文字通り百八種のクエストによって構成されている。「百物語」と「七不思議」、そして最後に配信予定の「大詰《おおづ》め」とであわせて百八種だが、このうち「百物語」に関しては、その大部分がユーザーからの投稿作《とうこうさく》によって成り立っていた。

　このイベントのために、《ザ・シード》を用いて個人が制作した数多《あまた》のクエストの中から、月に八〜十本程度を正式採用し、報酬《ほうしゅう》を支払《しはら》った上で配信する——要はユーザー参加型のシナリオコンテストである。

　当初はこの募集《ぼしゅう》を、「クエストの数を確保するための苦肉の策」と揶揄《やゆ》する向きもあったが、《ザ・シード》の爆発的《ばくはつてき》な流行にも後押《あとお》しされ、蓋《ふた》を開けてみれば選考に手間取るほどの力作が集まった。

　運営が参加を呼びかけた各地の専門学校生やサークル活動の学生達《たち》なども、卒業制作や夏休みの課題といった腕試《うでだめ》しの感覚でこの募集《ぼしゅう》に広く応じた。

　システムや環境《かんきょう》、設定等も含《ふく》め、新しいゲームを一から短期間で作り上げるのは難しいが、《アスカ・エンパイア》のシステムをベースにすれば、応募者《おうぼしゃ》は多くの手間を省いた上で純粋《じゅんすい》にシナリオや映像、音声部分の制作にのみ集中できる。

　応募者《おうぼしゃ》側としては、広い範囲《はんい》に公開可能な〝文化祭のお化け屋敷《やしき》〟という感覚が強い。

　更《さら》にコンテストとは無関係の《七不思議》に至っては、製菓《せいか》、ファッション、清涼飲料水《せいりょういんりょうすい》、フィギュアなどを得意とする各種企業《きぎょう》とのタイアップクエストとなっており、クエスト内に各社の製品が登場するだけでなく、ゲームに登場したアイテムを現実でも販売《はんばい》するなどのコラボレーション企画《きかく》が進んでいた。

この社運を賭《か》けたお祭《まつ》り騒《さわ》ぎはまだはじまって三ヶ月目だが、現在のところ、運営側の目標値を超《こ》える勢いで好評を博している。

数千人の死亡者を出してサービス停止に至ったSAO、人体実験の発覚により運営母体が代わったALO、被害者《ひがいしゃ》こそ少ないが死銃《しじゅう》事件という犯罪行為《こうい》が起きたGGOなどと違《ちが》い、アスカ・エンパイアはサービス開始以降、これといった不祥事《ふしょうじ》をまだ引き起こしていない。その信頼性《しんらいせい》も、今改めて評価されつつある。

「……でもね。今回のイベントだって大絶賛ってわけじゃないんだよ。なにせ基本的にホラーばっかりじゃない？　映画だってさ、一本二本ならともかく、百八本のホラー映画を連続で見るなんて普通《ふつう》はキツいって。いくらホラーコメディ系のクエストもあるっていったって、《屏風《びょうぶ》の虎退治《とらたいじ》》みたいな、コメディに見せかけた不意打ちまであるし！」

「……私はまだ攻略《こうりゃく》していませんが、阿鼻叫喚《あびきょうかん》の地獄絵図《じごくえず》らしいですね」

甘味処《あまみどころ》・化《ば》け猫茶屋《ねこちゃや》の一隅《いちぐう》にて、ナユタは合流したフレンドの忍者《にんじゃ》、コヨミから取り留めのない愚痴《ぐち》を聞かされていた。

件《くだん》の《屏風《びょうぶ》の虎退治《とらたいじ》》は、とある小坊主《こぼうず》が将軍から「この屏風《びょうぶ》に描《えが》かれた虎《とら》を退治してみろ」と無理難題を出され、「ではその虎《とら》を屏風《びょうぶ》から追い出してください」と返したとんち話に由来している。

配信されたクエストでは、大正風の洋館を舞台《ぶたい》に序盤《じょばん》こそ笑い話のように緩《ゆる》く展開するものの——中盤《ちゅうばん》にて、屏風《びょうぶ》に描《えが》かれた虎《とら》が本当に出てきてしまい、周囲のNPC達《たち》が次々に惨殺《ざんさつ》されていくという凄絶《せいぜつ》な流れとなっていた。

プレイヤーは洋館に身を隠《かく》した虎《とら》の退治を強《し》いられるが、少しでも行動を間違《まちが》えるとNPC達《たち》の惨《むご》たらしい死体を次々に発見していく羽目になる上、虎《とら》は基本的に「戦っても勝てない強さ」に設定されており、立ち向かうどころか逃《に》げ惑《まど》うことしかできないパニックホラーに仕上がっている。

クリア条件は虎《とら》を罠《わな》にかけ屏風《びょうぶ》に戻《もど》すことだが、挑戦者《ちょうせんしゃ》の多くは大型肉食獣《にくしょくじゅう》の恐《おそ》ろしさを存分に思い知らされ、中にはしばらく肉を食えなくなった者までいるらしい。

湯気がたつほどにリアルな血と臓物、砕《くだ》けた骨から漏《も》れる髄液《ずいえき》などの細かな描写《びょうしゃ》に一切《いっさい》の手抜《てぬ》きがなく、そこに致命傷《ちめいしょう》を負っても死にきれないNPCの泣き声、絶叫《ぜっきょう》などがスパイスとなり、微笑《ほほえ》ましいとんち話とは無縁《むえん》のえげつない地獄《じごく》が展開されているとも聞く。

VRMMOにもこうした表現に対する倫理《りんり》規定は存在するが、その扱いについては運営ごとに温度差がある。《アスカ・エンパイア》の場合、ホラー映画を意識してか、今回のイベントにおいては映画と同程度の自主規制を行うと明言しており、虎退治《とらたいじ》はそのぎりぎりのラインに踏み込んだクエストでもあったらしい。

今後、どこかで問題になれば規制《きせい》がかかる可能性は高い。

「……でもあのクエストは、さすがに修正が入ったって聞きましたけど——」

「……モザイクのオンオフ切り替《か》えがついて、恐怖度《きょうふど》の表記《き》が五から七にあがっただけ。あ、あと心臓麻痺《しんぞうまひ》対策で死体感知センサーのレンタルサービスが始まったけど、有料で一日三百円とかぼったくられるし……！　もうあれ、怪異《かいい》がどうこうじゃなくてガチのスプラッタだからね!?　しかも精神削《けず》られる割に報酬《ほうしゅう》がしょぼくて……はい、なゆさん、あーん」

クールダウンのつもりか、あるいは攻略《こうりゃく》の記憶《きおく》が蘇《よみがえ》りそうになったのを防ぐためか、コヨミは爪楊枝《つまようじ》にさしたわらび餅《もち》を不意にナユタの口元へと差し出した。

餌付《えづ》けされているような微妙《びみょう》な違和感《いわかん》をもちつつ、ナユタは素直《すなお》に口を開ける。

ほのかな甘《あま》みときな粉の香《かお》り、もちもちとした絶妙《ぜつみょう》の舌触《したざわ》りは、現実のわらび餅《もち》と比してもなかなかに再現度が高い。

「……んぐ……それで、挑戦《ちょうせん》予定の《かごめ、かごめ》って、その虎退治《とらたいじ》より怖《こわ》い恐怖度《きょうふど》八ですよね？　大丈夫《だいじょうぶ》なんですか」

コヨミが露骨《ろこつ》に顔をしかめた。ころころ変わる表情と童顔、更《さら》には百四十センチそこそこの身長のせいで幼く見える彼女《かのじょ》だが、実際にはナユタよりも年上の社会人である。

「そこなんだよねぇ、問題は……ただ運営のつける恐怖度《きょうふど》目安って割といい加減だし、レビュー見た限りではスプラッタ的な怖《こわ》さじゃないらしいから、相性《あいしょう》としてはまだマシなんじゃないかなぁ、って——それから、クリア報酬《ほうしゅう》の忍《しの》び刀《虚空《こくう》》って、霊魂系《れいこんけい》の敵に特に効くらしいから、今後の攻略《こうりゃく》のためにもここでとっておきたいの。なゆさんお願い！　手伝って！　怖《こわ》いの平気でしょ⁉」

別に平気なつもりはない。が、人よりは耐性《たいせい》があるのか、あるいはただ単に鈍感《どんかん》なだけなのか、今回のイベント攻略中《こうりやくちゆう》に「怖《こわ》い」と思わされた記憶《きおく》はまだない。

一方、コヨミは以前のクエストにおいて、骸骨武者《がいこつむしや》に追いかけ回されただけで超音波《ちようおんぱ》じみた悲鳴を発していた。

彼女《かのじよ》を一人で恐怖《きようふ》スポットへ送り出すことには、フレンドとして少々どころでない不安がある。

「もちろん、手伝うのは構いませんが……私、偏《かたよ》った育て方をしていますから、戦力としては微妙《びみよう》ですよ。他にも誰《だれ》か誘《さそ》わないいんですか？」

コヨミがけらけらと笑った。

「またまたご冗談《じようだん》。なゆさんって私のフレンドの中では最強だからね？　あとそのクエスト、実は推奨《すいしよう》レベルはそんな高くないの。私一人でもクリアはできるっぽいんだけど、とにかく内容が怖《こわ》いって評判で……そんなお化け屋敷《やしき》に一人で行くのは嫌《いや》だし、野郎《やろう》のフレンドだと怖《こわ》い時に抱《だ》きつきにくいし、なゆさんならいっつも冷静なイメージあるから頼《たよ》れそうだし……ね？　お願い！」

「わかりました。幽霊用《ゆうれいよう》の武器は私も欲《ほ》しいですし、よろしくお願いします」

元々、断る気などない。互《たが》いに持ちつ持たれつの関係でもある。

「ありがとー！　なゆさんチョロいから好きー！　はい、あーん」

コヨミは満面の笑《え》みで、またナユタの口元にわらび餅《もち》を寄越《よこ》した。

「……いえ、別にわらび餅《もち》につられたわけではないですが……あ、こっちの豆かんも食べますか？」

木製のスプーンに寒天とえんどう豆をすくいあげ、ナユタはコヨミの口元に差し出した。

彼女《かのじょ》は間髪《かんぱつ》をいれずスプーンにかぶりつく。

「うん！　おいしいー！」

「……何よりです」

どっちが年上かわからなくなりながら、ナユタは改めて店内を見回した。

この化《ば》け猫茶屋《ねこぢゃや》はあやかし横丁の人気店だが、狭《せま》い店内に客の姿はまばらである。

繁盛《はんじょう》していないわけではなく、この街の多くの店舗《てんぽ》では雰囲気《ふんいき》を守るために、過度の混雑を避《さ》けるインスタンスショップシステムが導入されている。

見た目には一つの店舗《てんぽ》であっても、その内部はコピーされた複数の店舗《てんぽ》に分かれている。

訪《おとず》れた客は次々にコピーされた別の店舗《てんぽ》に転送されていくため、いつ来ても混雑は見られない。

待ち合わせの場合には、店頭でフレンドリストから入店手続きをすれば同じ空間に入れる。

追加料金を払《はら》って貸し切りにし、オフ会ならぬオン会の会場にしている例も珍《めずら》しくない。

人で混雑し渋滞《じゅうたい》するお化け屋敷《やしき》など興ざめもはなはだしいとあって、今回のイベントでは、多くのクエストにこうした人数制限策が適用されていた。

その分類は四つに分かれる。

自分一人でしか挑戦《ちょうせん》できない《肝試《きもだめ》し》。

同時にクエスト入りしたパーティーメンバーとしか遭遇《そうぐう》しない《道連れ》。

制限人数の範囲内《はんいない》で、他プレイヤーもいる空間に振《ふ》り分《わ》けられる《鉢合《はちあ》わせ》。

人数の制限がなく、理論上は全プレイヤーが一カ所に集まることも可能な《天地万象《てんちばんしょう》》。

あやかし横丁の多くの店舗《てんぽ》は、行列を避《さ》ける目的で《鉢合《はちあ》わせ》に分類されている。

ココミにトラウマを植えつけた「屛風《びょうぶ》の虎退治《とらたいじ》」は一人用の《肝試《きもだめ》し》、ナユタが先程《さきほど》まで探索《たんさく》していた「幽霊囃子《ゆうれいばやし》」や、これから挑戦《ちょうせん》予定の「かごめ、かごめ」はパーティーメンバーのみ参加の《道連れ》に該当《がいとう》していた。

このシステムがあるために、自ら会おうとしなければ、たとえ常連同士でもなかなか飲食店内で顔をあわせることはない。

他方、客が少なく見えるためか、たまたま狭《せま》い店内で居合わせた見知らぬプレイヤーと妙《みょう》な縁《えん》が生まれることもある。

ナユタとココミもつい二ヶ月前、この化《ば》け猫茶屋《ねこぢゃや》がオープンしたばかりの頃《ころ》に知り合った。

店員の猫又《ねこまた》が注文した商品を取《と》り違《ちが》え、ナユタの豆かんをココミに、ココミのわらび餅《もち》をナユタに運んできてしまったことがきっかけである。

これは単純なミスではなく、猫又《ねこまた》のキャラ付けのために、あらかじめ一定確率で発生するようにプログラムとして仕組まれた動きだったらしい。以降もちょくちょく同じ現象が発生しており、もはや店内ではお約束となっている。

そのたびに謝《あやま》るでもなく、不思議そうに首を傾《かし》げてスルーする店員の猫又《ねこまた》は、猫耳《ねこみみ》をつけた看板娘《かんばんむすめ》――などではなく、二足歩行するリアルな猫達《ねこたち》だった。

黒猫《くろねこ》、三毛猫《みけねこ》、虎縞《とらじま》、ロシアンブルーにスコティッシュフォールド、マンチカンと様々な種が揃《そろ》っており、揃《そろ》いの法被《はっぴ》をまとった姿は愛らしいものの、基本的に無愛想かつ気まぐれで、仕事をさぼって居眠《いねむ》りをしていることも多い。たまに我《わ》が物顔《ものがお》で客の膝上《ひざうえ》を占拠《せんきょ》することさえある。

言葉はまったく喋《しゃべ》らず、注文を取りに来て品物を持ってくるだけの配膳係《はいぜんがかり》だが、奥《おく》の厨房《ちゅうぼう》では老成した仙人《せんにん》のようなノルウェージャンが黙々《もくもく》と和菓子《わがし》を製作しているという怪《あや》しい目撃《もくげき》情報もあった。

仮想空間では猫《ねこ》アレルギーの心配もないとあって、この猫達《ねこたち》を目当てに訪《おとず》れる客もそこそこ多い。

ナユタとコヨミもそれぞれ猫《ねこ》を目当てにここを訪《おとず》れ、そのまま意気投合して以降、頻繁《ひんぱん》にパーティーを組むようになった。

からからと戸が開き、新たな客が訪《おとず》れた。

出迎《でむか》えの黒猫《くろねこ》がとてとてとナユタ達《たち》の脇《わき》を駆《か》けていく。

「失礼、道をお尋《たず》ねしたいのですが――」

入ってきたのは旅姿の老僧《ろうそう》だった。

頭に編み笠《がさ》、足下《あしもと》には脚絆《きゃはん》、手には錫杖《しゃくじょう》という出《い》で立《た》ちだが、つまりは僧侶《そうりょ》の初期装備といっていい。

ここから戦士系なら僧兵《そうへい》や破戒僧《はかいそう》、術士系なら虚無僧《こむそう》や僧正《そうじょう》へと派生していくが、侍《さむらい》や忍《しのび》といった花形の職に比べ、やや地味な印象は否《いな》めない。おまけに老人ともなると、プレイヤー世代の偏《かたよ》りも影響《えいきょう》してかなり珍《めずら》しい。

アスカ・エンパイアでは、キャラクターの登録時にアミュスフィアによる生体スキャンを行っているため、キャラクターには概《おおむ》ね実際の姿が反映される。

顔立ちはある程度まで変化させられるし、体型も服の内側に詰《つ》め物《もの》をするなどして変えることは可能だが、世代や性別まで変えることは難しい。

近年、高齢《こうれい》世代向けのＶＲＭＭＯ普及策《ふきゅうさく》として、「寝台《しんだい》列車の旅」や「登山」「釣《つ》り」「田舎《いなか》暮らし」など、ゲーム要素の薄《うす》い体験型コンテンツも人気を博している。高齢者《こうれいしゃ》の多くはそちらへ流れており、あえて戦闘《せんとう》がメインのゲームに参加する層はまだ少数派だった。

肉体的なハンデは装備やステータスで補えても、反射神経だけはどうにもならない。そして多くの場合、この反射神経が勝敗を分ける鍵《かぎ》になってしまう。

ゆっくりと編み笠《がさ》を外す老僧《ろうそう》は、いかにも朴訥《ぼくとつ》とした印象だった。様になりすぎていて、ゲームのプレイヤーというより時代劇の脇役《わきやく》にさえ見える。

その老僧《ろうそう》の足下《あしもと》で、法被《はつぴ》姿《すがた》の黒猫《くろねこ》がじっと彼《かれ》を見上げた。

見下ろす老僧《ろうそう》はやや戸惑《とまど》いながら声を発する。

「……猫《ねこ》……？　ええと……これは……失礼、言葉はわかりますかな？　ちと道を──」

コヨミがすかさず立ち上がった。

「おじーちゃん、その子達《たち》は無人のＡＩだから、そういう難しい受け答えはできないよ！　どこに行きたいの？　わかる場所なら案内してあげる」

ゲームの中とはいえ、人助けに物怖《ものお》じしない彼女《かのじょ》の性格は、内気なナユタにとって尊敬の対象だった。

ナユタも老僧《ろうそう》に視線を向ける。

「あやかし横丁ははじめてですか？　この街は、道の途中《とちゅう》に普通《ふつう》にワープゾーンがあったりしますから……目的地が登録施設《しせつ》ならナビゲーション機能が使えるはずですが、非登録の場所でしょうか？」

若い娘《むすめ》二人に声をかけられた老僧《ろうそう》は、驚《おどろ》いたように言葉を詰《つ》まらせたものの、すぐにここが現実とは違《ちが》う空間だと思い出したらしい。

老僧《ろうそう》がにこやかに一礼し、ナユタ達《たち》の席に歩み寄った。

「いや、かたじけない。私はヤナギと申します。お気づきの通り、まだ新参者でして……この近隣《きんりん》にあるはずの《三ツ葉探偵社《みつばたんていしゃ》》という探偵《たんてい》事務所を探しているのですが、何かご存知でしょうか？」

「あ、私はナユタです。こちらの忍《しのび》がコヨミさんで……ええと……探偵《たんてい》事務所、ですか？」

問い返しつつ、ナユタは思わずコヨミと顔を見合わせた。

「コヨミさん、知ってます？」

「いやぁ、初耳……探偵《たんてい》事務所とか、世界観が違《ちが》うような……おじーちゃん、それ本当にこのアスカ・エンパイアでの話？」

ザ・シードの拡散以降、零細《れいさい》規模の作品も含《ふく》め、今も多くのゲームが生まれ続けている。その中には探偵《たんてい》が登場する物ももちろんあるだろうが、和風の世界観が売りのアスカ・エンパイアにおいて、システム的にはそうした職業は存在しない。

「はあ、そのはずです。ほとんど趣味《しゅみ》のような形でやられているとのことでしたが……失礼、ご存知ないようでしたら……」

老僧《ろうそう》が辞去しようとするのを、コヨミが慌《あわ》てて呼び止めた。

「待って待って！　心当たりないわけじゃないから！　ナビに登録されてなくて、この近所で個人がそういうことに使わせてもらえそうな場所っていうと——」

「……まあ、普通《ふつう》に考えてあそこですよね」

ナユタもすぐに思い当たる。

あやかし横丁の裏町、通称《つうしょう》「宵闇通り《よいやみ》」——

表通りよりも店舗《てんぽ》の賃料が格段に安く、多くの個人が営利非営利問わず趣味《しゅみ》の店を開いている怪《あや》しげな区画である。

祭りの日に露店《ろてん》が並ぶ商店街をイメージした——とは運営側の見解だが、そこにホラー要素が加味されてどうにも混沌《こんとん》とした界隈《かいわい》になっており、印象としてはむしろ闇市《やみいち》に近い。

店舗数《てんぽすう》が多い上に入《い》れ替《か》わりも激しいため、ナビゲーションにはいちいち登録されていないが、妙《みょう》な品物やサービスを扱《あつか》う店が大量にある。

「……おじーちゃん、その事務所があるのって、もしかして《宵闇通り《よいやみ》》ってところじゃない？」

「まさにそこです。この近所だと思うのですが……」

老僧《ろうそう》の顔が安堵《あんど》したようにほころんだ。

コヨミが椅子《いす》から飛び降りる。

「よっし！　じゃ、なゆさん、クエストの前にちょっとご案内しちゃおっか？」

「はい。異存ありません」

実のところ、初心者には少々わかりにくい場所でもある。行き方を説明するよりも案内したほうが早い。

二人は席を立ち、メニューウィンドウから支払《しはら》いの項目《こうもく》を選んだ。

店員の猫又《ねこまた》が、二股《ふたまた》に分かれた尻尾《しっぽ》をのんびりと揺《ゆ》らしつつ、年代物のレジスターを器用に扱《あつか》い会計処理を済ませる。

仮に会計処理をせずに店を出てもデポジットから自動的に引かれるだけなのだが、気分的な問題もある。何より、レジで会計をするとアイテムの飴玉《あめだま》を一つ貰《もら》える。キャンペーン中なら福引き券が手に入ることもあり、運が良ければ景品のレア装備に手が届く。

「あ、そうだ……店員さん、《ぼた餅《もち》》の持ち帰りってできますか？」

レジを操作する丸い黒猫《くろねこ》の艶《つや》やかな毛並みを見ているうちに、ナユタは先程《さきほど》の祠《ほこら》での出来事を思い出した。

あれはおそらく、お供え物の要求である。

ぼた餅《もち》のように丸い黒猫《くろねこ》が頷《うなず》き、カウンター脇《わき》にある猫《ねこ》の口を模した怪《あや》しい取り出し口から、笹《ささ》の葉にくるんだぼた餅《もち》を取り出した。

受け取ったそれを、ナユタはメニューウィンドウ経由で道具《どうぐ》袋《ぶくろ》へと移す。

「なに？　三時のおやつ？」

「いえ、お供え用です。クエストで使うかもしれないので」

法被《はっぴ》姿《すがた》の猫又《ねこまた》から肉球を振《ふ》って見送られ、一行は店の外へと出た。

歩き出しながら老僧《ろうそう》が頭《こうべ》を垂れる。

「申し訳ありません、せっかくお話し中のところを、邪魔《じゃま》してしまいまして——」

「なんのなんの、苦しゅうないっスー。ちょっと初めての人にはわかりにくい場所だしね！」

コヨミの応対は底抜《そこぬ》けに明るい。

彼女《かのじょ》のような話術を持たないナユタは、あくまで楚々《そそ》と話しかける。

「《宵闇《よいやみ》通り》の探索《たんさく》は、百八の怪異《かいい》のチュートリアルクエストだったんです。解放後、ユーザーが借りられる貸店舗《かしてんぽ》の区画になって——お探しの事務所も、たぶんその中に紛《まぎ》れ込《こ》んでいるんだと思います」

「ははあ、なるほど……紹介者《しょうかいしゃ》の方に、〝わかりにくい場所かもしれないから、明日で良ければ知り合いに案内させる〟とは言われたのですが、とにかく行けばなんとかなるかとも思いまして——しかし、見通しが甘《あま》かったようです。親切な方にお会いでき、助かりました」

コヨミがからからと笑う。

「ねー。なゆさん親切だよねー。私が男だったらぜったい嫁《よめ》にしてるわー。むしろ私が嫁《よめ》に行きたいわー……てゆーかもうホントに結婚《けっこん》して。その甲斐性《かいしょう》で私を養って……月曜から会社行きたくない……この身長で満員電車に埋《う》もれるのもうやだ……」

いかにもわざとらしく、コヨミの声がだんだんと小さくなっていった。

扱《あつか》いに慣れているナユタは、眼下にある彼女《かのじょ》の頭を子供扱《こどもあつか》いに撫《な》でる。

「学生相手に何を言ってるんですか。いい子ですから、ちゃんと真面目に社会人してください」

「だってさあ……うちの会社、既婚《きこん》のおっさんとお爺《じい》ちゃんばっかで可愛《かわい》い女の子も男の子もいないんだもん……とりあえず一年頑張《がんば》ってみたけど、潤《うるお》いがなさすぎて……年度末でアホみたいに忙《いそが》しいし、なんかもう最近はなゆさんだけが唯一《ゆいいつ》の癒《いや》し……ね、もう結婚《けっこん》しよ？　なゆさん、ウェディングドレスとか超《ちょう》似合いそう」

繰《く》り返《かえ》される妄言《もうげん》を、ナユタは淡々《たんたん》と受け流す。

「そうですね。年収一千万超《こ》えたら考えてあげます」

「マジで⁉　完全に嘘《うそ》だってわかりきってるけどその一言で来週ぐらいはなんとか頑張《がんば》れそうな気がする！　やっぱ人生、夢とか希望とかないとダメだよね！　たとえそれが可能性０％の単なる幻想《げんそう》であっても！」

「……コヨミさんのそういうとこ、割と好きですよ？　たまに見ていて切なくなりますけど」

「あー。それ恋《こい》。恋《こい》だわ、間違《まちが》いない。しかも初恋《はつこい》」

二人の珍妙《ちんみょう》なやりとりに、老僧《ろうそう》が吹《ふ》き出《だ》した。

「……いや、これは失礼。オンラインゲームというのは初めてなもので、よくわからなかったのですが……なるほど、孫がおもしろがっていた理由に、得心がいきました。やはり、こうした人間関係を自由に作れるのは魅力《みりょく》なのでしょうな」

コヨミが子犬のように振《ふ》り返《かえ》る。

「ああ、じゃ、おじーちゃんもお孫さんと遊ぼうと思って始めたの？」

「さて、そういうわけでも……いや、そうかもしれませんな。少々、込《こ》み入《い》った事情がありまして――これからうかがう先の探偵氏《たんていし》に、お願いしたい仕事があるのです」

老僧《ろうそう》が微笑《ほほえ》みつつ口ごもった。

初対面からあまり踏《ふ》み込《こ》むのも良くないと思い、ナユタも口を閉《と》ざす。話したいことならいずれ話すはずで、無理に詮索《せんさく》する気はない。

ヤナギは恐縮《きょうしゅく》したように軽く会釈《えしゃく》を寄越《よこ》した。

老僧《ろうそう》を先導して、ナユタ達《たち》は路地裏を抜《ぬ》け、化《ば》け猫茶屋《ねこぢゃや》の裏手に回った。

夜空は暗いが、街の中は光源がない場所もぼんやりと明るく、歩くのに支障はない。

あやかし横丁は江戸《えど》の城下町をモチーフにしていると言われる。「横丁」とは本来、表通りから外れた細い通りを指す言葉だが、あやかし横丁は〝現世から外れた街〟の意味を込《こ》めて命名されたらしい。

横丁などという言葉が空々しくなるほどに街は広大で、首吊《くび》りの桜やら河童《かっぱ》の堀《ほり》やら黄泉《よみ》の地下道やら、怪《あや》しげな名所がそこかしこに点在している。

アスカ・エンパイアの首都たるキヨミハラは、飛鳥浄御《あすかきよみ》原宮《はらのみや》、及《およ》び時代の近い平城京《へいじょうきょう》、平《へい》安京《あんきょう》をモチーフとし、仏教建築や雅《みやび》やかな貴族の建造物を多く擁《よう》するのに対し、こちらはもっと庶民的《しょみんてき》で、なおかつ不気味さの演出に主眼がおかれていた。

現実の時間を問わず、このあやかし横丁は常に夜のままで日が昇《のぼ》らない。現在は土曜日の昼過ぎだが、空は暗闇《くらやみ》に閉ざされている。

板塀《いたべい》に浮《う》かぶ染《し》みは人の顔に見え、時にそれは表情を変える。

足下《あしもと》のぬかるみから白い手が生えていることなど珍《めずら》しくもないし、遥《はる》かに見える巨大《きょだい》な城には何故《なぜ》かどうしても近づけず、空には時折、巨大《きょだい》な鬼《おに》の顔が浮《う》かぶ。

怪異《かいい》の仕《し》掛《か》けが多すぎて、もしもまかり間《ま》違《ちが》って〝本物〟の怪奇《かいき》現象が起きたとしても、おそらくは誰《だれ》も気づかない。

すれ違《ちが》ったのっぺら坊《ぼう》に会《え》釈《しゃく》をしつつ、三人は古びた屋敷《やしき》と屋敷《やしき》の狭間《はざま》にある、小さな社の前で立ち止まった。

鳥居の左右には、狛犬《こまいぬ》や狐《きつね》の代わりに招《まね》き猫《ねこ》が座《すわ》っている。

通称《つうしょう》・猫稲荷《ねこいなり》――そこには「卦《け》霊魄寝子御魂神《だまはくねこのみたまのかみ》」なる由緒《ゆいしょ》の怪《あや》しい猫神《ねこがみ》が奉《たてまつ》られており、賽銭箱《さいせんばこ》の隣《となり》には鯛焼《たいや》きが供えられていた。

「はて、寄り道でしょうか……」

「うんにゃ、ここが目的地だよー」

戸惑《とまど》うヤナギに、コヨミが悪戯《いたずら》っぽく笑いかける。

鳥居の内側に入り、祠《ほこら》に向けて礼を二回、柏手《かしわで》を二回、更《さら》に礼を一回――

そのまま振《ふ》り返《かえ》ると、鳥居の向こう側には、それまでなかった広い道がまっすぐに延《の》びていた。

幾重《いくえ》にも連なった橙色《だいだいいろ》の提灯《ちょうちん》、きらびやかに彩《いろど》られたぎやまんの鈴《すず》、おでんにたこ焼き、綿あめ、ラーメン、ヨーヨー釣《つ》りと統一感のない屋台の群れ――

左右に立ち並ぶそうした雑多な店の間を、数多《あまた》の客達《たち》が陽炎《かげろう》のように行き来している。

屋台ばかりでなく、道の左右には一階を店舗《てんぽ》とした小規模な商店もある。昭和の商店街を思わせるそれらの佇《たたず》まいは、不気味さと活気が混在し、混沌《こんとん》たる魅力《みりょく》を漂《ただよ》わせていた。

一瞬《いっしゅん》を境に起きたこの不可思議な変化に、ヤナギが眼《め》を丸くした。

「なんと、これは……？」

ナユタは小声で応じる。

「鳥居の内側が転送ポイントになっているんです。二礼二拍手二礼《にれいにはくしゅにれい》がスイッチになっていますから、帰る時も同じ手順で」

一般《いっぱん》に拝礼の作法は二礼二拍手一礼《にれいにはくしゅいちれい》と言われる。猫稲荷《ねこいなり》の場合、対象が猫神《ねこがみ》だけに「にゃーにゃーにゃー」で二礼二拍手二礼《にれいにはくしゅにれい》らしい。

まるで縁日《えんにち》にも似た活気の中、三人は宵闇《よいやみ》通りを歩き出す。

行《ゆ》き交《か》うプレイヤーは侍《さむらい》や忍《しのび》、陰陽師《おんみょうじ》など様々だが、特に怪《あや》しい要素はない。ただし左右の店舗《てんぽ》とそこで働く店員達《たち》には、奇妙《きみょう》な装飾《そうしょく》や妖怪《ようかい》じみた扮装《ふんそう》が目立つ。

鬼《おに》や狐《きつね》の面をつけた者、正真正銘《しょうしんしょうめい》の狐《きつね》や狸《たぬき》はまだ可愛《かわい》いほうで、手の目《てのめ》や女郎蜘蛛《じょろうぐも》といった奇抜《きばつ》な妖怪《ようかい》、内臓が露出《ろしゅつ》した落ち武者、全身が黒ずくめの影人間《かげにんげん》と、子供が見たら泣きそうなキャラクターもそこそこ混ざっている。

そんな中、妙《みょう》に愛嬌《あいきょう》のある毛むくじゃらの毛羽毛現《けうけげん》が、はねるような足取りでコヨミに近づき手を引いた。

傍《そば》にある店の看板には「らーめん・けうけ軒《けん》」とある。

コヨミが苦笑いと共に手を外させた。

「あ、ごめんごめん。今日は別の用事だから。また近いうちねー」

「……まさか常連なんですか」

「うん。いっつもスープに髪《かみ》の毛《け》が入ってる店……いや、体毛？」

案の定、ろくでもない。

この宵闇《よいやみ》通りにある店は、概《おおむ》ね何処《どこ》かがおかしい。当然、通《かよ》い詰《つ》める側も少々ずれている。

「さて、探偵《たんてい》事務所ってどこだろうね……ええと、なになに……退魔札《たいまふだ》あり升《ます》？」

言葉を覚えたての子供のように、コヨミが視界の看板やのぼりを確認《かくにん》がてら読み始めた。

「升《ます》って、字の使い方が昭和ですね」

ナユタもつられて感想を漏《も》らす。ヤナギはこの混沌《こんとん》とした雰囲気《ふんいき》に圧倒《あっとう》されたのか、呆然《ぼうぜん》と周囲を見回してばかりで口数が減っていた。

「あ。足裏マッサージだって」

「仮想空間では意味ないですよね、それ」

「おお、ホラー定番の人肉饅頭《じんにくまんじゅう》」

「悪趣味《あくしゅみ》です」

「ショコラ・デ・フランボワーズ」

「すごい場違《ばちが》い感が……」

「個室ビデオ」

「……よく運営の許可が降りましたね」

「間違《まちが》えた！　狐室《きつねしつ》ビデオって書いてある」

「それは若干《じゃっかん》、気になります」

「わんこ熊鍋《くまなべ》」

「……わんこそばの亜種《あしゅ》でしょうか」

「にゃんこそば」

「隣同士《となりどうし》でなにやってるんですか」

「三ツ葉《みつば》探偵社《たんていしゃ》」

「こんな所で何を調べ……あ！」

「猫神信仰《ねこがみしんこう》研究会」

「コヨミさん、通り過ぎないでください。ここです」

先導するコヨミの襟首《えりくび》を猫扱《ねこあつか》いにひっつかみ、ナユタは足を止めさせた。

人一人がやっと通れるほどの狭《せま》い入り口に、木製の古びた看板が申し訳程度に掛《か》かっている。

件《くだん》の事務所はどうやら二階にあるらしい。その先は真っ暗で、木造の急な階段が上へと続いていた。

ヤナギが安堵《あんど》の笑《え》みを見せる。

「ああ、ここのようです。ありがとうございます、お二方。私一人では、とても辿《たど》り着《つ》けない場所でした」

「……んー。いや、確かに看板は掛《か》かってるんだけど……」

「……本当にここですか？」

二階を見上げたナユタとコヨミは、窓の向こう側で首吊《くびつ》り死体がゆらゆらと揺《ゆ》れているのに気づいた。

「……また悪趣味《あくしゅみ》ですよね」

「いやまあ、街の景観管理の一環《いっかん》なんだろうけど……」

宵闇《よいやみ》通りでは雰囲気《ふんいき》作りのため、外側に面した窓の装飾《そうしょく》が運営側によって設定されている。中の部屋にその光景が反映されているとは限らない。

ただ、入居者側の装飾《そうしょく》が運営側の審査《しんさ》に通れば、部屋の様子がそのまま窓に映ることもある。

このあたりは実際に踏《ふ》み込《こ》んでみなければわからない。

「この尋常《じんじょう》じゃない怪《あや》しさ……ね、なゆさん。これ探偵《たんてい》事務所がどうこう以前に、踏《ふ》み込《こ》むと同時にシークレットクエストが発動したり、って可能性ない？　初心者のお爺《じい》ちゃんを一人でつっこませるのは、ちょっと——」

　コヨミのそんな懸《け》念《ねん》に、ナユタも頷《うなず》きを返す。

「……あの、ヤナギさん。失礼ですが、レベルはまだ1ですよね？」

「はあ。何分にも今日、初めてログインしたもので——チュートリアルというものも、後回しにしております」

　ナユタはコヨミと顔を見合わせた。むしろよく化《ば》け猫茶屋《ねこちゃや》まで辿《たど》り着《つ》いたものだと感心する。

「……もし差《さ》し支《つか》えなければ、私達《わたしたち》もこのままご一緒《いっしょ》しましょうか？」

　老僧《ろうそう》の顔がほころんだ。

「これはどうも、とんだご迷惑《めいわく》を……重ね重ね、ご厚意《こうい》いたみいります」

　合掌《がっしょう》と共に、彼《かれ》は深々と頭《こうべ》を垂れる。どうやら内心では腰《こし》がひけていたらしい。

　頷《うなず》いたナユタは、左右を板壁《いたかべ》に挟《はさ》まれた暗い階段へするすると踏《ふ》み込《こ》んでいく。

　躊躇《ためら》いも見せず先頭に立つその様子に、背後のコヨミから感嘆《かんたん》の息が漏《も》れた。

「なゆさんのそういうとこ、男らしすぎてほんと惚《ほ》れそう……」

「後ろのほうが生存率が高いとは限りません。バックアタックは後ろから来ます」

「いや、生存率とかじゃなくてさあ……〝暗いとこ怖《こわ》い！〟とかそういうのないの？　だいたい生存率がどうこうっていうなら、戦巫女《いくさみこ》って前衛職だから、普通《ふつう》はもっと金属系の防具で固めるからね？　術師系の退魔巫女《たいまみこ》ならともかく、谷間見えてる爆乳《ばくにゆう》の戦巫女《いくさみこ》とか、なゆさんぐらいしか知らないよ、私……」

「……見えてないです。ちゃんと下にインナー着てますから、流れで適当なセクハラいれるのやめてください。サイズの設定は……ただのミスです」

アカウントの作成時、体型はアミュスフィアからのスキャンによってある程度まで反映されてしまう。サラシでも巻いてごまかせば良かったのだが、そこまで気が回らなかった。

夏場で薄着《うすぎ》だったせいもあり、正確な数字を読みとられたことに気づかずそのままスタートし、周囲の視線に気づいたのは数日後のことである。

その上、アカウントを消してやり直すべきかと迷っている間に、回避《かいひ》性能が高いレア装備、《白南風《しらはえ》の小袖《こそで》》を運良く入手してしまい、データを消すに消せなくなった。

コヨミが唸《うな》る。

「いくらインナー着てるっていっても……そのスポーツウェアみたいなぴっちぴちの耐火《たいか》インナー自体が、もう一般《いっぱん》にはエロ装備扱《あつか》いだからね？　シルエットとか半端《はんぱ》ないよ？」

「大袈裟《おおげさ》です。耐火《たいか》とか耐電系《たいでんけい》のインナーウェアって、コヨミさんみたいな忍系《しのびけい》の人達《ひとたち》にとっても定番装備じゃないですか。速さや身軽さを重視すると、どうしてもこういう装備に行き着きます」

コヨミがナユタの背をつついた。

「それ！　なゆさん、そんなに速さ重視ならなんで忍《しのび》にならなかったの？　職業補正で一番動きが軽くて、攻撃力《こうげきりょく》もそこそこで戦いやすい人気職なのに。戦巫女《いくさみこ》って〝忍者《にんじゃ》は装甲《そうこう》が薄《うす》すぎてちょっと……〟って人が選ぶ職だよね？」

理由はある。あるにはあるが、少々気恥《きは》ずかしい。階段を上りながら、ナユタは小声で応じた。

「その……袴《はかま》、可愛《かわい》いかな——って」

たちまちコヨミがうなだれた。

「………ごめん、男らしいとか言ったの撤回《てっかい》する。なゆさんかわいい。ちゃんと女の子してる……ステータスと効率しか見てない私のほうがよっぽど女子力低かった……」

「……いえ、私も体術寄りの育て方をしていますから、女の子らしさはあんまり——」

「ううん。どこからどう見ても女の子……だって戦闘中《せんとうちゅう》のなゆさん、すっごい揺《ゆ》れてるもん……もうたゆんたゆんって……専用の描画《びょうが》エンジン積んでるんじゃないかってくらい……」

「……コヨミさん、ハイライトの消えた目でちょくちょくセクハラいれるの本当にやめてください。普通《ふつう》に反応に困ります」

現実の生活で何か嫌《いや》なことでもあったらしい。

階段の上に辿《たど》り着《つ》いたところで、ナユタは正面を塞《ふさ》ぐ木製の扉《とびら》を開け放った。

ごくわずかな橙色《だいだいいろ》の明かりが階段側に漏《も》れる。

そこは想像以上に広い空間だった。

天井《てんじょう》は妙《みょう》に高く、空気の流れと声の反響《はんきょう》具合がわずかに変わる。

開いた扉《とびら》の真正面には、一匹《ぴき》の巨大《きょだい》な黒猫《くろねこ》がどっしりと座していた。

尋常《じんじょう》な大きさではない。

座高は三メートルを優に超《こ》え、天井《てんじょう》の高さとあいまって重苦しい威圧感《いあつかん》を醸《かも》している。

もちろん本物の猫《ねこ》ではなく、丸々とした二頭身の体で座禅《ざぜん》を組み、前足を禅定印《ぜんじょういん》、後足を結跏趺坐《けっかふざ》の形に仕上げた、いわば黒塗《くろぬ》りの仏像に近い置物だった。

安置されている薄暗《うすぐら》い空間も、商店街の二階というよりは寺社の本堂に近く、それこそワープゾーンで飛ばされたかのような錯覚《さっかく》さえ抱《いだ》く。

金色に塗《ぬ》られた大きな眼《め》は特に慈愛《じあい》には満ちておらず、煩悩《ぼんのう》を振《ふ》り払《はら》う強さもなければ、衆《しゅ》生《じょう》を救おうなどという大それた意志もまったく感じられないが、猫《ねこ》らしいあざとさだけは存分に表現されていた。

後ろに背負った光背《こうはい》は肉球型、台座は猫缶《ねこかん》型、周囲に吊《つ》られた灯籠《とうろう》は毛糸玉型と、細部のこだわりにも抜《ぬ》かりがない。

黒い猫大仏《ねこだいぶつ》とも呼ぶべき異形の座像を前に、ナユタ達《たち》は立ちすくむ。

「……え。何ですか、これ？」

「わお……ありがたやー。ありがたやー」

ナユタが戸惑《とまど》い、とりあえずとばかりにコヨミが拝む中、ヤナギが暗がりに立て札を見つけた。

「右側が猫神信仰研究会《ねこがみしんこう》、左側が三ツ葉探偵社《みつばたんていしゃ》……どうやらこの二階で分かれているようです。この猫《ねこ》の像は、エントランスのオブジェといったところでしょうか——」

見れば左右にそれぞれ扉《とびら》がある。

右側の扉《とびら》には爛々《らんらん》と眼《め》を見開いた猫《ねこ》の彫刻《ちようこく》が施《ほどこ》され、左側の扉《とびら》には【営業中】と書かれた小さな木札がぽつりと掛《か》かっていた。

右の扉《とびら》は可愛《かわい》さを通《とお》り越《こ》して明らかに禍々《まがまが》しい。

俯《うつむ》いて眼《め》を閉じ、一呼吸をおいた後で、ナユタは迷わず左の扉《とびら》をノックする。

「——鍵《かぎ》は開いている。入りなさい」

若い男の、妙《みよう》に澄《す》んだ声が室内から響《ひび》いた。

§

探偵《たんてい》は概《おおむ》ね二種類に分けられる。

一方は、その仕事を金銭のためと割り切ってこなす、いわばリアリストの探偵《たんてい》。

そしてもう一方は、物語に登場する探偵《たんてい》への憧《あこが》れから、自身もその職を選んでしまったロマンチストの探偵《たんてい》。

見分け方は容易《たやす》い。

前者の探偵《たんてい》は探偵《たんてい》に見えない。宣伝担当や営業担当を除いて顔出しも控《ひか》え、街の雑踏《ざっとう》に埋没《まいぼつ》し、浮気《うわき》調査や身辺調査を的確に遂行《すいこう》する。

後者の探偵《たんてい》は形から入る。仕立てのいい背広や絣《かすり》の着物、特注のステッキにお気に入りのパイプ——探偵《たんてい》らしく見えさえすれば、小道具はなんでもいい。彼《かれ》らはまず見た目から探偵《たんてい》であることを主張し、自分を目立たせながら売《う》り込《こ》んでいく。

そして案の定、ナユタ達《たち》の前に現れた三ツ葉探偵社《みつばたんていしゃ》の主《あるじ》は、圧倒的《あっとうてき》なまでに〝後者〟だった。

ワイシャツとポーラータイ、ベストまではまだいい。システム的には〝探偵《たんてい》〟などという職はないが、こうした洋装は一応、着替《きが》え用のアイテムとしてキヨミハラでも売られている。

しかしいくら容易に手に入るとはいえ、壁《かべ》にかかったインバネスコートと鹿撃《しかう》ち帽《ぼう》に至っては、明らかに世界一有名な某名探偵《ぼうめいたんてい》のコスプレにしか見えない。

本を隙間《すきま》なく詰《つ》め込《こ》んだ書棚《しょだな》、化学の実験器具を収めたガラス棚《だな》、古びた骨格標本に年代物の蓄音機《ちくおんき》と、雰囲気《ふんいき》作りにも余念がない。

そもそもゲームの中だけに、装飾品《そうしょくひん》の本などはおそらく中身が白紙である。本棚《ほんだな》から取り出せるかどうかすら怪《あや》しい。

化学の実験なども もちろん意味をなさないし、蓄音機《ちくおんき》から流れてくるBGMに至ってはネットラジオの競馬中継《ちゅうけい》だった。

本日土曜の第六レースは二枠《わく》二番、九番人気のニクキュウカイザーが勝ったらしい。

その結果を確認《かくにん》した後で、青年探偵《たんてい》は機嫌《きげん》よく、蓄音機《ちくおんき》型ラジオ端末《たんまつ》のスイッチを切る。

ランプの明かりの下《もと》、飴《あめ》のような光沢《こうたく》を放つマホガニーの机の向こう側で、この部屋の主《あるじ》たる彼《かれ》は優雅《ゆうが》な微《び》笑《しょう》を見せた。

「こんな場末の事務所へようこそ、お客人。私は探偵《たんてい》のクレーヴェルと申します。隣《となり》の猫大仏《ねこだいぶつ》については気にしないように。猫神信仰《ねこがみしんこう》研究会の連中が勝手に設置したものです。彼《かれ》らはどうも——得体が知れなくて困ります」

探偵《たんてい》クレーヴェルの声音《こわね》は演者のように澄《す》んでいた。

細身だが容姿は悪くない。客を値踏《ねぶ》みするようなその視線は、どこか狐《きつね》を思わせる。

(……「狐《きつね》の嫁入《よめい》り」の化け狐《きつね》に、こんな感じの人がいたような……?)

数日前にコヨミと組んでクリアしたクエストを、ナユタはふと思い返した。

そのクエストに登場した化け狐《きつね》は、さすがに洋装ではなかったものの、切れ長の眼《め》に細面《ほそおもて》の色気立つような美青年だった。

面食いのコヨミはやたらと興奮していたが、生憎《あいにく》とナユタの趣味《しゅみ》ではなく、敵と判明した時点で躊躇《ためら》いなく成敗しコンボボーナスも獲得《かくとく》している。

一連の流れを見ていたコヨミからは「……なゆさんはイケメンに恨《うら》みでもあるの……？」と真顔で問われたが、特にそういった闇《やみ》は抱《かか》えていない。

クレーヴェルと名乗った探偵《たんてい》は、淀《よど》みない口調で話し続ける。

「さて、ヤナギさん。貴方《あなた》の御依頼《ごいらい》については、ついさっき届いた仲介者《ちゅうかいしゃ》からのメールで概《おおむ》ね把握《はあく》しています。旅先でフルダイブできないから、道案内もできなくて申し訳ないと、しきりに恐縮《きょうしゅく》していまして……直接ご連絡《れんらく》いただければ、こちらからキヨミハラまでお迎《むか》えにあがったのですが」

年代物のソファに腰掛《こしか》けたヤナギが、苦笑いとともに頭《こうべ》を垂れた。

「いえ、私も散歩がてら、まず一人でこのゲームの中を見て回りたかったものですから。ただ、この年で本当に道に迷ってしまうとは想定外でした。こちらのお嬢《じょう》さん方に助けていただかなければ、今頃《いまごろ》まだ迷子だったはずです」

コヨミがドヤ顔で胸を張った。

「まー、困った時はお互《たが》い様ってことで！　……あ、ついでに探偵《たんてい》さんにも興味あったし、詐《さ》欺《ぎ》とかだったら止めないといけないし、場合によっちゃガチの警察引《ひ》き渡《わた》し案件になるのかなあ……とか」

そこそこ失礼な彼女《かのじょ》の歯に衣《きぬ》着せぬ物言いに、探偵《たんてい》が含《ふく》み笑《わら》いを漏《も》らした。

「詐欺《さぎ》とは手厳しい。が、疑われる理由はわかる。実のところ――うちは〝探偵業《たんていぎょう》〟ではなく〝観光業〟として運営側の認可《にんか》を受けていてね。RPGで、看板は酒場なのに中身は人材派《は》遣《けん》会社になっている例がちょくちょくあるだろう？　あんな感じだよ」

ナユタは首を傾《かし》げた。オンラインゲームの探偵業《たんていぎょう》も怪《あや》しいが、観光業もかなり怪《あや》しい。

「観光業……？　VRMMOでですか？」

「意外かな？　英語《えいご》圏《けん》の顧客《こきゃく》からはそこそこ好評だ。日本への観光旅行は時間も金もかかるから、和風のゲームで手軽にその気分を味わいたい、というニーズがそれなりにある。なにせアミュスフィアは優秀《ゆうしゅう》だからね。グルメを味わい、温泉につかり、ニンジャに興奮して桜を愛《め》でる――それこそ実体験と変わらない。〝晴天確実でしかも渋滞《じゅうたい》しない富士《ふじ》登山〟なんていう、現実では難しい類《たぐい》の体験さえできる。で、私は通訳兼《けん》ガイドとして、顧客《こきゃく》が希望するクエストに同行したり、あるいは街や店、各地の名所の案内を務めているわけだ」

どこからともなく現れた二足歩行の黒い猫又《ねこまた》が、ナユタ達《たち》の前に紅茶を置いていった。化《ば》け猫茶屋《ねこぢゃや》で使っているのと同じ仕様の業務用ボットらしい。

紅茶に角砂糖を落としながら、クレーヴェルは自己紹介《しょうかい》を兼《か》ねた雑談を続ける。

「客は海外ばかりじゃない。国内の企業《きぎょう》関係者からも、数は多くないがたまに仕事の依頼《いらい》がくる。普段《ふだん》はゲームをまったくしない立場の方々が、コラボレーション企画《きかく》やらゲーム市場への進出のために内部の視察をしたい――とかね」

クレーヴェルの視線が壁《かべ》の一隅《いちぐう》に向いた。そこには、今回の《百八の怪異《かいい》》でのコラボレーションを発表している有名飲料メーカーのポスターが貼《は》られている。

「そういう顧客《こきゃく》のために、頼《たの》まれればゲーム内での市場や流行の分析《ぶんせき》、助言等もこなすようになった。こうなるともう、観光業でも探偵業《たんていぎょう》でもなくコンサルタントの領域に近くなるが……要するに、会社関係者が責任を回避《かいひ》するためのスケープゴートと言《い》い換《か》えてもいい。企画《きかく》が失敗したら外部の私のせいにすれば、とりあえず社内での面目《めんぼく》も立つ」

社会人のコヨミが露骨《ろこつ》に嫌《いや》な顔へ転じた。

「……うわぁ……身も蓋《ふた》もない……」

探偵《たんてい》が事も無げに嗤《わら》った。

「そういう腹積もりで声をかけてくるクライアントもいる、という程度の話だ。もちろん、あまりに失敗する確率が高い案件は断っている。さて……ここ、、がどういう場所かご説明したところで、今回のヤナギさんの御依頼《ごいらい》についてです」

探偵《たんてい》が口調を改め、ソファのヤナギに向き直った。

ヤナギも神妙《しんみょう》に頷《うなず》きを返す。

「仲介者《ちゅうかいしゃ》からのメールによれば、〝ある新規のクエストを一週間以内にクリアしたい〟とのことでしたが——申し訳ありませんが、先に報酬《ほうしゅう》の確認《かくにん》をさせてください。あの馬鹿《ばか》、どうやら桁《けた》を間違《まちが》えたようで」

ヤナギが慌《あわ》てた様子で首を横に振《ふ》った。

「いえ、おそらく正しいかと思います。手付け金で二十万、日当は人数分×二万、一週間以内での成功報酬《ほうしゅう》が百万ということで、ぜひお願いしたく……」

その金額に、ナユタは思わず耳を疑った。コヨミもわずかに頬《ほお》をひきつらせる。

「……え。何？　ゲーム内通貨の話？　まさかリアルマネーじゃないよね？」

探偵《たんてい》が嘆息《たんそく》した。

「うちは日本円かドル、ユーロでの取引しかしていない。ヤナギさん――失礼ながら、本気ですか？　もちろん依頼《いらい》内容によって報酬《ほうしゅう》は大きく変動しますが、現実世界の探偵《たんてい》と違《ちが》ってリスクがほぼない分、基本的には割安です。クエストクリアの手伝い程度なら日当は一人一万、成功報酬《ほうしゅう》もせいぜい五万かそこらです。七不思議クラスの大きなクエストの場合は、金を積んだからといってどうこうできる話ではなくなりますが……御依頼《ごいらい》は《幽霊囃子《ゆうれいばやし》》でしたね？　まだ誰《だれ》もクリアしていないとはいえ、運営側の発表を信じる限り、そう難度も高くないはずです」

ナユタはぴくりと肩《かた》を震《ふる》わせる。

（あ。幽霊囃子《ゆうれいばやし》って――）

つい先程《さきほど》まで、彼女《かのじょ》はそのクエストに挑戦《ちょうせん》していた。

新規配信されるクエストは週に二つから三つ程度なため、目的のクエストがかぶること自体に不思議はない。

ただ、ドロップアイテムが不明でまだ評価も定まっていないクエストを、わざわざ探偵《たんてい》に高額で依頼《いらい》してまでクリアしたいというヤナギの真意がわからない。

今週配信のクエストでは、事前にレアアイテムの発表があった《人狼《じんろう》の森》に攻略組《こうりゃくぐみ》が集中しており、発動条件さえ不明な幽霊囃子《ゆうれいばやし》は後回しにしているプレイヤーがほとんどだった。

ヤナギが深々と頭《こうべ》を垂れる。

「何卒《なにとぞ》、御斟酌《ごしんしゃく》ください。確かに高額と思われるかもしれませんが、それだけの額を払《はら》ってでも、どうしても一週間以内にクリアしたい事情がありまして――」

「いやいや、どういう事情⁉　たかがゲームのクリアに百万円以上って普通《ふつう》じゃないからね？」

コヨミが甲高《かんだか》い声を上げたが、これをクレーヴェルが手で制する。

「お嬢《じょう》さん、ここのルールでは、依頼人《いらいにん》は話したくないことは話さなくていいことになっている――それも含《ふく》めての高額報酬《ほうしゅう》ということであれば、無理には聞きません。こちらとしては、額に応じた誠実な仕事をするだけです」

「うん……言い方かっこいいけど、要するに〝金に眼《め》が眩《くら》んだ〟ってことだよね？」

容赦《ようしゃ》ないコヨミの指摘《してき》を、クレーヴェルは薄笑《うすわら》いで受け流した。

「否定はしない。金はその人物の誠意と本気を測る便利な尺度になる。なにより――君達《きみたち》は、この御老人《ごろうじん》がそれだけの身銭《みぜに》を切ってまで叶《かな》えたい願いを無下にできるかね？」

「……私としてはむしろ、〝うまい話には裏がある〟っていうステキな格言を探偵《たんてい》さんに教えてあげたい感じかなー……お爺《じい》ちゃん、なんでそんな急いでるの？　別に期間限定配信ってわけじゃないし、じっくり攻略《こうりゃく》すればいいのに。こんな怪《あや》しい探偵《たんてい》さんにお金払《はら》わなくても、言ってくれれば私らがタダで手伝うしさー」

成り行きを見守っていたナユタも、ここでやっと口を開く。

「私もちょうど、その《幽霊囃子《ゆうれいばやし》》の探索中《たんさくちゅう》です。発動条件についてもヒントを掴《つか》んでいますし、うまくいけば、それこそ何日かのうちにクリアできるかもしれません」

老僧《ろうそう》が返事をする前に、探偵《たんてい》が口を挟《はさ》んだ。

「なるほど。それも悪くない――実はですね、ヤナギさん。御依頼《ごいらい》を受けるにあたって、一つ問題があるんです。私のスケジュールが空いていた理由とも関係するのですが、日頃《ひごろ》、戦闘面《せんとうめん》を担当してくれている助手が、私用のために十日後までログインできません。いざとなれば臨時で傭兵《ようへい》を雇《やと》うつもりだったのですが、こちらのお嬢《じょう》さん方が手伝ってくれるなら願ってもない」

たちまちコヨミがソファから立ち上がった。

「あ！　儲《もう》け話に逃《に》げられそうだから私達《わたしたち》ごと懐柔《かいじゅう》する気だ！」

「話は最後まで聞きたまえ。私はそこまで金に困っていない――ヤナギさん、こちらの契約《けいやく》は月曜まで保留にしましょう。その代わり今日と明日、この土日で、こちらのお嬢《じょう》さん方と一緒《いっしょ》に攻略《こうりゃく》を目指してください。私も事前調査を兼《か》ねて同行しますが、この二日間の報酬《ほうしゅう》は不要です。そもそもたった二日でクリアできるような簡単なクエストなら、そんな高額の報酬《ほうしゅう》をいただくわけにはいきません。その上で、二日でクリアできなかった場合には——月曜日に改めて、私と契約《けいやく》を結ぶかどうかをご検討ください。そして契約《けいやく》が成った暁《あかつき》には、月曜からの五日間、私が全力をもって攻略《こうりゃく》にあたります」

探偵《たんてい》は言葉を区切り、ナユタとコヨミに冷ややかな視線を向けた。

「……というわけで、これが私からの譲歩《じょうほ》案《あん》だ。どうせ君らだって、月曜日からは学校や仕事があるだろう？　その間はヤナギ氏の手伝いもできないはずだ。彼《かれ》が私のような探偵《たんてい》を雇《やと》う理由も、結局はそこにある。金さえ積めば、徹夜《てつや》をしてでもこのクエストに二十四時間態勢で集中し、是《ぜ》が非でもクリアしようと躍起《やっき》になれる人材——それが私だ」

反論できず、コヨミが悩《なや》ましげに唸《うな》った。プレイヤーとしては見上げた心意気ながら、堂々と「二十四時間態勢」とまで言われると、反応に困る発言ではある。

「むうう……ど、土日でクリアすればいいんでしょっ！　いけるいける！　問題ないっ！　タイムアタック上等っ！　やらいでかー！」

「……確かに、何も問題はありません。ヤナギさん、私達《わたしたち》も手伝わせていただいて構いませんか？」

勢いづくコヨミとは打って変わった物静かな口調だが、そこに込《こ》めた意志はほぼ同じといっていい。

ヤナギが困ったように首を傾《かし》げた。

「それはもちろん、願ってもないことですが……よろしいのですか？　こんな、初対面の私などのために……」

ナユタは控《ひか》えめに頷《うなず》く。

「さっきも言った通り、私にとっても探索中《たんさくちゅう》のクエストです。ヤナギさんのことは抜《ぬ》きにしても、近いうちにクリアするつもりでしたから」

この老人がどうして《幽霊囃子《ゆうれいばやし》》をクリアしたいのか、理由は知る由《よし》もない。

だが少なくとも悪い人間には見えないし、彼《かれ》の真摯《しんし》な表情を見れば、本人にとっては重要なことなのだろうとも伝わってくる。

探偵《たんてい》のクレーヴェルが、壁《かべ》に掛《か》けてあったインバネスコートと鹿撃《しかう》ち帽《ぼう》を手に取った。

「話がまとまったところで、早速《さっそく》、移動するとしよう。ナユタ、コヨミ、君達《きみたち》とは初対面だが、よろしく頼《たの》む。ヤナギさんも、今のうちにパーティー登録をお願いします」

それぞれのウィンドウを操作し、一行はパーティー登録を済ませる。ヤナギは少し手間取ったが、コヨミが横から操作を指示し、滞《とどこお》りなく即席《そくせき》のパーティーが組み上がった。

これから向かう《幽霊囃子《ゆうれいばやし》》は、パーティーメンバーとしか内部で遭遇《そうぐう》しない《道連れ》に該当《がいとう》している。一時的にでもパーティーを組まなければ、共に攻略《こうりゃく》することはできない。

（ヤナギさんはもちろんレベル1。探偵《たんてい》さんは、けっこうベテランっぽいけど……）

ステータスウィンドウに表示された《クレーヴェル》の名を眺《なが》めつつ、ナユタは何気なく彼《かれ》のステータスを確認《かくにん》した。

たちまち彼女《かのじょ》は凍《こお》りつく。

「……え……何、これ……？」

思わず呻《うめ》くような声が漏《も》れた。

そこには異常ともいえる数値が並んでいる。

「……あ、あの……探偵《たんてい》さん、これ……？」

「なになに？　なゆさん、どうし……うぇあ⁉」

隣《となり》のコヨミも異常に気づき、声を裏返らせた。

そんな二人の反応を眺《なが》めつつ、探偵《たんてい》はあくまで怜悧《れいり》に微笑《ほほえ》んでいる。

ウィンドウに表示された彼《かれ》のステータス――

レベルはそこそこ上級者のナユタよりも更に五つほど高い。それでいて、ほぼすべての数値が《一桁《ひとけた》》に収まっている。要はほとんどレベル1のままといっていい。

その中で唯一《ゆいいつ》、千に迫《せま》る数値にまで育っている項目《こうもく》があった。

「あの……《運》だけにステータス全振《ぜんふ》りって……」

「ちょ……えええー……うわぁ……え、これマジ……？　カマイタチどころか、ただのイタチにも負けそう……」

イタチは初心者にとって少しだけ強めの雑魚《ざこ》である。上位のカマイタチは中級者向け、最上位のノロイイタチは上級者向けとされているが、いずれも見た目がそこそこに可愛《かわい》らしく、ゲーム内ではマスコットキャラのような扱《あつか》いを受けていた。

そんな相手にも勝てるかどうか怪《あや》しい育て方のベテランなど、恐《おそ》ろしく手の込《こ》んだ質《たち》の悪い冗談《じょうだん》としか思えない。

アスカ・エンパイアのキャラクター育成は、レベルアップによって得たポイントを、筋力や賢《かしこ》さ、素早《すばや》さ等《など》の任意のステータスへ自在に振《ふ》り分《わ》ける形となっている。

戦闘力《せんとうりょく》の上では、装備の品質による補正がもっとも影響《えいきょう》するが、そもそも多くの武器防具類に「装備するために必要な最低限の能力値」が設定されているため、その数値までステータスを育てなければまず装備すらできない。

つまり、ステータスをまともに育てていない探偵《たんてい》クレーヴェルの装備は、ほぼゴミ同然と見ていい。

唖然《あぜん》とするナユタとコヨミの前で、クレーヴェルは悠々《ゆうゆう》と、見た目だけは上質なコートを羽織り、攻撃力《こうげきりょく》などないに等しい洒落《しゃれ》たステッキを手に取った。

「さて――行こうか、お嬢《じょう》さん方。お気づきの通り、私は頭脳労働専門でね。戦闘《せんとう》は君達《きみたち》に任せるから、頑張《がんば》ってくれたまえ」

さも当然のように告げ、幸運の探偵《たんてい》は二人の視界で颯爽《さつそう》と身を翻《ひるがえ》す。

ナユタとコヨミは無言で顔を見合わせた。

宵闇《よいやみ》通りのどこかで、ボットのカラスが、人を小馬鹿《こばか》にしたようなとぼけた鳴き声をあげた。

§

どこまでも続く田園風景を主体とした幽霊囃子《ゆうれいばやし》のフィールドは、境界がループしている。

マップの端《はし》に到達《とうたつ》すると反対側の端《はし》に出るため、転送ポイント以外には進入路も脱出路《だつしゅつろ》もない。

この転送ポイントはイベントフラグのセーブポイントも兼《か》ねており、アイテムを使って脱《だつ》出《しゅつ》した場合、セーブしていないフラグは消失してしまう。そしてパーティーが全滅《ぜんめつ》した場合には、セーブしたフラグも含《ふく》めて消失し、クエストの最初からやり直しとなる。

「……というわけで、ヤナギさん。我々の仕事は、敵がでたら逃《に》げ回《まわ》って生存率を上げることです。万が一、戦闘《せんとう》要員のお嬢《じょう》さん方が倒《たお》れた場合には、見捨てて我々だけでも脱出《だつしゅつ》しなければなりません。そうすることで、パーティーとしてはイベントフラグを引《ひ》き継《つ》げます」

田園を見渡《みわた》す真夜中の畦道《あぜみち》を歩きながら、クレーヴェルは依頼主《いらいぬし》のヤナギへそんな説明をしていた。

「はあ……それはなんとも、心苦しいと申しますか……」

「一からやり直しになるよりは遥《はる》かにましです。難度の高いクエストでは、フラグを維持《いじ》するためだけの予備メンバーを用意するパーティーもある程《ほど》ですよ」

この二人の会話を受けて、コヨミがひっそりと肩《かた》を落とした。

「……言ってることは完全にその通りなんだけど……すっごい釈然《しやくぜん》としない……」

ナユタも同意見だったが、一週間という時間の制約がある以上、全滅《ぜんめつ》からのリトライはなるべく避《さ》けたい。序盤《じよばん》ならまだしも、クエスト終盤《しゆうばん》でのタイムロスは精神的にも厳しい。

「……元々、私達《わたしたち》とヤナギさんだけで来たと思えば、戦力が私達《わたしたち》だけになるのは必然ですし——あの探偵《たんてい》さんも、アイテムの使用くらいはしてくれそうですから……」

この擁護《ようご》はコヨミの不満を和《やわ》らげるためのものであって、他力本願な探偵《たんてい》のためのものでは断じてない。

「それにしたってあのステータスはないでしょ。ろくな装備できないじゃん……探偵《たんてい》さん、よくそんなんでゲーム内のガイドとかやってこれたよね？」

コヨミの指摘《してき》に、クレーヴェルは涼《すず》しい顔で応じた。

「運の数値は、むしろガイドにこそ必須《ひつす》だ。戦闘《せんとう》は助手に任せていると言っただろう？　強さを求めるプレイヤーは山ほどいるから、傭兵《ようへい》として雇《やと》うことも難しくない。だが——《運》に特化したプレイヤーはなかなかいないからね。こればかりは自分で上げる必要があった」

「そりゃいないでしょ。だって必然性が……」

「レアアイテムのドロップ率」

ぐ、とコヨミが言葉に詰《つ》まった。

「私がいるだけで、パーティー全体のレアアイテムドロップ率が通常値の三倍程度まで上昇《じょうしょう》する。補正上限が10%だから、それ以上にはならないが……それでもドロップ確率1%のアイテムが3%程度までは上がるし、ランダム生成のマップでは宝物庫の出現率にも影響《えいきょう》する。さらには間欠泉や雲海、笠雲《かさぐも》、虹等《にじなど》の《絶景》も、パーティーメンバーの運次第《うんしだい》で遭遇《そうぐう》確率が変動するんだ。ゲーム内の観光ガイドにとっては、何より必須《ひっす》のステータスといえるだろう」

正論ではある。が、やはりどこか釈然《しゃくぜん》としない。

「座敷《ざしき》わらしみたいな人ですね……理由はわかりましたけれど、そこまで極端《きょくたん》にしなくてもいいんじゃないですか？　たとえば運に八割振《ふ》って、残りの二割を他に回すとか」

「そんな余裕《よゆう》はない。たった今、〝レアの確率が三倍になる〟と言ったが、それはあくまで今の私のレベルでの話だ。おそらくもっと上がある。もしもこの先、十倍程度まで伸《の》びるようなら……また別の商売ができそうだね」

探偵《たんてい》がくすくすと楽しげに笑った。

「はあ……その時まで、仕様の変更《へんこう》がないといいですね……」

どこまで本気かわからない戯言《たわごと》を冷静にいなし、ナユタは道沿いに建つ小さな祠《ほこら》の前で立ち止まった。

「ここです。さっきコヨミさんからメッセージをもらった後、転送ポイントまでの移動中にこの祠《ほこら》を見つけて……最初に来た時はありませんでしたから、向こうにある神社の賽銭箱《さいせんばこ》か何かが、この《幽霊囃子《ゆうれいばやし》》のイベントスイッチになっていたんだと思います」

隣《となり》に立った探偵《たんてい》も興味深げに祠《ほこら》を眺《なが》める。

「なるほど、いかにも何かありそうな風情《ふぜい》だ。これは――泣き顔の子供かな？」

納められた石像に向けて、ヤナギが掌《てのひら》を合わせた。

「地蔵や道祖神にしては少々、痛ましい印象ですな……何やら哀《あわ》れに思えてきます」

ナユタはウィンドウからアイテムを選択《せんたく》する。

「この像の前に、〝ぼたもちがたべたい〟というメモがありました。だからさっき、化《ば》け猫茶《ねこぢゃ》屋《や》でついでにぼた餅《もち》を買ってきたんですが……置いてみますね」

笹《ささ》にくるまれたぼた餅《もち》を、そっと像の正面に供えた。

一行の前で、石像の表情がわずかに動く。

まだ少しぐずるような曖昧《あいまい》な顔つきではあるものの、一応は泣きやみ、供えたぼた餅《もち》が霞《かすみ》のように消えた。

「……おお。これで何か、次のイベントが起きるのかな？」

コヨミが周囲を見回す中、どこか遠くから、祭り囃子《ばやし》が聞こえてきた。

軽快な太鼓《たいこ》、甲高《かんだか》い笛、優雅《ゆうが》な琴《こと》の音色が渾然一体《こんぜんいったい》となり、総じて物寂《ものさび》しい旋律《せんりつ》となっている。


子供の頃《ころ》に聞いたわけでもないのに、何故《なぜ》か郷愁《きょうしゅう》を誘《さそ》われる。

ヤナギが眉《まゆ》をひそめた。

「祭り囃子《ばやし》が……聞こえてきましたな」

クレーヴェルがステッキをくるりと回した。

「配信時の紹介文《しょうかいぶん》によると、このクエストの目的はあの《幽霊囃子《ゆうれいばやし》》の音の出所を見つけることだそうです。それでクリアになるのか、見つけた後にまだ何かあるのか——あるいはボスキャラが出てくるのかもしれませんが、いずれにせよ、まだクリアした人間がいないということは何か厄介《やっかい》な問題があるのでしょう」

「ふむ。クリアした上でそのことを黙《だま》っている、という方もいそうですが……？」

「攻略法《こうりゃくほう》に関してはその通りです。ただそれとは別に、《百八の怪異《かいい》》では、クエスト毎《ごと》に攻《こう》略《りゃく》成功者の人数が公式サイトで発表されています。発表は一日に一回ですから、今の時点でどうかはわかりませんが——今朝の時点ではまだ0でした。まだ配信から三日目ですからそういうこともあるでしょうが、力押《ちからお》しで解ける類《たぐい》の単純なクエストでないことは確かです」

祭り囃子《ばやし》が近づく中、クレーヴェルのステッキが石像の前を指した。

そこに供えたぼた餅《もち》は既《すで》に消えたが、代わりに新たな一枚の紙片《しへん》が出現している。

ナユタは慎重《しんちょう》にそれを取り上げた。

紙面には毛筆の字が一行──

《　くずもちがたべたい　》

「おおう……そう来たかぁ……」

コヨミが呻《うめ》いた。

クレーヴェルも苦笑《くしょう》して肩《かた》を揺《ゆ》らす。

「なるほど、これが未《いま》だにクリア０の原因か。お使い系のクエストは無駄《むだ》に時間を食う。要求されたアイテムを探す手間に加えて、この祠《ほこら》と街とを往復する手間もかかるとなれば、攻略《こうりゃく》情報が出揃《でそろ》うまで保留にするのが賢《かしこ》いやり方だ」

ナユタもげんなりとしてしまう。お使いも一度なら仕方ないと割り切れるが、同じような内容で繰《く》り返《かえ》されると徒労感が酷《ひど》い。

「では、また先程《さきほど》の街まで戻《もど》りましょうか？」

早々と踵《きびす》を返そうとしたヤナギに、クレーヴェルが狐《きつね》のような眼差《まなざ》しを向けた。

「いえ。戻《もど》る前にこの祠《ほこら》を調べます。そんな面倒臭《めんどうくさ》いだけの単調なクエストが、運営側の審査《しんさ》を通《とお》り抜《ぬ》けられたとは思えない──仮に通ったとしても配信時に調整されるはずです。この要求はフェイクか、あるいは……謎解《なぞと》きの一種でしょう」

クレーヴェルが祠《ほこら》の中を覗《のぞ》き込《こ》む。

ナユタも反対側から顔を近づけた。

その気になれば抱《かか》え上《あ》げられるほどの小さな祠《ほこら》である。調べる箇所《かしょ》もさほど多くはない。

「探偵《たんてい》さん、手伝っちゃっていいのー？　今はノーギャラでしょ。攻略《こうりゃく》まで長引いたほうが都合いいんじゃない？」

コヨミのからかうような指摘《してき》を受けて、クレーヴェルは目線を祠《ほこら》に据《す》えたまま冷笑《れいしょう》を返した。

「ここで手を抜《ぬ》くようなこすからい人間に、ヤナギ氏は依頼《いらい》をしたいと思うかな？　なにより私も、まがりなりにも探偵《たんてい》を名乗る以上、その矜持《きょうじ》にかけて謎解《なぞと》きで手を抜《ぬ》くつもりはない」

冗談《じょうだん》めかした口調だったが、ナユタは彼《かれ》の言葉にほのかな熱意を感じ取った。

（見た目はともかく……意外に真面目な人なのかな……？）

コスプレじみた扮装《ふんそう》のせいで最初はお調子者に見えたが、理路整然とした話しぶりを聞く限り、わざと道化者《どうけもの》を演じているようにも思える。

祠《ほこら》の中を手探《てさぐ》りで調べながら、探偵《たんてい》は薄《うす》く笑った。

「ふむ——お嬢《じょう》さん、石像の頭上を見てごらん」

指摘《してき》に従い、ナユタは祠《ほこら》の天井《てんじょう》を確認《かくにん》する。

そこには《雲》と書かれた一枚の紙が貼《は》られていた。

「……ああ。よく神棚《かみだな》の上に貼《は》ってある紙ですよね？」

「そうだ。神様の頭上に、何か余計なものがあっては不敬にあたるという理由で、空や天、雲等と書いた紙や板を天井《てんじょう》に貼《は》り、空の代用品とする。つまり——〝この祠《ほこら》には代用品が通じる〟というヒントだろう」

クレーヴェルの手には筆立てが握《にぎ》られていた。石像の裏に隠《かく》してあったものらしい。

「ナユタ、紙を裏返して広げてくれるかな」

探偵《たんてい》の意図を察したナユタは、手の上に紙を広げた。

クレーヴェルはその上に、墨字《すみじ》でさらさらと《くず餅《もち》》と書き記す。

コヨミとヤナギが見守る前で、ナユタは紙を折《お》り畳《たた》み供え直した。

さすがにコヨミがうろたえる。

「え。なゆさん、ほんとにそれでいいの……？」

「わかりません。でも、試《ため》すだけならタダですから」

話している間にも供えた紙が消え、新たな紙が現れた。

そこには次の要求が記されている。

《　はぶたえもちがたべたい　》

石像の童《わらべ》は完全に泣《な》き止《や》んでいる。ただしまだ機嫌《きげん》は悪い。

コヨミが手を叩《たた》いた。

「わお、通った！　……のかな？　でもってまた餅《もち》かー……確か、キヨミハラの高級な和菓子《わがし》屋《や》さんで売ってたよね」

「買ってくる必要はなさそうだ。このまま続けよう」

クレーヴェルが文字を記し、ナユタがそれを供え直す。

ヤナギがふと眉《まゆ》をひそめた。

「はて……祭り囃子《ばやし》の音色が、更《さら》に近づいてきましたな」

「おそらくはフラグが進んでいる証拠《しょうこ》です。これがこのクエストの発動条件ということでしょう。仕掛《しか》けの意味に気づけば数瞬《すうしゅん》で済みますが、気づかず街を往復するとなると、なかなか面倒《めんどう》な作業です」

「あ。でも街に誰《だれ》か残しておいてメッセージで連絡《れんらく》するようにすれば、街へ戻《もど》る間に探しておいてもらったりとか……」

コヨミの言葉の途中《とちゅう》で、石像から次の要求が返ってくる。

《こおりもちがたべたい》

「……前言撤回《てっかい》。これ探すのかなりきっつい……！」

「どこかの郷土料理ですよね？　どんなものかもよく知りませんが……」

多くの挑戦者《ちょうせんしゃ》はこのあたりで断念したのだろうと、ナユタにも想像がついた。

ヤナギがどこか楽しげに笑う。

「餅《もち》を凍《こお》らせて乾燥《かんそう》させたものですな。湯に浸《ひた》して食べる、寒冷地域の保存食です。時に和菓《わが》子《し》の材料にもなります」

ヤナギの披露《ひろう》した淀《よど》みない豆知識に、ナユタは内心で驚《おどろ》いた。

（結局、この人……どういう人なんだろう？）

よほど親しい間柄《あいだがら》でもない限り、リアルの素性《すじょう》を詮索《せんさく》しないのがオンラインゲームのマナーではある。ただ、依頼《いらい》の理由も含《ふく》めて気になる点は多い。たった今の博識ぶりからして、何らかの研究者か料理人という線も考えられた。

難度の高い要求物もアイテムとして探す必要はないとあって、クレーヴェルは一筆の下に易々《やすやす》と石像の願いを叶《かな》えていく。

《　こばんもちがたべたい　》

「餅《もち》シリーズ続くなー……これも和菓子《わがし》？」

「はあ。たまに見かけますが、小判のような形が共通しているくらいで、作り方は店ごとに違《ちが》う例が多いようです。餡《あん》が入っている物、よもぎを使用した物、豆を混ぜた物……いろいろですな。一応、コバンモチという木もあります」

ヤナギの説明には迷いがない。

《ニッキもちがたべたい》

「……また和菓子《わがし》か。アスカ・エンパイアの店では扱《あつか》ってなさそうだが──料理スキルで合成はできそうだ」

呟《つぶや》くクレーヴェルの目つきが、心なしか険しい。

祭り囃子《ばやし》の音が更《さら》に近づいてくる。

コヨミが不安げに視線をさまよわせた。

「……あのさ。これ、まさか延々と続くってことない？　実はループに入ってたり……」

「──いや、もうじき終わるとは思う。続けよう」

文字を記して供えた紙はあっという間に消え、次の要求が返ってきた。

《いそべもちがたべたい》

醤油《しょうゆ》で味をつけ、海苔《のり》を巻いただけの餅《もち》である。これはさすがに和菓子《わがし》とはいえない。

「……急に簡単になりましたね。これは宵闇《よいやみ》通りの露店《ろてん》で見かけました」

紙を読みながら、ナユタは石像の様子を確認《かくにん》した。

表情は当初の泣き顔から一変している。

笑顔《えがお》になったわけではない。

表情が失われ、感情をまったく見せない能面のような顔つきへと転じている。石像らしいといえばらしいが、少々気味が悪い。

一方で祭り囃子《ばやし》の音は、もはや数歩の距離《きょり》にまで近づいていた。

演奏者の姿は影《かげ》も形も見えないが、音だけが間近で鳴っている。

ぴいひゃら、とんとん、しゃらんしゃらんと、賑《にぎ》やかなはずなのに何故《なぜ》か心が浮《う》き立《た》たない。

それどころか妙《みょう》な冷《ひ》や汗《あせ》が湧《わ》いてくる。

(見えないけれど……囲まれてる?)

いつでも臨戦態勢をとれるよう、ナユタは四肢《しし》に力を込《こ》めた。

楽器の音がまるで悲鳴に聞こえる。ひそひそとささやき交《か》わす誰《だれ》かの声もすぐ耳元で聞こえるのだが、何を言っているのかはさっぱりわからない。

恐《こわ》がりのコヨミがナユタの腰《こし》にしがみついた。

「……な、なんかヤバい気配になってきてる……？　これ、ぜったいなんか出るパターンだよね？　耳元に息とか吹《ふ》きかけられてるんですけど……！」

「落ち着きなさい。このクエストは……まだ始まってすらいない」

クレーヴェルが囁《ささや》くように告げる。

ナユタ達《たち》がこなしている一連の作業は、クエストの発動条件を満たすためのものである。発動条件を満たさない限り、《百八の怪異《かいい》》において敵は出てこない。そして発動の瞬間《しゅんかん》には、合図として低い鐘《かね》の音が響《ひび》き渡《わた》る。警戒《けいかい》が必要になるのはその後だった。

クレーヴェルが《いそべ餅《もち》》と書いた紙を供える。

紙はすぐに消え、新たな紙が現れた。

そこに餅《もち》の要求はもうない。

《　瑠璃《るり》も玻璃《はり》も照らせば光る。提灯《ちょうちん》いらずの月夜といえど、たまには欲《ほ》しき此明《この》かり　》

これまでよりは達者な字で、そんな文章が振《ふ》り仮名つきで記されていた。

コヨミが不安げに呟《つぶや》く。

「餅《もち》シリーズやっと終わった……瑠璃《るり》はなんか聞いたことあるけど、はりって何？」

「……コヨミさん……瑠璃《るり》は青い宝石で、玻璃《はり》は水晶《すいしょう》のことです。大昔にはどちらもガラスを意味していました」

「仏教では七宝の一つとして珍重《ちんちょう》されていた。金、銀、瑠璃《るり》、玻璃《はり》、しゃこ、珊瑚《さんご》、瑪瑙《めのう》の七つ――宗派によって少し変わるらしいがね」

ココミは数度、瞬《まばた》きをした。ナユタ達《たち》が説明しても、今一つぴんと来ないらしい。

「しゃこ？　エビみたいなアレ？」

「そっちじゃなくて、シャコ貝の貝殻《かいがら》です。ココミさん……ちゃんと古文の授業とか受けてました？」

ナユタの腰《こし》にしがみついたまま、ココミが唇《くちびる》を尖《とが》らせた。

「そ、そんなマイナーな知識がすらすら出てくるなゆさんと探偵《たんてい》さんのほうが変なんだもんっ！　私フツーだもんっ！」

「玻璃《はり》ぐらいは知っていてもいいと思うがね――これはことわざだ。《瑠璃《るり》も玻璃《はり》も照らせば光る》とは、優《すぐ》れた人材は光をあてれば目立つという意味だが、ここでは人材でなくこの祠《ほこら》そのもののことだろう。《此明《この》かり》は、一部の地方においては盆《ぼん》の迎《むか》え火《び》を意味する言葉だ。そして――天井《てんじょう》に貼《は》る《雲》の紙は、当たり前だが《その上に二階がある時》にのみ貼《は》るもの。つまりこの祠《ほこら》にも見えない二階がある。すべてのヒントを合わせると――」

クレーヴェルが、アイテムリストからダンジョン攻略用《こうりゃくよう》のランタンを取り出した。

眩《まぶ》しい光に眼《め》を細めつつ、祠《ほこら》の上へと設置する。

一同が息をひそめる中。

祭り囃子《ばやし》の太鼓《たいこ》が、体を震《ふる》わすほどに大きく響《ひび》き渡《わた》った。

思わず耳を塞《ふさ》ぐナユタ達《たち》の視界で、ランタンから伸《の》びた光が稲穂《いなほ》を撫《な》でる風となり、流れにそって金色の描線《びょうせん》が巨大《きょだい》な立体を描《えが》きはじめる。

描線《びょうせん》はあっという間に田の一面を埋《う》め尽《つ》くし、わずかに遅《おく》れて全体に色が乗り始めた。

小さな祠《ほこら》の上と左右を囲むように現れたのは、あまりに巨大《きょだい》な金色の城である。

真正面には幅広《はばひろ》の石段と巨大《きょだい》な城門、左右には見渡《みわた》す限り急勾配《きゅうこうばい》の石垣《いしがき》が続き、その上の城に至ってはもはや最上部が闇《やみ》に呑《の》まれて見えない。

「ひ、ひいっ⁉」

ナユタにしがみついたコヨミが、装束《しょうぞく》に顔を埋《うず》めた。

城から視線をおろせば、ナユタ達《たち》は祭り囃子《ばやし》の奏者達《たち》に囲まれていた。

狩衣《かりぎぬ》をまとい烏帽子《えぼし》をかぶった奏者の群は、半透明《はんとうめい》に透《す》けている。いずれの顔にも生気はなく、色彩《しきさい》は淡《あわ》く存在感も薄《うす》い。

それでいてかき鳴らす音は歪《いびつ》なまでに激しく、まるで怨念《おんねん》を楽器にぶつけているようだった。

彼《かれ》らは祠《ほこら》の左右にある石段を上り、ナユタ達《たち》を無視して城中へ踏《ふ》み入《い》っていく。

整然と行列が進む中、祭り囃子《ばやし》の軽快な音色に混ざり、除夜《じょや》の鐘《かね》にも似た異質な低音が一回だけ響《ひび》き渡《わた》った。

それはクエストの発動を告げる合図に他ならない。百八の怪異《かいい》は、百八つの鐘《かね》の音によって始まる。

目の前の光景に呆然《ぼうぜん》とするナユタ達《たち》へ、クレーヴェルが向き直った。

「――さあ、クエストが発動した。我々も城内にお邪魔《じゃま》するとしよう」

友人の家にでも招かれたような調子で宣《のたま》い、彼《かれ》はその狐顔《きつねがお》に気味悪いほどの優雅《ゆうが》な微笑《びしょう》を浮《う》かべる。

ナユタは俯《うつむ》き、しばし瞑目《めいもく》した後――ゆっくりと頷《うなず》く。

かくして、クエスト《幽霊囃子《ゆうれいばやし》》は、ひとまずその幕を開けた。

§

周囲を囲んでいた祭り囃子《ばやし》の幽霊達《ゆうれいたち》は、あっという間に城の奥《おく》へと吸《す》い込《こ》まれていった。

あたりは一転して静寂《せいじゃく》に包まれたものの、目の前にある巨大《きょだい》な城の存在感によって、先程《さきほど》まで漂《ただよ》っていた田舎《いなか》の情緒《じょうちょ》は完膚《かんぷ》なきまでに吹《ふ》き飛《と》んでいる。

元からあった小さな祠《ほこら》は、左右を石段に、頭上を城に塞《ふさ》がれて窮屈極《きゅうくつきわ》まりないが、無表情に転じた童《わらべ》の石像はどこか不遜《ふそん》で、むしろこの城の主《あるじ》のようにさえ見えた。

ナユタの腰《こし》にしがみついたまま、ココミが震《ふる》える声で呟《つぶや》く。

「……な、なんだったのかな？　今の幽霊《ゆうれい》の団体さん……お城の中に入っていったけど……」

これだけ怖《こわ》い物が苦手な彼女《かのじょ》が、どうして百八の怪異《かいい》を必死になってプレイしているのか、ナユタにはもう一つよくわからない。ただの怖《こわ》いもの見たさにしては無謀《むぼう》に思える。

探偵《たんてい》が一足先に石段を上り始めた。

「先に進めばわかる。なかなかどうして……私好みのクエストであることは間違《まちが》いない。このクエストの制作者は趣味《しゅみ》がいい」

「えー……探偵《たんてい》さんの好みって？」

訝《いぶか》しげなコヨミの問いに、クレーヴェルはいかにもわざとらしい社交的な作り笑顔《えがお》を見せた。

「力押《ちからお》しでは解けないこと。それから、少し頭を使えば解けること――この年になるとね、強い敵を倒《たお》すなんていう面倒《めんどう》くさい達成感よりも、ちょっと気の利《き》いた謎《なぞ》を解く程度の、軽い頭の体操のほうが心地《ここち》よくなる」

探偵《たんてい》の後に続きながら、ナユタは首を傾《かし》げた。

「そんなに老《ふ》け込《こ》むような年ではなさそうですが……それって単純に、戦闘用《せんとうよう》のステータスが低すぎて楽しみ方の幅《はば》が狭《せま》くなっているだけなんじゃないですか？」

クレーヴェルが肩《かた》を揺《ゆ》らして笑った。これは作り笑いではない。

「なかなか容赦《ようしゃ》のないご指摘《してき》だ。確かにそういった理由もある。何分にも――ゲームの正しい楽しみ方を、忘れてしまったみたいでね」

嘯《うそぶ》いた探偵《たんてい》は、飄々《ひょうひょう》たる足取りで階段を上りきる。

真正面の巨大《きょだい》な城門を見上げたヤナギが、ほうっと吐息《といき》を漏《も》らした。

「これはまた……立派なものです。一般《いっぱん》の城門というよりは、東照宮《とうしょうぐう》の陽明門《ようめいもん》に似ていますかな？」

門の向こうが屋内であるという大きな違《ちが》いはあるが、シルエットや大きさはほぼ同じといって差《さ》し支《つか》えない。

コヨミが門の傍《そば》へ駆《か》け寄《よ》った。

「あ、なるほど、なんか懐《なつ》かしいと思った！　小学校の修学旅行で行ったなあ、日光《にっこう》……見ざる言わざる聞かざるだよね？」

「……修学旅行……ああ」

編み笠《がさ》の下で、ヤナギの顔がわずかに強《こわ》ばった。

ナユタ以外の者に気づかれる前に、すぐに彼《かれ》は俯《うつむ》き、その表情を隠《かく》してしまう。

一方でクレーヴェルは、油断なく周囲に気を配っていた。

「さて、このあたりで門番でも出てくるかと思ったが――」

ナユタはふと、頬《ほお》に生温《なまぬる》い風を感じた。

百八の怪異《かいい》において、この風は多くの場合、敵が出現する前触《まえぶ》れとなっている。

コヨミも忍刀《しのびがたな》を抜《ぬ》き放《はな》ち、クレーヴェルはヤナギの前へ移動した。とりあえず依頼人《いらいにん》の盾《たて》になるつもりはあるらしい。

「なゆさん！　奥《おく》から何か来る！」

「はい！」

距離《きょり》を詰《つ》められる前に、ナユタは衣《ころも》をなびかせて突《つ》っ込《こ》んだ。

コヨミと二人だけならば相手の出方を見てもいいが、背後に保護対象が二人いる。敵が広範《こうはん》囲攻撃《いこうげき》を持っていた場合、距離《きょり》を詰《つ》められれば問答無用でこの二人を溶《と》かされかねない。

ナユタが城門から城内側へ飛《と》び込《こ》むと同時に、左右の壁《かべ》に連なる松明《たいまつ》が点灯した。

その明かりによって、正面に立つ敵の姿が照らし出される。

そこにいたのは――白い狐《きつね》の面をかぶった、小さな童《わらべ》だった。

鎧《よろい》武者《むしゃ》の群、巨大《きょだい》な蜘蛛《くも》、凶暴《きょうぼう》な鬼《おに》といったわかりやすい門番を想定していたナユタは、慌《あわ》ててその場に立ち止まる。

狐面《きつねめん》の童《わらべ》は着古した絣《かすり》の着物姿だった。足元は裸足《はだし》で、武器などは持っていない。

ぽつりと寂《さび》しげに立《た》ち尽《つ》くすその姿は、まるで迷子のようだった。

（このクエストの分類は《道連れ》……内部でパーティー以外のプレイヤーに会うことはない。つまりこの子は、敵かNPCのどちらか……）

その見極《みきわ》めをつけるため、ナユタは慎重《しんちょう》に声をかけた。

「……貴方《あなた》は、何者ですか」

狐面《きつねめん》の童《わらべ》は、声を出さずにナユタを手招きした。

どうしたものかと迷いつつ、ナユタは後続を振《ふ》り返《かえ》る。

「探偵《たんてい》さん。呼ばれているみたいですが……」

視界に同行者達《たち》の姿はなかった。

入ってきたはずの城門すらなく、石畳《いしだたみ》を敷《し》き詰《つ》めた暗闇《くらやみ》の道が延々と続いている。

（……ワープゾーン⁉）

先行したナユタのみ、別の場所に飛ばされたらしい。

反射的にメニューウィンドウを出すが、案の定、通信機能もロックされていた。ギブアップやログアウトは可能だが、仮に全員がそのまま離脱《りだつ》した場合、ここまで立てたイベントフラグも消失してしまう。

ナユタは素早《すばや》く肚《はら》を決めた。

動揺《どうよう》するほどのことではない。ここは結局、安全を約束された《お化け屋敷《やしき》》のようなものである。

コヨミ達《たち》の動向も気にはなったが、初心者のヤナギはともかく、他二人はそこそこレベルも高い。

（……あ、探偵《たんてい》さんは無理か。あのステータスじゃ野兎《のうさぎ》にも負けそう——）

そんなことを考えつつ、ナユタはこの状況《じょうきょう》を楽観視してもいた。

城内で分断されたということは、バランス調整の観点からして、〝単独で戦えないほど極端《きょくたん》に強い敵〟はしばらく出てこないという意味でもある。

逃《に》げ惑《まど》うことが前提の「屛風《びょうぶ》の虎退治《とらたいじ》」のようなクエストはまた別だが、少なくとも仲間と合流するまでは、ボスクラスの敵と遭遇《そうぐう》する可能性は低い。

これが現実であれば孤立《こりつ》によって恐怖《きょうふ》に駆《か》られるところだが、いくらリアルでも所詮《しょせん》はバランス調整されたゲームに過ぎない。

——SAOと違《ちが》って、〝死ぬ〟ことはない。

狐面《きつねめん》の童《わらべ》が、いつの間にかナユタの袖《そで》を摑《つか》んでいた。

「……おねえちゃん。遊ぼう？」

面の向こうから、くぐもった幼い声が聞こえた。

ナユタは首を横に振《ふ》る。

「ごめんね。仲間とはぐれちゃったの。はやく合流して、このクエストを攻略《こうりゃく》しないといけないから」

相手はNPCである。イベントフラグのために常識的な受け答えをする必要はあるが、過度に気を使う必要はない。

童《わらべ》がナユタを見上げた。

「……遊んでくれないの……？」

「……何をして遊びたいの？」

「かくれんぼ」

童《わらべ》が背を向けて駆《か》けだした。

（……なるほど。このダンジョンで、あの子を探して捕《つか》まえろ、ってことかな——）

童《わらべ》の姿は通路の闇《やみ》に消える。

ナユタは改めて周囲を観察した。

左右は石を積んだ壁《かべ》に挟《はさ》まれている。点在する松明《たいまつ》によってぼんやりと明るいが、遥《はる》か先を見通すほどの光量はない。

足元は石畳《いしだたみ》で、ところどころに血の染《し》みがある。

——耳を澄《す》ますと、何処《どこ》かで祭り囃子《ばやし》の太鼓《たいこ》がかすかに聞こえた。イベントが進めば、また音が大きくなっていくのかもしれない。

「——よし」

進む覚悟《かくご》を決めて、ナユタは薄暗《うすぐら》い通路に視線を据《す》える。

眼《め》を閉じ、一呼吸——

肺腑《はいふ》に大きく空気を取《と》り込《こ》み、ゆっくりと吐《は》く。

そして足取りは慎重《しんちょう》に、それでいて迷いはなく、彼女《かのじょ》は凛《りん》として闇《やみ》に向かい歩き出した。

§

城内において、ヤナギは一人、途方《とほう》に暮れていた。

何が起きたのかはよくわかっていない。

先行した戦巫女《いくさみこ》のナユタが唐突《とうとつ》に消え、駆《か》け寄《よ》ろうとしたコヨミが次に消え、探偵《たんてい》が舌打ちを漏《も》らした直後、気づいた時には一人になっていた。

〝怖《こわ》い〟とまでは思わないが、さてどうしたものかと考えあぐねてしまう。

道中、クレーヴェルからはいくつか助言を受けていた。

もしはぐれてしまったらメニューから通信機能を使うこと。

ただしイベント中は通信が使えなくなる可能性もあるため、その時は探索《たんさく》を続けるか、あるいはギブアップして街に戻《もど》るか、自身で判断すること——

今、通信機能はロックされている。

しかし敵の気配はなく、すぐに脱出《だっしゅつ》すべき状況《じょうきょう》とも思えない。

ヤナギは周囲を見回した。

そこは大広間である。それも尋常《じんじょう》な広さではない。

足元こそ畳《たたみ》敷きだが、壁《かべ》どころか柱の一本さえ見えず、板張りの天井《てんじょう》が延々とどこまでも続いている。

暗闇《くらやみ》ではなくぼんやりと明るいものの、光源らしい光源はない。

目印になるものが何もなく、全方向にただただ無闇《むやみ》に広い。

現実には有り得ない空間に、ぽつんと一人――

ヤナギは改めて途方《とほう》に暮れた。

「……じっとしていても仕方ない。歩くかの……」

溜息《ためいき》混じりに独りごち、彼《かれ》は脚絆《きやはん》のままで畳《たたみ》の上を歩き始めた。

ゲームの中だけに、老眼の影響《えいきょう》もなく視界はよく見える。動き回っても足腰《あしこし》も痛まない。疲《ひ》労《ろう》はあるが、それとて若い頃《ころ》に感じていたものと同程度で、つまり老体ゆえのハンデは感じられなかった。

反射神経だけは若者達《たち》のようにはいかないが、若い頃《ころ》のようにこうして普通《ふつう》に歩けるだけで、周囲の不気味な様子とは裏腹に、なにやら楽しい心持ちにさえなってしまう。

「……フルダイブ可能なVRMMOとは……なるほど、こうしたものか――」

淡々《たんたん》と歩きながら、ヤナギは眼《め》を伏《ふ》せる。

体力の落ちた老人はもちろん、現実世界ではまともに体を動かせない者さえも、この世界では容易に健康体を得られる。

所詮《しょせん》はゲーム、疑似《ぎじ》体験に過ぎないといってしまえばそれまでだが、人並みの暮らしを送ることすら困難な人々にとって、肉体の枷《かせ》を意識せずに済むこうした仮想空間の登場は、まさに福音《ふくいん》だった。

好きな場所へ行き、好きなものを食べ、好きなことをする——それがどれだけ幸福なことか、健康な人間にはなかなか自覚できない。

果ての見えない大広間を、ヤナギはただあてもなく歩き続ける。

畳《たたみ》の縁《へり》に沿って真《ま》っ直《す》ぐに進むうち、その正面へ、不意に小さな人影《ひとかげ》が現れた。

闇《やみ》から溶《と》け出すようにして、白い狐《きつね》の面をかぶった童《わらべ》が一人——

ヤナギは思わず立ちすくんだ。

しばし呼吸が止まったものの、それは驚《おどろ》きのためではない。こうした事態が起きることを、心のどこかで期待していた。

「……お……おお……」

漏《も》れた呻《うめ》きは、涙《なみだ》こそ伴《ともな》わないものの泣き声に近い。

童《わらべ》が血色の失《う》せた白い手でヤナギを招く。

ふらつくようにして歩み寄り、ヤナギは童《わらべ》の肩《かた》を摑《つか》もうとした。

伸《の》ばした手は震《ふる》え、整ったはずの呼吸がまた乱れる。

狐面《きつねめん》の童《わらべ》は、その手が届く寸前に背を向けて走り出した。

「あ……待っておくれ！」

ヤナギは慌《あわ》てて追いすがる。

その耳に、どこからともなくかすかな祭り囃子《ばやし》の音が響《ひび》き始めた。

足から力が抜《ぬ》け、視界がぐらりと歪《ゆが》む。

「……う……？」

立《た》ち眩《くら》みにも似た違和感《いわかん》の後、立ち止まってしまったヤナギは、錫杖《しゃくじょう》を頼《たよ》りにどうにか膝《ひざ》を落とさず踏《ふ》みとどまった。

少し離《はな》れた暗がりで、振《ふ》り返《かえ》った少年が狐《きつね》の面を外す。

――仮面の下にあったのは、ヤナギの見知った顔だった。

距離《きょり》が遠く、はっきりと見えたわけではない。だが、ヤナギに見違《みちが》える理由はなかった。

「……清文《きよふみ》……？」

童《わらべ》の名を呼びながら、ヤナギはふらふらと後を追う。

狐面《きつねめん》の童《わらべ》は無限の大広間を駆《か》けていく。

暗闇《くらやみ》にその姿が消えてもなお、ヤナギはただひたすらに、見えない彼《かれ》を追いかけ続けた。

§

探偵《たんてい》、クレーヴェルは城の天守閣にいた。

持ち前の強運はこんな時にも発揮されたらしく、眼下には月明かりを受けて銀色に輝《かがや》く稲穂《いなほ》の波、彼方《かなた》には雪化粧《ゆきげしょう》を残した山々の稜線《りょうせん》、夜空には満天の星に冴《さ》えた月の輝《かがや》きと、見事な絶景が一面に広がっている。

ホラーテイストのクエストには似合わぬ清冽《せいれつ》なその美しさには、制作者のこだわりが感じられた。

（……突入前《とつにゅうまえ》の地上から見えた景色とは、地形からして別物のようだが――）

この天守から見える景色は、おそらくは特別に設定されたものである。仮にここから鉤縄《かぎなわ》などを用いて外へ下りたとして、向かった先が先程《さきほど》のフィールドにつながっているとは限らない。もっとも、目的が脱出《だっしゅつ》ではなくあくまで〝探索《たんさく》〟である以上、あえてそれを試《ため》す必要もない。ついでに鉤縄《かぎなわ》なども持っていない。

強制的に仲間と分散させられたことは予想外だったが、たとえ全滅《ぜんめつ》してもこのクエストはやり直しがきく。ＳＡＯとは違《ちが》い、ゲームオーバーが死に直結しない。

――ゲームオーバーが、死に直結しない。

クレーヴェルは深々と息を吸う。

このことを意識するたびに、彼《かれ》は鬱々《うつうつ》たる重苦しさに潰《つぶ》されそうになる。

クレーヴェルもかつて、そのゲームに囚《とら》われていた。

当時のことは思い出したくもないが、同時に決して忘れたくもない。

およそ一万人がVRMMOの世界からログアウトできなくなり、そのうちの四千人あまりが死亡した。

犠牲者《ぎせいしゃ》の親族も含《ふく》めれば、数万、数十万に及《およ》ぶ人々の人生を歪《ゆが》めた、悪夢のような犯罪だった。

クレーヴェルが今、ここでこうして〝探偵《たんてい》〟などに興じている理由にも、この事件が関係している。

(あんな事件は、もう二度と——)

——今、考えるべきことでもない。

澱《よど》みかけた思考を切り替《か》え、探偵《たんてい》は改めて天守閣を見渡《みわた》した。

やや薄暗《うすぐら》いが、足下《あしもと》に迷うほどではない。

天井《てんじょう》から吊《つる》された複数の提灯《ちょうちん》に照らされ、板敷《いたじ》きの床《ゆか》が飴色《あめいろ》の光沢《こうたく》を放っている。

注意深くあたりを観察しつつ、耳を澄《す》ますと——

何処《どこ》からともなく、不意に祭り囃子《ばやし》の音色が聞こえた。

探偵《たんてい》はふと目眩《めまい》を覚える。くらりと視界が一瞬《いっしゅん》揺れ、体から不自然に力が抜《ぬ》けた。

(なんだ……? 状態異常ではなさそうだが……)

毒や麻痺《まひ》ならすぐにわかるが、これといって不快感はない。

頭を軽く振《ふ》った拍子《ひょうし》に、部屋の隅《すみ》を黒い人影《ひとかげ》がかすめた。

クレーヴェルは立ち止まり、眼を凝《こ》らす。

数瞬前《すうしゅんまえ》まで誰《だれ》もいなかったはずの場所に、《誰《だれ》か》が立っている。

ホラーではありがちな演出でもあり、その意味では予測範囲内《はんいない》の現象といって差《さ》し支《つか》えない。

ただ――闇《やみ》に埋《う》もれた後ろ姿に、奇妙《きみょう》な点がある。

彼《かれ》のシルエットは、クレーヴェルの知る〝ある人物〟にそっくりだった。

和風の《アスカ・エンパイア》内では珍《めずら》しい、西洋風の分厚いプレートメイルを身につけ、彼《かれ》はまるで行き先に迷うように、ぼんやりとそこに立《た》ち尽《つ》くしている。

歩み寄ることすらできず、クレーヴェルはその場に硬直《こうちょく》した。

――プレートメイルの男が、ゆっくりと横を向く。

表情こそ闇《やみ》の中でややぼやけていたが、他人の空似という可能性を完全に排除《はいじょ》できる程度には、面影《おもかげ》が瓜二《うりふた》つだった。

（何故《なぜ》……何故《なぜ》、〝彼《かれ》〟がここにいる……？）

そこにいたのは、この場に決しているはずのない人間だった。

驚《おどろ》きつつも、クレーヴェルは取り乱さない。彼《かれ》はあくまで平静を保っている。

ただしその平静さは、「事態を把握《はあく》できない」がゆえの、麻痺《まひ》にも近しい代物《しろもの》ではあった。

自分がゲームをプレイしているのか、それとも眠《ねむ》って夢を見ているだけなのか――それすら怪《あや》しく感じられる。

青年の口から、塊《かたまり》のような黒い血がごぽりと溢《あふ》れた。

鎧《よろい》の首筋、肩《かた》、胴回《どうまわ》りなどの隙間《すきま》からも、闇《やみ》が侵食《しんしょく》するような印象を伴《ともな》って、大量の血が溢《あふ》れていく。

クレーヴェルは取り乱さない。

決して――取り乱さない。

彼《かれ》は幽霊《ゆうれい》など信じない。それらしきものがもし見えたとしたら、それは誰《だれ》かの作った紛《まが》い物《もの》か、あるいは脳が見せる幻覚《げんかく》の類《たぐい》だと弁《わきま》えている。

(そう、幻覚《げんかく》……あるいは気のせいだ。あれが奴《やつ》であるはずはない。しかし……)

――青年の姿はあまりに忘れ難《がた》く、見間違《みまちが》えなどは断じて有り得ない。

重ねて、クレーヴェルは取り乱さない。

だから彼《かれ》は考えることができる。

仮に事態を把握《はあく》できず、感覚が麻痺《まひ》していたとしても、パニックにはならず、いくつかの〝推測〟をたてることができる。

そうして彼《かれ》が導き出した可能性の一つは、あまり質のいい解答ではなかった。

(まさか、このクエストは……まずい。運営に気づかれたら……！)

歯嚙《はが》みするクレーヴェルの視界で、青年の足下《あしもと》に血が溜《た》まり、黒く真円を描《えが》いて広がり始めた。

血溜《ちだ》まりはそのまま底なしの沼《ぬま》と化し、彼《かれ》の身を床下《ゆかした》へと呑《の》み込《こ》んでいく。

咄嗟《とっさ》に駆《か》け寄《よ》ろうとしたクレーヴェルの裾《すそ》を、後ろから誰《だれ》かが摑《つか》んだ。

振《ふ》り返《かえ》ると――絣《かすり》の着物を着た《狐面の童《きつねめんのわらべ》》と、視線が交錯《こうさく》した。

城への突入前《とつにゅうまえ》に一瞬《いっしゅん》だけ見えたあの幼い童《わらべ》が、今、間近でクレーヴェルのコートを摘《つま》んでいる。

意識を逸《そ》らされたのは一瞬《いっしゅん》のことで、クレーヴェルはすぐさま、沈《しず》みゆく青年に視線を戻《もど》した。

そこにもう、〝彼《かれ》〟はいなかった。

沈《しず》んだにしては早すぎる。血溜《ちだ》まりもない。視線をずらした一瞬《いっしゅん》の隙《すき》に消えた、と見るのが正しい。

（……いない……？）

そもそも仮想空間だけに、この程度の消失は不思議でもなんでもない。

青年の消えた床面《ゆかめん》を凝視《ぎょうし》しつつ、クレーヴェルは狐面《きつねめん》の童《わらべ》に声をかけた。

「――君。私は早急《さっきゅう》に、ヤナギ氏と共にこのクエストをクリアしなければならない。分散した仲間のところへ案内してくれ。君は――このクエストの中において、《敵》ではないんだろう？」

仮に敵であるならば、クレーヴェルはとっくに不意打ちを受けている。

狐面《きつねめん》の童《わらべ》が不思議そうに首を傾《かし》げた。

この童《わらべ》は、もちろん幽霊《ゆうれい》などではない。ただのＡＩ──それもおそらくは、このクエストの内部において案内人の役割を受け持つ存在だった。

童《わらべ》は無言でクレーヴェルの裾《すそ》を離《はな》し、滑《すべ》るような足取りで天守閣の端《はし》へと向かった。

その先には階下へ下りるための階段がある。

梯子《はしご》に近い急な角度だが、童《わらべ》は踏板《ふみいた》を無視し、階下へ音もなく飛び降りた。

クレーヴェルも後に続く。

このまま罠《わな》へと導かれる可能性ももちろんあるが、その罠《わな》を乗《の》り越《こ》えることがクリアの条件であるならば、この童《わらべ》は紛《まぎ》れもなくクエストの案内人だった。

（……この段階で雑魚《ざこ》に絡《から》まれようものなら、私は脱落《だつらく》だろうが……）

運以外のステータスが尋常《じんじょう》でなく低いクレーヴェルにとって、そこが一つの悩《なや》み所ではある。

彼《かれ》の懸念《けねん》を裏付けるように、階下の天井《てんじょう》でがさごそと何かが蠢《うごめ》いた。

急階段を下りきって見上げた視界に、蜘蛛《くも》の半身を持つ花魁姿《おいらんすがた》の女が現れる。

逆さまに天井《てんじょう》へ張り付き、彼女《かのじょ》は裂《さ》けた口元から牙《きば》を覗《のぞ》かせ、にたりと笑った。

「……女郎蜘蛛《じょろうぐも》……か」

クレーヴェルはステッキの先で、コツコツと軽く床《ゆか》を叩《たた》く。これは思案する時の癖《くせ》である。

熟達したプレイヤーにとっては、さほど怖《こわ》い相手ではない。

──が、少なくともクレーヴェルのステータスで敵《かな》う相手でもない。

倒《たお》さなければ狐面《きつねめん》の童《わらべ》の後を追えないが、倒《たお》すのはおそらく難しい。退路は逃《に》げ場《ば》のない天守閣のみである。

──つまりは、どうしようもない。

探偵《たんてい》は軽く額を叩《はた》き──

やり直しのきく仮想の《死》に向けて、後ろ向きかつ破れかぶれの一歩を踏《ふ》み出《だ》した。

§

ナユタが城からの一時離脱《りだつ》を果たした時、メールボックスには既《すで》に三通のメッセージが届いていた。

【なゆさんごめん！　頑張ったけどやられちゃった……また明日、探偵《たんてい》さんとこで！】

【すまない。私も負けた。ヤナギ氏もお疲《つか》れのようだし、君も今日のところはログアウトしてくれ】

【恐《おそ》れ入《い》ります。私もお役に立てませんで──】

どうやら三人ともあっさりと撤退《てったい》に追《お》い込《こ》まれたらしい。無事にイベントフラグを引《ひ》き継《つ》いで城から脱出《だっしゅつ》できたのは、ナユタだけということになる。

《百八の怪異《かいい》》においては、デスペナルティとして、HPが〇になったプレイヤーはその後の六時間にわたってログインができなくなる。

所持アイテムをランダムで一つ失う通常通りのペナルティもあるが、これは身代わりとして消失する《さるぼぼ》を持っている限り、あまり怖《こわ》くはない。

この人形の由来は、猿《さる》の赤《あか》ん坊《ぼう》を模した飛騨《ひだ》地方の名産品で、災厄《さいやく》が「去る」と猿《さる》を掛《か》けたお守りらしい。

百八の怪異《かいい》では消失アイテムの代わりに「去る」という設定で、攻略組《こうりゃくぐみ》にとっては必須《ひっす》のアイテムとなっている。

そもそもホラーテイストという事情もあって、今回のイベントでは突発的《とっぱつてき》なリタイアがそれなりに多い。

さるぼぼはそれに対する救済措置《そち》であり、アスカ・エンパイアの他のクエストでは効果を発揮しない、怪異《かいい》イベント専用の特殊《とくしゅ》アイテムだった。

それを持っている限りリタイアによる被害《ひがい》は少ないだろうが、六時間のログイン制限についてはどうしようもない。

早期の合流は諦《あきら》めて、ナユタもひとまずログアウトすることにした。

転送ポイントでイベントフラグをセーブし、ついでに消費したアイテムをよろず屋で買い直してから、彼女《かのじょ》は自分の部屋へと戻《もど》る。

ベッドから頭をあげると、窓の外はもう暗かった。

部屋の外から母親の叱《しか》るような声が響《ひび》く。

「優里菜《ゆりな》ー、まだゲームやってるのー？　聞こえてたら、お風呂沸《ふろわ》いてるから入っちゃいなさーい」

「……うん。いま入る」

ナユタは——櫛稲田優里菜《くしいなだゆりな》は、返事をしながら自分の部屋を見回した。

古い和風の世界観からこの部屋へ戻《もど》ると、その違《ちが》いに少しばかり戸惑《とまど》うことがある。

ベッドの上には巨大《きょだい》でやや不細工な黒猫《くろねこ》のぬいぐるみ。それがかろうじて女子高生らしい装飾品《そうしょくひん》で、他は総じて地味な部屋だった。

壁《かべ》の書棚《しょだな》には小説を中心に大量の本が詰《つ》め込《こ》まれ、机にはパソコンが一台、部屋の色使いは白系と黒系が多く、雑貨類はあまりない。よく片づいてはいるものの、男の部屋とでも思われそうな素っ気ない空間となっている。

移動した居間では、兄と父が将棋《しょうぎ》を指していた。

今日は兄の方が優勢らしく、いつも気弱げな父が珍《めずら》しく眉間《みけん》に皺《しわ》を寄せ、盛大《せいだい》に唸《うな》っている。

「お兄ちゃん、今日は非番？」

「……非番じゃないのに親父《おやじ》と将棋《しょうぎ》なんか指してたらまずいだろ」

呆《あき》れた口調で返され、優里菜《ゆりな》はくすりと笑った。

アイランドキッチンから、母親も顔を覗《のぞ》かせる。

「非番なのにデートの予定もなくお父さんと将棋《しょうぎ》を指しているのも、それなりにまずいんじゃないかしら？　優里菜《ゆりな》が彼氏《かれし》とか連れてきたらお父さんは卒倒《そっとう》しそうだけど、お兄ちゃんが彼女《かのじょ》を連れてくる分には大歓迎《だいかんげい》よ？」

独り者の兄は、聞こえないふりをして肩《かた》をすくめた。

ようやく次の手を打った父が恐《おそ》る恐《おそ》る顔をあげる。

「……優里菜《ゆりな》。念のために聞くけど、そういう相手はまだいない……よな？」

優里菜《ゆりな》が答えるまでもなく、兄がからからと笑った。

「いたら貴重な土曜日の午後をゲームなんかに費《つい》やしてるわけないだろ。ほら、親父《おやじ》。王手」

「ああっ……お前、そこに桂馬《けいま》はないだろ……うう、飛車と交換《こうかん》か……」

決着は近いらしい。

ソファに腰掛《こしか》けた優里菜《ゆりな》は、入浴の前にタブレットからいつも見ているサイトのチェックをはじめた。

MMOトゥデイ。

VRMMOの関連情報を扱《あつか》うこの大手ニュースサイトは、情報の速さと精度に定評がある。攻略《こうりゃく》情報だけでなく、業界の動向や新規ゲームの宣伝まで網羅《もうら》しているが、ここ数日の目玉記事は、管理人シンカーによるカナダ旅行記だった。

現地のソフトウェア会社を訪問し、新進気鋭《きえい》のクリエイター達《たち》へ直接インタビューを行う——そんな内容だが、同行している新妻《にいづま》のユリエールも頻繁《ひんぱん》に写真の端《はし》に登場するため、内容はいたって真面目ながら「公開新婚《しんこん》旅行か」とごく一部でやっかまれている。

優里菜《ゆりな》が今日の更新分《こうしんぶん》を読み始めた直後、サイトのトップに速報が入った。

『アスカ・エンパイア、《百八の怪異《かいい》》新規クエストに不具合発生　』

(新規クエスト、って……まさか——)

今週配信された新規クエストは、《人狼《じんろう》の森》と《幽霊囃子《ゆうれいばやし》》の二つしかない。

嫌《いや》な予感とともに、優里菜《ゆりな》はすぐさま記事をクリックする。

読み進むうちに、この懸念《けねん》は完全に裏付けられた。

「……今週配信されたばかりの《幽霊囃子《ゆうれいばやし》》において、一部のユーザーから苦情が発生……？内容を調査検証するため、配信を一時停止……再配信の時期は未定——って……」

彼女《かのじょ》は呆然《ぼうぜん》と、短い記事を幾度《いくど》か読み返す。急ぎの第一報ゆえか、苦情の内容までは書かれていない。

(そんな……だってヤナギさん、一週間以内にどうしてもクリアしたいって……)

こうした一時的な配信停止は、過去にも幾度《いくど》か例がある。そのまま削除《さくじょ》されてしまったクエストもあるが、復活する場合でも修正に一ヶ月程度はかかるのが常だった。

一週間以内でのクリアとなると、もはや絶望的といっていい。

優里菜《ゆりな》は追加の情報を求めて、ブックマークから《百八の怪異《かいい》》の攻略《こうりやく》コミュニティへ移動した。

案の定、そこには幽霊囃子《ゆうれいばやし》の配信停止に関するスレッドが既《すで》に立っている。

真偽《しんぎ》の怪《あや》しい推測や噂話《うわさばなし》が多いことは承知で、彼女《かのじょ》はその内容を確認《かくにん》しはじめた。

急な配信停止に戸惑《とまど》う声が多い中、いくつかの書《か》き込《こ》みが彼女《かのじょ》の眼《め》を捉《とら》える。


『　ゲームの中に、本物の幽霊《ゆうれい》が出たらしい　』──


優里菜《ゆりな》は──ナユタは、唇《くちびる》をきつく引き結ぶ。

この書《か》き込《こ》みが馬鹿馬鹿《ばかばか》しい与太話《よたばなし》ではないことを、彼女《かのじょ》は既《すで》に知っていた。

確かに彼女《かのじょ》も、〝データとしては存在しないはずの幽霊《ゆうれい》〟を目撃《もくげき》している。

ただし、それが《本物》の霊魂《れいこん》だなどとは思っていない。ほぼ間違《まちが》いなく、なんらかの種と仕掛《しか》けがある。

そして困ったことに──今回はその種と仕掛《しか》けが、運営側にとって看過できない類《たぐい》のものだった可能性が高い。

呑気《のんき》に将棋《しょうぎ》を指す兄と父に背を向け、ナユタは独り、無意識のうちに華奢《きゃしゃ》な拳《こぶし》を握《にぎ》り込《こ》んでいた。

あやかし横丁グルメガイド 第一号

化け猫茶屋

《あやかし横丁》の実装とほぼ同時期にオープンした創作和菓子の人気甘味処。店構えは落ち着いた雰囲気ながら、暖簾に描かれた巨大な猫の眼がやや不気味と評判である。

店内で働くのは基本的に猫又ばかりだが、よく見ればまだ尻尾が分かれていない見習いの若い店員もいる。正規の店員よりもやや時給が低いためか、彼らにチップを与えると高確率で膝に乗り愛想を振りまいてくれる。その勤労意欲の高さはなかなかのもので、時には三十分以上も客の膝上から動かない。無理にどかすと引っかかれる。

注文の取り違えが頻繁に発生することでも知られているが、彼らにしてみれば人間ごときが何を食おうと別にどうでもいいため、苦情を言うのはお門違いである。そもそも人間の区別がついていない可能性も高い。

常連客には豆かんやわらび餅等、シンプルな甘味が人気のようだが、看板メニューの《肉球饅頭》は持ち帰りも可能。肉球を象ったふわふわの生地にたっぷりのツナ餡が詰まっており、絶妙の甘みとマグロの風味にくわえ、オイルの油っぽさまで楽しめる逸品だ。

一度口にした客はもう二度と食べないとさえ言われるが、猫系妖怪の大好物であり、クエスト《屏風の虎退治》ではこれを投げつけることで一時的に虎の注意を逸らすことができる。十個まとめて買うと店員が肉球を触らせてくれる嬉しいサービスつき。

らーめん・けうけ軒

宵闇通りの入り口近く、一等地に店を構える創業百年の新参ラーメン店。なお、妖怪の世界で老舗と呼ばれるまでには最低でも数千年を要する。

開店当初の六十年ほどは客がさっぱり入らなかったらしいが、近所の妖怪に口コミで広がり、宵闇通りの解放後は人間の客まで来るようになった。店主曰く、「食い逃げが減った」とのこと。

ラーメンに必ず体毛が入っていることから、かつては衛生面を危惧する声もあったが、それが大将ではなく店を手伝う美人三姉妹のものと判明してからはむしろ客が増えたようである。

レジと接客を担当する、長い黒髪がチャームポイントでやや天然気味の長女。

店が立て込む時間帯にのみ厨房で手伝いに立つ、反抗期でツンデレの次女。

そして店の外で客引きを行う、天真爛漫で人懐っこいしっかりものの三女。

いずれも常連客からの評判は上々で、はじめは「見分けがつかない」「店主と同じ風体だから雄だと思っていた」などの心ない声もあったが、常連客達からの容赦ない洗脳……周知徹底の甲斐あって、今や宵闇通り商店街のアイドルといっても過言ではない。

なお、ラーメンはさほど旨くもない。

二章

狐の見舞い

猫《ねこ》は神である。

神とは人知を超《こ》えて畏怖《いふ》される存在であり、信仰《しんこう》の対象である。

鰯《いわし》の頭も信心から、などと言う通り、信仰《しんこう》する者さえいれば鰯《いわし》の頭でさえ神になる。

「……いわんや猫《ねこ》をや、というのが連中の主張だ」

狐顔《きつねがお》の探偵《たんてい》クレーヴェルはどこかうんざりとした表情で、壁《かべ》を越《こ》して向かいにある隣室《りんしつ》を指さした。

戦巫女《いくさみこ》のナユタと忍《しのび》のコヨミは、揃《そろ》ってその方向に視線を向ける。

三ツ葉《みつば》探偵社《たんていしゃ》の隣《となり》の部屋を借りているのは、〝猫神信仰《ねこがみしんこう》研究会〟なる怪《あや》しい組織だった。

得体は知れないが、さしあたって実害があるようにも思えない。

ボットの猫又《ねこまた》を膝《ひざ》に載《の》せたコヨミが、顎下《あごした》を撫《な》でながら力なく笑った。

「まあ、神様と猫様《ねこさま》って字面《じづら》も似てるしねー……あと人間に無関心なとことか、人間を下僕《げぼく》と思ってそうなとことか、貢《みつ》いでも見返りがないとことか、共通点も割と多そうだし──」

彼女《かのじょ》らしい言い草に、ナユタは嘆息《たんそく》を向ける。

「コヨミさんってたまに言うことが黒いですよね。信心深い人に怒《おこ》られますよ」

「……その信心深い人らがよってたかってうちのおじいちゃんから土地とその他資産をひっぺがしていった結果、私はつまんないOLやってるの……あの遺産があったら一生ニートできたのにっ！」

それはそれでどうなのかと思わないでもない。

半分は同情し、半分は呆《あき》れて、ナユタはコヨミの頭を適当に撫《な》で回《まわ》した。

「残念でしたね、コヨミさん。それより……隣《となり》の猫神信仰《ねこがみしんこう》の人達《ひとたち》って、冗談《じょうだん》で活動してるわけじゃないんですか？　信仰《しんこう》してるっていうなら、教義とかは……」

執務机《しつむづくえ》に肘《ひじ》をついたクレーヴェルが、微笑《びしょう》とともに肩《かた》をすくめた。

「あるにはある。〝猫《ねこ》は聖なる獣《けもの》である〟〝猫《ねこ》を崇《あが》めよ〟〝おやつをあげすぎるな〟〝爪《つめ》とぎボードを用意せよ〟〝栄養のバランスに気をつけよ〟〝予防接種は確実に〟〝トイレはきちんと掃除《そうじ》せよ〟……だったかな？」

「……三つ目以降、ただの猫《ねこ》の飼い方ですよね？」

探偵事務所《たんていじむしょ》に集《つど》った三人は、日曜の早朝から益体《やくたい》もない会話を重ねていた。

狐《きつね》のような銀髪《ぎんぱつ》の青年探偵《たんてい》、クレーヴェル。

幼く見えるが歴《れっき》とした社会人の忍者《にんじゃ》、コヨミ。

そして身軽さを重視した徒手空拳《としゅくうけん》の戦巫女《いくさみこ》、ナユタ――

三人ともにその顔色は冴《さ》えない。

早朝とはいえ、窓の外は今日も暗い。あやかし横丁は常に夜の街であり、空に朝日が昇《のぼ》ることは決してない。

そしてナユタ達《たち》の精神状態も、現状、夜明けからは程遠《ほどとお》かった。

クエスト《幽霊囃子《ゆうれいばやし》》の突然《とつぜん》の配信停止により、彼女達《かのじょたち》は今、その動きを封《ふう》じられている。

とりあえずとばかりに事務所には集まったものの、依頼主《いらいぬし》たるヤナギもまだ来ていない。

ボットの猫又《ねこまた》とコヨミが、同時に欠伸《あくび》を漏《も》らした。

「ふあ……ねー、なゆさん。なんか甘《あま》いもの食べたい……化《ば》け猫茶屋《ねこぢゃや》行こっか？　ヤナギさんにもメールして、待ち合わせそっちにしてさー」

甘《あま》いものでも食べれば、妙案《みょうあん》が——浮《う》かぶとは思えないが、当面のストレスは軽減されそうだった。

「わかりました。探偵《たんてい》さんも行きますよね？」

「……化《ば》け猫茶屋《ねこぢゃや》か……ああ、ヤナギ氏には私からメールを送っておこう」

メニューウィンドウを操作しながら、探偵《たんてい》が立ち上がった。

ナユタとコヨミは一足先に事務所を出る。

昨日までと同じく、そこには高さ三メートルに及《およ》ぶ黒猫大仏《くろねこだいぶつ》が鎮座《ちんざ》していた。

——気のせいか、前足の角度が昨日とは微妙《びみょう》に違《ちが》っているように見える。

気づかぬふりをして通り過ぎ、三人は宵闇《よいやみ》通りを抜《ぬ》けて、あやかし横丁の表通りへと戻《もど》った。

ゲームの中は常に夜でも、実際の時間は休日の朝とあって、そこそこ人通りは多い。

夜空を見上げれば曇天《どんてん》から大量の長い手が生え、まるでクラゲの触手《しょくしゅ》のように蠢《うごめ》いていた。

「……あれって、〝なんとなく不気味〟以上の意味はあるんでしょうか？」

「さて。〝雲を摑《つか》む〟ような話だね」

探偵《たんてい》が鼻で笑う。

冗談《じょうだん》のようなその答えに、ナユタは妙《みょう》に納得《なっとく》してしまった。

この街は結局、〝よくわからないもの〟が意味もなく適当に蠢《うごめ》いている場所だった。

よく言えば懐《ふところ》が深く、悪くいえば節操がない。

無意味なものも、無意味なままで存在を許される——そういう意味では、多くの人々にとってここは存外に居心地《いごこち》がいい。ホラー的な空間のはずなのに、全体として妙《みょう》な活気がある。

やがて到着《とうちゃく》した化《ば》け猫茶屋《ねこぢゃや》は、ひっきりなしに客が出入りしていた。

出入りの数瞬《すうしゅん》、彼《かれ》らの姿は幽霊《ゆうれい》のように不安定になる。

店の入り口を境に、入店する時は体が朧《おぼろ》に消え、退店する時は逆に浮《う》かび上《あ》がって実体化する。

この出入り口は転送ゲートのような仕様で、客はコピーされた複数の店舗《てんぽ》へ飛ばされるため、いつ来ても混雑とは無縁《むえん》だった。

ナユタ達《たち》一行も、他に誰《だれ》もいないがら空きの店内へと飛ばされた。

適当なテーブル席に案内されながら、接客する猫又《ねこまた》の顎下《あごした》をコヨミがわしわしと撫《な》でる。

「まだ朝だし、さっぱりしたのがいいかなあ。今日は私も豆かんにする！　なゆさんはいつも通り？」

い。

「はい。豆かんで」

コヨミは気分次第《しだい》で注文をよく変えるが、ナユタは七割程度の確率で豆かんを頼《たの》むことが多い。

えんどう豆と寒天だけのシンプルな甘味《あまみ》だが、寒天の歯応えがよく、蜜《みつ》の甘《あま》みがちょうどいい。えんどう豆も特別仕様で、よその店舗《てんぽ》のそれとは物が違《ちが》う。

一噛《ひとか》みでぷちんと小気味よく弾《はじ》け、バニラビーンズにも似たほのかに甘《あま》い香《かお》りが口一杯《くちいっぱい》に広がるその豆は、現実には存在しない代物《しろもの》だった。

純粋《じゅんすい》な豆かんを求めて来る客はさておき、こうした和洋折衷《わようせっちゅう》の不可思議な味わいが、この店の人気にもつながっている。

並んで座《すわ》るナユタとコヨミの向かいに、探偵《たんてい》も腰《こし》をおろした。

「私も同じものでいい。豆かん三つで頼《たの》む」

法被《はっぴ》を着たマンチカンが小さく頷《うなず》き、注文票に筆記をしながら、とてとてと奥《おく》の厨房《ちゅうぼう》へ歩いていった。

「探偵《たんてい》さんもここ、よく来るの？」

コヨミが問うと、クレーヴェルは曖昧《あいまい》に頷《うなず》いた。

「観光案内では定番のスポットになっている。海外の客にも評判がいい。ただ――豆かんは食べたことがないな。注文したことは何度かあるんだが」

妙《みょう》なことを言い出した。

「ああ、もしかして取《と》り違《ちが》えですか？　私とコヨミさんが知り合ったのも、お互《たが》いの豆かんとわらび餅《もち》を間違《まちが》って配膳《はいぜん》されたのがきっかけで――」

「……いや、取《と》り違《ちが》えというか……」

クレーヴェルが言《い》い掛《か》けた矢先、早くも猫又《ねこまた》が盆《ぼん》を運んできた。

豆かんを盛った陶磁器《とうじき》の碗《わん》が二つ。

それともう一つ、あまり見覚えのない舟形《ふながた》のガラス容器に、黄色い円柱と大量の生クリーム、色とりどりのフルーツを豪勢《ごうせい》に盛り合わせ、カラメルソースとチョコレートをトッピングした明らかに和菓子感《わがしかん》のない逸品《いっぴん》が一皿――

「……え。何それ。え？」

混乱するコヨミをよそに、猫又《ねこまた》はそれぞれの前に器《うつわ》を置いていく。

クレーヴェルの前に置かれたのは、豪勢《ごうせい》な《プリン・ア・ラ・モード》だった。

注文は豆かん三つである。何をどう間違《まちが》えたらこうなるのか、ナユタにはさっぱりわからない。

「……頼《たの》んだの、豆かん三つですよね？」

配膳《はいぜん》の猫又《ねこまた》に問いかけると、マンチカンは不思議そうに首を傾《かし》げ、そのまま近くのキャットタワーへよじ登り、最上段で丸くなってしまった。

交換《こうかん》はしてくれないらしい。

クレーヴェルが眉間《みけん》に指を添《そ》える。

「……高すぎる幸運値の影響《えいきょう》で、私がここに来るといつもメニューにない特殊《とくしゅ》な品が出て来る。どうも生クリーム系は苦手なんだが……このプリンも三度目だ。もしよければ君達《きみたち》で分けるといい」

舟形《ふながた》の器《うつわ》に盛られたプリンアラモードを、クレーヴェルがナユタ達《たち》の前に押《お》しだした。

運が良《い》いのか悪いのか、もはやよくわからない。

化《ば》け猫茶屋《ねこぢゃや》では珍《めずら》しいこの特製スイーツを前に、コヨミが子供のように眼《め》を輝《かがや》かせた。

「まじで⁉ わーい、いっただっきまーす！」

遠慮《えんりょ》なくプリンにスプーンを突《つ》き刺《さ》し、周囲の生クリームを添《そ》えて一口頬張《ほおば》るや、彼女《かのじょ》は満面の笑《え》みを見せた。

「うまっ⁉ 何これうまっ！ ド・ロタ・ボー・パーラーの最高級イツマーデンプリン超《こ》えてるっ！ なゆさんなゆさん、ほら食べてみなって！」

目の前にスプーンを差し出され、ナユタは流されるままにプリンを口にいれた。

甘《あま》すぎずさっぱりとした舌触《したざわ》りながら、カスタードの風味は濃厚《のうこう》で、カラメルのほろ苦さが味の深みとなって確かに美味《おい》しい。

——が、ナユタは寒天のほのかな甘《あま》みと歯応えのほうが好みでもある。

同時に、その味をまだ知らないらしいクレーヴェルを少しだけ気の毒にも感じた。

ナユタはまだ手をつけていない豆かんをクレーヴェルの前へ置き直す。

「それじゃ、探偵《たんてい》さんには私の豆かんを代わりに——どうぞ」

クレーヴェルが切れ長の目をわずかに細めた。

「君が注文したものだろう。いいのか？」

「私はいつも食べていますから。お気遣《きづか》いなく」

コヨミがナユタへ甘《あま》えるようにもたれかかった。

「だったらなゆさん、プリンも豆かんも私と半分こしよ？　それならお互《たが》いに両方食べられるし。はい決定ー」

そのまま口元に、カットしたスイカを差し出される。

この餌付《えづ》けを素直《すなお》に受け入れながら、ナユタは真顔で探偵《たんてい》に向き直った。

「……さて、クレーヴェルさん。今後の話ですが……」

「……もう？　もうちょっと現実逃避《とうひ》してようよ……」

コヨミが隣《となり》でぽつりと囁《ささや》いたが、そうもいかない。

ヤナギからの依頼《いらい》は、クエスト《幽霊囃子《ゆうれいばやし》》を一週間以内にクリアすること——

肝心《かんじん》のクエストが配信停止になってしまった今、ナユタ達《たち》にできることは何もない。

大手のゲーム情報サイト、ＭＭＯトゥデイにも続報はまだなく、公式からの情報発信も途絶《とだ》えている。

「配信停止になったクエストが、修正を経て再配信されるまでには、早くても半月――通常なら一ヶ月程度はかかります。ヤナギさんの依頼《いらい》は……残念ながら、もう達成不可能です」

この事実は認めないわけにいかない。どう足掻《あが》いたところで、そもそも配信されていないクエストをプレイする手段はない。

クレーヴェルが狐《きつね》のような顔でくすりと嗤《わら》った。

「まったく、困った話だね。こういう事態は私も想定していなかったが、ひとまずはヤナギ氏からの連絡《れんらく》を待とう。依頼《いらい》を破棄《はき》するか、それとも時期をずらして再配信を待つか、あるいは……ヤナギ氏の〝本当の目的〟を教えてもらい、それに対応するか、だね」

コヨミがハムスターのようにメロンをかじりながら、器用に首を傾《かし》げた。

「本当の目的？　クエストのクリアじゃなくて？」

クレーヴェルが眼《め》を伏《ふ》せた。

「昨日、君も疑問に思っただろう？　〝こんなクエストのクリアに百数十万円も出すなんて、普通《ふつう》じゃない〟――その通りだ。しかし、ヤナギ氏は大金を出してでも早急《さっきゅう》にクリアしたい何らかの事情を抱《かか》えている。その内容によっては――ただクエストをクリアする以外にも、彼《かれ》の望みを叶《かな》える手段があるかもしれない。そういう話だ」

コヨミが逆側に首を傾《かし》げ直した。

「えーと……そもそもヤナギさんって、どうしてクエストクリアしたいのかな？」

探偵《たんてい》が豆かんを口にいれた。

「――ん。これは確かに旨《うま》い……実のところ、ある程度まで想像はついている。ただ、本人のプライバシーに関わることだし、確認《かくにん》もとらずに私が無責任な推論を述べるわけにはいかない。ヤナギ氏から直接、聞いたほうがいいだろう。赤の他人である我々に、それを話すかどうかの判断も含《ふく》めて――結局は彼次第《かれしだい》だ」

もったいぶっているわけではないらしい。クレーヴェルの口調には、これまでよりも真摯《しんし》な響《ひび》きがあった。

ナユタも無遠慮《ぶえんりよ》に踏《ふ》み込《こ》む気はない。人にはそれぞれ、抱《かか》えている事情がある。

コヨミが要領を得ない顔で、カットされたスイカをしゃくしゃくとかじった。

「よくわかんないけど、まだ諦《あきら》めないってことでいいのかな？」

「私としては諦《あきら》めないつもりだけれど、結局のところ、すべては依頼主《いらいぬし》の意向次第《しだい》かな」

クレーヴェルが不意にメニューウィンドウを開いた。何かメッセージが届いたらしい。

「噂《うわさ》をすれば、さっそくヤナギ氏から……いや。違《ちが》う――これは……」

クレーヴェルの目つきがわずかに険しさを増した。

「どうしたんですか？　もしかして依頼《いらい》の破棄《はき》とか……？」

ナユタが身を乗り出すと、探偵《たんてい》は逆に身を引かせた。

「ヤナギ氏のご家族からだ。ヤナギ氏が体調不良でログインできないため、こちらに来られないと……可能なら直《じか》に会って詳《くわ》しい話を聞きたいと、そんな代筆のメールが来ている。記名は抜《ぬ》けているが、文面からして奥方《おくがた》のようだな」

ゲーム内から送られたメッセージではなく、転送されてきた電子メールらしい。

ナユタは思わずコヨミと顔を見合わせた。

「体調不良でログインできないって……ヤナギさん、何かあったんでしょうか？」

「奥《おく》さんからのメールって……ま、まさか運営が配信停止を決めた苦情って、ヤナギさんとこが発端《ほったん》とか……？　〝おじーちゃんが調子悪くなったのはゲームのせいだ！〟みたいな……」

高齢者《こうれいしゃ》がゲームの直後に体調を崩《くず》し、家族がそのことについて運営側に苦情を送る――行為《こうい》の是非《ぜひ》はさておき、ありえそうな事例ではある。

だが、クレーヴェルは即座《そくざ》に首を横に振《ふ》った。

「それはない。運営に届いた苦情の内容については、昨夜のうちに確認《かくにん》済みだ。どうも我々よりも少し早く、城内への進入に成功した他のパーティーがいたらしい。で……その中の一人が、データとしては存在しないはずの《幽霊《ゆうれい》》に驚《おどろ》いて気絶し、アミュスフィアの安全装置が働いて強制ログアウトに追《お》い込《こ》まれた。傍《そば》にいた家族が慌《あわ》てて救急車を呼び、その後、病院側から運営にも連絡《れんらく》がいって――安全性を確認《かくにん》するために緊急《きんきゅう》配信停止、という流れだったと聞いている。倒《たお》れたのは二十代の大学生らしい」

ナユタは少なからず驚《おどろ》いた。

運営からの発表はそこまで詳《くわ》しい内容に触《ふ》れられていない。特に報道されたわけでもなく、ネット上の噂《うわさ》も「本物の幽霊《ゆうれい》が出たらしい」程度にとどまっている。

「そんな詳《くわ》しい情報、一体どこから……？」

探偵《たんてい》は事も無げにこの問いを受け流した。

「商売柄《がら》、情報源はいろいろあってね。ついでに、配信停止に至った本当の理由は苦情のせいじゃなく……苦情をきっかけに、運営側が審査時《しんさじ》の見落としに気づいたせいだ。あの《幽霊《ゆうれい》》は彼《かれ》らにとっても想定外だったらしい」

コヨミが唸《うな》る。

「想定外の幽霊《ゆうれい》かあ……あのさ、ヤナギさんが来てから話そうと思ってたんだけど、二人はどこに飛ばされて何を見たのか、聞いてもいい？」

クレーヴェルが鷹揚《おうよう》に頷《うなず》いた。

「私は城の天守閣に飛ばされた。目の前に現れたのは、かつて死んだ友人……同期の仲間だ。その後、狐面《きつねめん》をつけた童《わらべ》が出てきて、道案内を頼《たの》んだんだが——直後に奇襲《きしゅう》をかけてきた女郎蜘蛛《じょろうぐも》に、善戦むなしく倒《たお》された」

「……探偵《たんてい》さんのステータスで善戦とか、明らかに嘘《うそ》ですよね？」

ナユタの突《つ》っ込《こ》みに、クレーヴェルは薄笑《うすわら》いを浮《う》かべたのみだった。

切《き》り替《か》えて、彼女《かのじょ》も自身の進行状況《じょうきょう》を話し始める。

「私が最初に飛ばされたのは、飛《と》び込《こ》んだ通路がそのまま前後に延びたような場所でした。やっぱり狐面《きつねめん》の子が出てきて、〝かくれんぼをして遊ぼう〟っていわれて――その後、彼《かれ》を探しながら、地下牢《ちかろう》とか古井戸《ふるいど》の底の通路を探索《たんさく》して、イベントアイテムっぽいものをいくつか見つけて、ちょうど近くに出口もあったので一時離脱《りだつ》した次第《しだい》です」

コヨミとクレーヴェルが、信じ難《がた》い生き物を見るような眼《め》をナユタに向けた。

「地下牢《ちかろう》……」

「古井戸《ふるいど》……」

「はい。知った顔の幽霊《ゆうれい》らしき人影《ひとかげ》も出てきましたけれど、ちらりと見えた程度なので、あまり印象には残りませんでした。罠《わな》はいくつかありましたけれど、ダメージ系よりびっくり系が中心ですね。一人ずつ分断されたのは厄介《やっかい》でしたが、攻略《こうりゃく》難度そのものはさほど高くないと思います」

コヨミがぶるりと肩《かた》を震《ふる》わせ、探偵《たんてい》も呆《あき》れたように目元を押《お》さえた。

「……いや。うん……そうじゃなくてさー……」

「……君、一人でそこを進んでいったわけだよね？　淡々《たんたん》と話しているが、よくギブアップせずに切《き》り抜《ぬ》けたものだ。古井戸《ふるいど》なんてそもそも入ろうという気にならないだろうに」

二人のこの反応が、ナユタにはもう一つぴんとこない。同行者を守る必要がない分、彼女《かのじょ》にとってはむしろ気楽な散策だった。

「そんなに強い敵は出ませんでしたよ？　倒《たお》したのは鬼蜘蛛《おにぐも》が一体と骸骨武者《がいこつむしゃ》が五体。死霊《しりょう》兵《へい》や蝙蝠《こうもり》は数えてませんが、どっちもせいぜい十数体くらいだと思います。金色の鱗《うろこ》の蛇女《へびおんな》も見かけましたけれど、特殊《とくしゅ》設定のレア敵だったみたいで逃《に》げられました」

戦果としては悪くないが、自慢《じまん》できるほどのものでもない。

コヨミがナユタの背中をそっと撫《な》でた。

「……なゆさん、怖《こわ》かったら無理しないでいいんだよ？　お姉さんになんでも話してね？　あと怖《こわ》くなくても〝キャーコワーイ〟とか言っとけば世間の男くらいなら騙《だま》せるから……もうこの際、〝自分の美しさが怖《こわ》い〟とか〝まんじゅう怖《こわ》い〟とかそういうのでもいいから……」

子供に言い聞かせるような諭《さと》し方だったが、内容はいつも通り少々おかしい。

「いえ、だって、実際にケガしたりとか事故に遭《あ》ったりって可能性はないわけですし……いくら私だって本物の地下牢《ちかろう》とか古井戸《ふるいど》だったらそれなりに怖《こわ》いです。コヨミさんのほうは、どんな状況《じょうきょう》でどんな幽霊《ゆうれい》を見たんですか？」

プリンを味わいながら、コヨミが泣きそうな顔に転じた。

「私はねー……なんかやたらでっかい露天風呂《ろてんぶろ》に飛ばされたの……で、潜《ひそ》んでいた半魚人の不意打ちでやられちゃったんだけど、その直前、湯気の向こうで……」

彼女《かのじょ》はわずかに鼻をすすった。

「……二ヶ月前に死んだ、ブラインシュリンプのリンちゃんが……浴衣《ゆかた》着て踊《おど》ってた」

「…………すまない。もう一度頼《たの》む」

聞き間違《まちが》いと思ったのか、探偵《たんてい》が真顔で問いかけた。

コヨミは悲しげに俯《うつむ》く。

「ブラインシュリンプ……粉みたいな乾燥卵《かんそうらん》を塩水につけると孵化《ふか》するヤツ。最初は見えないくらい小さいけど、うまく育てると一センチくらいまで大きくなるの……ミジンコと似たような扱《あつか》いだけど、乾燥卵《かんそうらん》の状態だと数年単位で保存が利《き》いて――」

探偵《たんてい》が目頭《めがしら》を押《お》さえた。

「熱帯魚の餌《えさ》になるアレか……？　知識としては知っている。スプーン一杯《ぱい》で数百匹《びき》にもなるそれを、単体で、しかも名前をつけて飼育していたのか……？」

コヨミはこくりと頷《うなず》き、しんみりと遠い眼《め》をした。

「人間サイズまで巨大化《きよだいか》するとさすがにキモかったけど……でも、元気そうな姿を見られてちょっと嬉《うれ》しかったかなあ……」

ナユタは反応に困った。どことなくいい話のように語っているが、あまりそうは思えない。

「あの……かわいいんですか？　それ」

「や。別にかわいくはない。全然」

意外にドライだった。

よくわからない趣味《しゅみ》だが、ココミがおかしいのは今にはじまったことでもない。

気を取り直した探偵《たんてい》が姿勢を正した。

「ともあれ、これではっきりした。あのクエストに登場する《幽霊《ゆうれい》》は、プレイヤーそれぞれの、現実世界での亡《な》くなった知人……あるいはペットというケースもありそうだが、いずれにしても、本来はゲームの中にデータとして存在しない、個人情報に由来するものだ。まさに《幽霊《ゆうれい》》だね。少なくとも——過去のクエストで、こんな事例は聞いたことがない」

「……だけど、本物の幽霊《ゆうれい》なんて有り得ません」

眉《まゆ》をひそめるナユタに、探偵《たんてい》がからかうような微笑《びしょう》を見せた。

「確かに。とはいえ、実体がないという点では、幽霊《ゆうれい》とVRMMO内のNPCには似通った部分がある。心霊《しんれい》現象と呼ばれる事例の中には、脳内の電気信号が見せる幻《まぼろし》、ある種の誤作動が相当数含《ふく》まれているという説もあるし……今回の《幽霊《ゆうれい》》も、そうした〝記憶《きおく》から作られた幻《まぼろし》〟を、脳を通じて見せられた可能性が高い」

ナユタは頷《うなず》いた。彼女《かのじょ》の推論も探偵《たんてい》とほぼ近い。

幽霊《ゆうれい》が知り合いの姿をしている以上、合理的に考えれば、プレイヤーの《記憶《きおく》》を、ゲーム内の素材としてリアルタイムに流用されたと見るのが妥当《だとう》だった。

ココミがプリンを貪《むさぼ》りながら上目遣《うわめづか》いになる。

「……ん？　え？　いや、それって……まずくない？　あの、ほら……人権とかプライバシーのアレとか、そっち方向に……ヤバいよね？」

探偵《たんてい》が深々と嘆息《たんそく》する。

「そう。〝個人の記憶《きおく》を盗《ぬす》み見《み》る〟に等しい行為《こうい》だ。法整備が遅《おく》れているせいでグレーゾーンではあるが、仮にそうした仕組みだった場合、アスカ・エンパイアの自主的な倫理《りんり》規定にも違《い》反《はん》している。即時《そくじ》配信停止に至った最大の理由がそれだろう。一方で、もっと根本的な疑問もある。個々の記憶《きおく》の読《よ》み込《こ》みと、ゲームに対するほぼリアルタイムでの反映――〝そんなことが本当に可能なのか〟という疑問だ」

「……技術的に不可能？」

ナユタも趣味《しゅみ》で《ザ・シード》を使っている。あくまで素人《しろうと》レベルながら、ＶＲＭＭＯの制作に関わる知識も多少は持ち合わせている。

去年は《百八の怪異《かいい》》への応募《おうぼ》も目指していたが、中盤《ちゅうばん》で詰《つ》まってしまい完成させることができず、結局は断念した。

その彼女《かのじょ》の知識に照らして、こうした技術の成功例はまだ聞いたことがない。

クレーヴェルが切れ長の眼《め》を狐《きつね》のように細めた。

「不可能とまでは言わない。茅場《かやば》晶彦《あきひこ》のような天才にならば可能だろうし、ザ・シードの中に、もうそうした機能が隠《かく》れている可能性さえある。あのプログラムパッケージはまだ蓋《ふた》の開ききっていないパンドラの箱だ。ただ……〝現時点で〟、〝不特定多数のプレイヤーそれぞれに対応る形で〟、〝記憶《きおく》を読《よ》み込《こ》み、ゲーム内に即《そく》反映させる〟なんて技術が、こんな形であっさりと実現している可能性は極《きわ》めて低い。しかも〝運営の審査《しんさ》をくぐり抜《ぬ》けて、それらを実行する〟というオマケつきだ。普通《ふつう》に考えれば無理がある。今回の仕掛《しか》けは、もっと単純で……なおかつ、トリッキーなものだと推測している」

探偵《たんてい》の話の途中《とちゅう》から、コヨミの眼《め》がぐるぐると回り、見開いたままで焦点《しょうてん》を失い始めた。

彼女《かのじょ》に難しい話は通じない。

隣《となり》から手を回してその耳を塞《ふさ》いでやりながら、ナユタは声をひそめる。

「……VRMMOを利用した記憶《きおく》の盗《ぬす》み見《み》って、要するに尋問用《じんもんよう》の技術ですよね？　たとえばこのクエストがデータを集めるためのテストケースだったりとか、そういう可能性は……」

探偵《たんてい》が片目を瞑《つぶ》った。

「おもしろい発想だが、その可能性は排除《はいじょ》していい。そんな危ない技術をこんな形で外へ流出させるメリットがないし、逆に注意喚起《かんき》や問題提起が目的なら、もっと目立つ形でアピールする。詳《くわ》しいことは、もう少し調べてみないとわからないが――それより今の問題はヤナギ氏だね。今は横浜港北《よこはまこうほく》総合病院に入院中らしい。ヤナギ氏の奥方《おくがた》も私から聞きたいことがあるようだし、見舞《みま》いがてら行ってくる。悪いが先にログアウトさせてもらおう」

クレーヴェルが残りの豆かんをかきこみ、席を立とうとした。

（横浜《よこはま》……港北《こうほく》総合病院？）

ナユタはその病院を知っていた。

呼び止めるより早く、反射的に探偵《たんてい》の腕《うで》を摑《つか》む。

そんな自分の行動に少し驚《おどろ》きながら、彼女《かのじょ》は探偵《たんてい》をじっと見上げた。

「あの……私もお見舞《みま》いに行っていいですか？　その病院、うちからもすぐ近くなんです。電車で三十分もかかりません」

地域屈指《くっし》の――というよりは国内でも有数の大病院である。

メディキュボイドと呼ばれる医《い》療《りょう》用《よう》の大型フルダイブ機器をいち早く試験導入したことでも知られており、難病の患者《かんじゃ》も多く入院していた。

ナユタも以前、交通事故で怪我《けが》をした際にしばらく入院したことがある。

彼女《かのじょ》がメディキュボイドを使用する機会はさすがになかったが、院内でアミュスフィアのレンタルがあり、多くの患者《かんじゃ》が暇潰《ひまつぶ》しにそれらを使用していた。

あるいはヤナギも、そうした立場なのかもしれない。

クレーヴェルは数瞬《すうしゅん》の沈黙《ちんもく》を経て、ナユタから視線を逸《そ》らした。

「もしも好奇心《こうきしん》なら、やめておいたほうがいい……と、私は思う。理由はわかるだろう？　あそこは死を間近に控《ひか》えた患者《かんじゃ》の終末期医療《ターミナルケア》についても定評がある。あのご老人も――おそらくはそういうことだ」

ナユタははっとした。

一週間というクリアまでの期限。

法外な報酬《ほうしゅう》。

そして、家族がメールを代筆せざるを得ない状況《じょうきょう》――

この三点から推測される事態は、探偵《たんてい》でなくとも容易に察せられる。

コヨミがかすかに呻《うめ》いた。

「……そっか……お爺《じい》ちゃんってば、だからあんなに急いで――」

ナユタは眼《め》に力を込《こ》め、改めて探偵《たんてい》を見据《みす》える。

「だったら尚更《なおさら》です。ヤナギさんご自身の口から、私にもまだ協力できることがあるのかどうか――直接、確かめたいと思います」

今度はあまり間をおかずに、クレーヴェルが頷《うなず》いた。

「わかった。それなら同行するといい。待ち合わせは病院最寄《もよ》り駅《えき》の改札口。面会時間は午後からだろうから、正午に来てくれ」

あっさりと要求が通ったことに、ナユタは逆に面食らった。

「……意外に話が早くてびっくりしました。守秘義務とか持ち出されて、もっと嫌《いや》がられるかと思ったんですが……」

立ち上がったクレーヴェルがコートの裾《すそ》を翻《ひるがえ》した。

「私とヤナギ氏はまだ契約《けいやく》すらしていないから、守秘義務も何もない――というのはただの屁《へ》理屈《りくつ》だが、そもそも君達《たち》は大事な協力者だ。要望はなるべく受け入れる。こちらは助けてもらう立場だし、場合によっては、まだ協力してもらうこともあるだろう」

コヨミが鼻をすすりあげた。

「うう——……わ、私も行きたいっ……けどっ……！」

「君はどこからアクセスしているんだ？」

「…………大阪《おおさか》っす」

微妙《びみょう》に遠い。日帰りも無理ではないが、往復の交通費が三万円ほどにもなる。

ナユタは隣《となり》からコヨミの手を握《にぎ》った。

「コヨミさんには、むしろこのまま待機していてもらったほうがいいと思います。急にログインして欲《ほ》しい用事ができるかもしれませんし、日帰りでお見舞《みま》いはさすがに厳しいでしょう？」

コヨミが眉間《みけん》に力を込《こ》めつつ頷《うなず》いた。

「そだね……明日から普通《ふつう》に会社だし……なゆさん、ヤナギさんによろしくね？　……あと探《たん》偵《てい》さん、リアルなゆさんに手ぇだしたらブっ殺すから。ていうか社会的に抹殺《まっさつ》するから。女子高生相手に何かやらかしたらガチで通報待った無しなんで、くれぐれも自制してね？　大阪人《おおさかじん》特有のフリじゃないからね？　私、出身は島根《しまね》だし、そういうお約束通じないから。後から〝冗談《じょうだん》でしたー〟じゃ済まない状況《じょうきょう》にがっつり追《お》い込《こ》むよ？」

にこにこと愛想《あいそ》良く、しかし眼《め》だけは全く笑わず、コヨミがささやかな脅《おど》しをかけた。

クレーヴェルが疲《つか》れたように目頭《めがしら》を押《お》さえる。

「……そんな可能性は考えもしなかったが……すまない、やはり同行は断っていいかな？　若干《じゃっかん》、理不尽《りふじん》な身の危険を感じつつある。なんというか、冤罪的《えんざいてき》な意味で」

「正午に改札口で待っています。少しくらいの遅刻《ちこく》は構いませんが、すっぽかされたらコヨミさんに〝もてあそばれた〟って泣きつきますね」

ナユタが真顔で告げると、クレーヴェルは観念したように天井《てんじょう》を仰《あお》いだ。

「……理解した。もう既《すで》に詰《つ》んでいたか——一応、待ち合わせ時の目印を決めておこう。私は灰色の背広で、壁《かべ》を背に端末《たんまつ》を眺《なが》めているはずだ。髪《かみ》の色は黒だが、顔つきは今の私とそう変わらないから見ればわかるだろう。着いたらメールを送ってくれてもいい」

「私は……服装は決めていませんが、目立たない格好でいくと思います。目印となると文庫本くらいしか……」

コヨミがナユタの胸元《むなもと》をじっと凝視《ぎょうし》した。

「目印……」

「コヨミさん。それ以上、何か言ったらコヨミさんとの付き合い方を改めます」

たちまちコヨミは真一文字に口を閉ざし、その後、黙々《もくもく》とプリンアラモードを頬張《ほおば》り始めた。

難しい話は苦手な彼女《かのじょ》だが、引《ひ》き際《ぎわ》を間違《まちが》えない賢《かしこ》さは持ち合わせている。

ナユタとコヨミは、現実でも一度だけ会ったことがある。

つい先月、コヨミが上司の出張に付き合って上京した際に、半日ほどの空き時間を使い、二人でスイーツ店に入った。

コヨミはこの時まで、ナユタの胸を「ゲーム用に盛った偽物《にせもの》」と思いこんでいたらしい。

それが紛《まぎ》れもない本物だと知った瞬間《しゅんかん》、彼女《かのじょ》はかつてないほど真剣《しんけん》に「悪い男にだけは引っかからないように」「むしろ声をかけてくるのは全員悪いヤツだから相手にしないように」と、少々行き過ぎの助言をくれたものである。

実際の所、ナユタ自身は警戒心《けいかいしん》が強いほうだと自覚している。

そんな自分が見舞《みま》いのためとはいえ、素性《すじょう》の怪《あや》しい探偵《たんてい》と二人きりで会おうとしていることに、彼女自身《かのじょじしん》も困惑《こんわく》していた。

乗りかかった船、という感もあるし、一プレイヤーとして、まだ攻略《こうりゃく》を諦《あきら》めたくないという思いもある。

だが、何より大きな動機は――

（《幽霊《ゆうれい》》なんて、見ちゃったせいかな……）

つい昨日、ナユタもそれを見た。

ゲームのデータとしては存在しないはずの、身近な故人によく似た幽霊《ゆうれい》――

先ほどコヨミ達《たち》にも話した通り、ちらりと見かけた程度で、恐怖《きょうふ》はほとんど感じなかった。

そもそも本物の幽霊《ゆうれい》だなどとも思っていない。

ただ——怖《こわ》くはなかったが、その幽霊《ゆうれい》を見て、かつて味わった怖《こわ》いほどの〝寂《さび》しさ〟を思い出してしまった。

この寂《さび》しさを早く忘れるためにも、今は何か行動の指針が欲《ほ》しい。このまま鬱々《うつうつ》と何もせずにいたら、明日以降まで気が滅入《めい》ってしまいそうだった。

調べ物があるというクレーヴェルが一足先に店を出た後、コヨミがスプーンを片手に溜《た》め息《いき》を漏《も》らした。

「ヤナギさん、大丈夫《だいじょうぶ》かな……昨日知り合ったばっかの人に、こんなこと言うのは変かもしれないけど……元気になって欲《ほ》しいよね」

「——そうですね」

それが難しい願いだということは、ナユタも薄々《うすうす》感じている。でなければ、「一週間以内に」などという要求はなかなか出てこない。

（でもさすがに、配信停止じゃどうしようも……）

今は入院しているヤナギの病状が気にかかる。期限さえもう少し延びれば、運営による調整後の再配信が間に合うかもしれない。

ナユタは、探偵《たんてい》が空にした豆かんの器《うつわ》をじっと見つめた。

叶《かな》うことなら、ヤナギにもその味を知って欲《ほ》しい——そんな思いが、ふと脳裏《のうり》をかすめた。

§

日曜の正午。

雑踏《ざっとう》の中、改札を出てすぐに、ナユタは〝探偵《たんてい》〟の姿を見つけた。

背後の壁《かべ》にもたれ、端末《たんまつ》の画面を眺《なが》めながら、物思いにふけるスーツ姿の美青年――

人違《ひとちが》いの可能性はほぼない。髪《かみ》の色が銀から黒に変わっただけで、彼《かれ》は顔立ちも雰囲気《ふんいき》もほぼゲーム内のままだった。

近くを通りすぎる女性達《たち》が一瞬《いっしゅん》気をとられる程度には、その立ち姿は妙《みょう》に絵になっている。

ただしそれは、単純に見栄《みば》えがいいという話ではない。

青年の存在感はどことなく狐狸《こり》妖怪《ようかい》の類《たぐい》を連想させる。

目立たないようで目立つ。

格好だけはサラリーマン風だが、漂《ただよ》う清潔感がやけに人間離《にんげんばな》れしているせいで、異質さを隠《かく》し切れていない。

要するに、現代社会に溶《と》け込《こ》もうと苦心している化け狐《きつね》のようだった。

女性ばかりでなく子供達《たち》までもが、不思議そうにその姿を凝視《ぎょうし》していく。彼《かれ》らの目に、探《たん》偵《てい》の姿は妖怪《ようかい》のように見えているに違《ちが》いない。

（……探偵《たんてい》には向いてないんじゃないかなあ、あの人……）

尾行《びこう》などしようものなら、あっという間に露見《ろけん》しそうだった。

声をかける前に、ナユタはさっと自分の姿をチェックする。

茶色い長袖《ながそで》のニットに黒のロングスカートはいかにも地味だが、見舞《みま》いだからと華美《かび》な格好を避《さ》けたわけではない。私服は概《おおむ》ねこんな具合で、外では肌《はだ》の露出《ろしゅつ》を極力控《ひか》えている。

コヨミからは「逆に男受けする格好」などとからかわれたが、派手な服装はどうにも落ち着かない。表情が硬《かた》すぎて似合わない上に、そもそもインドア派であまり遊び歩くことがなく、着る機会もほとんどない。

髪《かみ》を手櫛《てぐし》で少しだけ整え直し、ナユタはクレーヴェルの前へ静かに立った。

「探偵《たんてい》さん、はじめまして。ナユタです」

囁《ささや》くように声をかけて一礼する。

端末《たんまつ》から顔をあげたクレーヴェルは、挨拶《あいさつ》も返さないうちに眉《まゆ》をひそめた。

「……驚《おどろ》いた。君、ゲーム内と容姿が変わらないのか」

「……いえ。探偵《たんてい》さんほどではないと思いますが。もう目印とか要《い》らないですよね？」

戦巫女《いくさみこ》のナユタは、少なくとも衣装《いしょう》がまるで違《ちが》う。スーツ姿の彼《かれ》のほうがよりゲーム内の印象とも近い。

探偵《たんてい》はまじまじと無遠慮《ぶえんりょ》な視線をナユタに向けた。

「──君はもしかして、いい所のお嬢《じょう》さんなのか？」

「いいえ。ただの一般《いっぱん》家庭です。どうしてですか」

「姿勢がいい。言葉遣《ことばづか》いもしっかりしているし、浮《うわ》ついたところがない。世間一般《いっぱん》の高校生とは雰囲気《ふんいき》が違《ちが》う」

誉《ほ》められたのか怪《あや》しまれたのか、微妙《びみょう》なところではある。

「関係あるかどうかわかりませんが、母が元婦警で、父と兄が揃《そろ》って警察官です」

「……納得《なっとく》した。そういうご家庭か」

若干《じゃっかん》の牽制《けんせい》も込《こ》めて、ナユタは正直に話した。

探偵《たんてい》は病院に向けてそそくさと歩き出す。

ガードレールで区切られた歩道は狭《せま》く、向かいからも歩行者が来るために並んでは歩きにくい。必然的に、ナユタは探偵《たんてい》の数歩後ろへと続いた。

「親兄弟揃《そろ》ってということは、君もそっちの道へ進むのかな？」

「いえ。私は普通《ふつう》に大学へ行って、一般《いっぱん》の企業《きぎょう》に就職するつもりです。警察は大変そうですし、体を動かすのも苦手なので」

身も蓋《ふた》もない言い方をすれば、単純に胸が重い。走《はし》り込《こ》みは大の苦手で、最近は体育の授業すら苦戦している。彼女《かのじょ》がゲームの中で殊更《ことさら》に身軽さを求めるのは、現実世界における不満の裏返しでもあった。

そんな事情を知らないクレーヴェルは、ピントのずれた訳知り顔で頷《うなず》く。

「賢明《けんめい》だ。あの界隈《かいわい》は向き不向きが大きい。上下関係の厳しい体育会系に慣れていればともかく、君みたいに物静かなタイプは苦労するだろう」

「……詳《くわ》しそうですね？　警察にお知り合いでも？」

「そこそこ多い。商売柄《がら》、ね——ああ、探偵業《たんていぎょう》のことじゃないよ」

背広の内ポケットから名刺《めいし》が出てきた。

受け取ったナユタは、ここで初めてクレーヴェルの本名を知る。

「……クローバーズ・ネットワークセキュリティ・コーポレーション……代表取締役社長《だいひょうとりしまりやくしゃちょう》・暮居海世《くれいかいせい》……社長？」

この若さで社長となると、探偵《たんてい》以上に胡散臭《うさんくさ》い。

ナユタの冷たい眼差《まなざ》しに気づいたのか、クレーヴェルは肩《かた》をすくめ言い訳を始めた。

「肩書《かたが》きだけだ。仲間と立ち上げたセキュリティ関係のベンチャー企業《きぎょう》なんだが、私が一番、口が上手《うま》いものだから、流れでそういうことになった」

「はあ……社長さんがゲームで遊んでいて、会社は大丈夫《だいじょうぶ》なんですか……？」

余計なこととは知りつつ、つい口にしてしまう。当初の予定では明日以降、クレーヴェルはヤナギのためにほぼ二十四時間態勢で攻略《こうりゃく》にあたると明言していた。

「その点は問題ない。探偵業《たんていぎょう》、観光業での収入も会社の利益として計上しているし、要するにこれも業務の一環《いっかん》だ。ゲームを通じて知り合った顧客《こきゃく》もそれなりに多い。むしろやめると新規顧客《こきゃく》の獲得《かくとく》に支障がでる。口コミというのは案外、馬鹿《ばか》にできないから」

どうやら彼《かれ》の観光案内には、将来の顧客《こきゃく》を獲得《かくとく》するための営業活動という側面もあるらしい。

「つまり、私にとってはヤナギ氏とそのご家族も重要な顧客《こきゃく》候補なんだが——君は彼《かれ》の素性《すじょう》について、もう何か気づいているのかな？」

ナユタは首を横に振《ふ》った。

「あの報酬《ほうしゅう》が本気なら、〝お金持ちなんだろうな〟くらいです。後は……お餅《もち》関係の知識から して、料理人とか研究者、先生とかの可能性は考えましたが、たぶん違《ちが》うとも思っています」

振《ふ》り返《かえ》ったクレーヴェルが眼《め》を細めた。

ちょうどいいタイミングで赤信号に捕《つか》まり、二人は立ち止まる。

「そう判断した理由は？」

「そもそも私の勘《かん》なんてあてになりませんから。強《し》いて言えば話し方です。腰《こし》が低いのに気品があって、育ちも良さそうで——商売人の話し方、って印象でした。それも自己主張が強い創業者タイプじゃなくて、周囲に配慮《はいりょ》しながら伝統を守る二代目、三代目……時代劇なら、大きな商家のご隠居《いんきょ》とか似合いそうですよね」

探偵《たんてい》が呆《あき》れたように息を吐《は》いた。

「——あてにならないどころか、君の勘《かん》と分析《ぶんせき》はかなり精度が高い。確かに彼《かれ》は、ある老舗《しにせ》のご隠居《いんきょ》——あの《矢凪屋《やなぎや》竜禅堂《りゆうぜんどう》》の現会長だよ」

ナユタは耳を疑った。

クレーヴェルが差し出した携帯端末《けいたいたんまつ》には、矢凪屋《やなぎや》のホームページが表示されていた。

会長挨拶《あいさつ》に掲載《けいさい》された写真の顔立ちは、確かにゲーム内で見たヤナギとよく似ている。

日本各地のデパートに売場を確保している矢凪屋《やなぎや》竜禅堂《りゆうぜんどう》は、和菓子《わがし》業界の大手老舗《しにせ》だった。

定番商品の〝やなぎ餅《もち》〟は、生地《きじ》に果物の風味を練り込《こ》んだ餅菓子《もちがし》で、その種類は林檎《りんご》、柚子《ゆず》、桃《もも》、蜜柑《みかん》、葡萄《ぶどう》、更《さら》に季節限定のさくらんぼや西瓜《すいか》、柿《かき》、栗《くり》など多岐《たき》にわたる。

一箱に八種の味が詰《つ》め合《あ》わされており、価格も手頃《てごろ》とあって、長くファンに愛されている逸品《いっぴん》だった。

手土産《てみやげ》の定番商品だけに、当然、ナユタも一度や二度でなく食べたことがある。

信号が青に変わり、二人は横断歩道を歩き出す。

まわりに他の通行人はいないが、探偵《たんてい》は心持ち声をひそめた。

「矢凪屋《やなぎや》竜禅堂《りゆうぜんどう》の五代目にして現会長、矢凪貞一《やなぎていいち》——それがヤナギ氏の現実での姿だ。若い頃《ころ》には菓子《かし》職人としても腕《うで》を振《ふ》るったらしいし、数年前までは製菓系《せいかけい》専門学校の理事も務めていた。厳密には料理人でも教師でもないが、それに近いという点まで含《ふく》めて、君の勘《かん》は恐《おそ》ろしい精度で的中している。警察官の血筋かな？」

「ただの偶然《ぐうぜん》です。それより……ヤナギさんの正体を、探偵《たんてい》さんはいつ知ったんですか」

目的地の病院を遠くに認めつつ、ナユタはクレーヴェルの横顔をうかがった。

探偵《たんてい》は素知らぬ顔で微笑《ほほえ》む。

「私は最初から知っていた。仲介者《ちゅうかいしゃ》から〝くれぐれも失礼がないように〟と念を押《お》された時点で、依頼人《いらいにん》の素性《すじょう》を確認《かくにん》したからね。ただ……彼《かれ》がどうして《幽霊囃子《ゆうれいばやし》》にこだわっているかについては、まだ聞いていない。それをこれから確認《かくにん》しにいく」

「……あらかた、予想はついていますよね？」

クレーヴェルが嘆息《たんそく》を返した。

「ああ。君も感づいていそうだが、言わなくていい。おそらく、今日……これから説明を受けることになるだろう」

ナユタは無言で頷《うなず》いた。

探偵《たんてい》がついでのように付け足す。

「そういえば、ヤナギ氏の容態が悪化したのは、ログアウトの直後ではなく……《配信停止》の一報を見た直後だったそうだよ。よほどショックだったんだろうね」

その瞬間《しゅんかん》のヤナギの落胆《らくたん》を思うと、どうにもやりきれない。

やがて二人は横浜港北《よこはまこうほく》総合病院の正面に着いた。

日曜日だけに外来の患者《かんじゃ》はいないが、見舞《みま》い客がちらほらと正面玄関《げんかん》から入っていく。

彼《かれ》らの後に続きながら、ナユタはまた、そっとクレーヴェルの横顔を見上げた。

いかに印象が化け狐《きつね》のようだとはいえ、まさか本物の狐狸妖怪《こりようかい》ではない。
ただその点を差し引いても――彼《かれ》の涼《すず》やかな眼《め》は何故《なぜ》か空虚《くうきょ》で、どことなく抜《ぬ》け殻《がら》のようにも見えていた。

§

ヤナギの病室は、ごく狭《せま》い個室だった。

シングルサイズの電動ベッドが一つと、見舞《みま》い客が座《すわ》るための積み重ね可能な丸椅子《まるいす》が三つ。他にはこれといった家具もなく、隣室《りんしつ》との壁《かべ》も間仕切《まじき》り程度の薄《うす》さしかない。

道中の情報からＶＩＰ用の特別室を想像していたナユタは、つい拍子《ひょうし》抜《ぬ》けしてしまう。

窓の向こうには薄曇《うすぐも》りの春空が広がっていたが、他に見えるのは付近の高層ビルや道路ばかりで、眺望《ちょうぼう》もさほど良くはない。

特別室が埋《う》まっていたのか、それともヤナギが質素な性分《しょうぶん》なだけなのか――おそらくは後者だろうと、ナユタは見当をつけた。

病室で彼女達《かのじょたち》を出迎《でむか》えたのは、薬で眠《ねむ》るヤナギと、にこやかな老妻だった。

「あらあら、まあまあ……この人ったら、こんな年になってこんなお若くて綺麗《きれい》なお友達ができるなんて……うらやましいわあ。はじめまして、矢凪《やなぎ》の妻の寿々花《すずか》と申します」

着物姿の老婆《ろうば》は、邪気《じやき》のない柔《やわ》らかな笑《え》みで来客の二人を交互《こうご》に見つめた。

「ええと……お二人は、お付き合いをされているのかしら？」

挨拶《あいさつ》もそこそこに飛んできた爆弾《ばくだん》を、探偵《たんてい》が冷静に処理する。

「いえ。彼女《かのじょ》はヤナギさんの道案内をした縁《えん》で、ゲームの攻略《こうりゃく》を手伝ってくれている学生です。私とも昨日、初めて会ったばかりでして」

寿々花《すずか》がまるで子供のように首を傾《かし》げる。

「あら、そうなの？　とてもお似合いだからてっきり――失礼いたしました。まあ……条例とかあるものね？　対外的には、ね？」

誤解を改める気はないらしい。

客商売らしい愛想《あいそ》の良さで、寿々花《すずか》はナユタににっこりと笑いかける。

「それにしてもお嬢《じょう》さん、本当に綺麗《きれい》ねえ……この人ったら、ゲームの中で若い子をナンパしてたの？　この年まで浮気《うわき》なんてしたことなかったのに、お婆《ばあ》ちゃん、ショックだわあ――」

あまりにおどけたその物言いに、ナユタは苦笑《くしょう》を返した。

「いえ、ヤナギさんが道に迷っていらしたので、私達《わたしたち》から声をおかけしたんです。その後は私達《わたしたち》が勝手に、何かお手伝いできればと思いまして……」

寿々花《すずか》がくすりと笑った。

「この人、昔からそういうところがあるの。なんだか知らないけれど、いいタイミングでいろんな方に助けていただけて……妻の私が言うことでもないけれど、日頃《ひごろ》の行いがいいのかしら？　ま、この人の最大の幸運は、私みたいな素敵《すてき》な奥《おく》さんと結婚《けっこん》できたことなんですけれどね？」

茶目っ気たっぷりにのろけるあたり、夫婦《ふうふ》仲《なか》は極《きわ》めて良好らしい。

寿々花《すずか》はにこにこと笑い、世間話を続ける。

「お嬢《じょう》さんも、結婚《けっこん》相手は慎重《しんちょう》に選ぶのよ？　あ、でも慎重《しんちょう》すぎてもだめ。第一印象でぴんとくることなんてそうそうないし、完璧《かんぺき》な相手なんていないんだから。とりあえず顔が好みだったらある程度のことは我慢《がまん》できるはずだから、この探偵《たんてい》さんみたいな方は割と優良物件よ？　年が少しくらい離《はな》れていたって、六十、七十になれば大差ないの。私だって亭主《ていしゅ》より一回りも年下で……」

「──失礼、本当にそういう関係ではありませんので、ご容赦《ようしゃ》ください。私はまだ逮捕《たいほ》されたくありません」

顔合わせ早々に会話のペースを握《にぎ》られた探偵《たんてい》が、徒労に終わりそうな弁明を切り上げてどうにか本題に入る。

「さっそくですが、ヤナギさんのご容態はいかがでしょうか？　一緒《いっしょ》にゲームをしていたもう一人の仲間も、とても心配していまして──」

コヨミを出しにして、彼《かれ》は自然に会話をつないだ。

ベッドのヤナギは点滴《てんてき》を刺《さ》したまま眠《ねむ》っている。

その顔はゲームの中よりもかなりやつれ、体も一回り縮んで見えた。

寿々花《すずか》が微笑《ほほえ》み、ヤナギの骨張った手をそっと撫《な》でた。

「大丈夫《だいじょうぶ》です。今はお薬で眠《ねむ》っているけれど、もうじき起きますわ。ごめんなさいね、急に来ていただいて……本当は私が出向くべきなんだけれど、この人の傍《そば》にいてあげたかったし、ゲームのこともちょっとよくわからなくて。ぶいあーる……えぬえぬおーでしたっけ……？」

探偵《たんてい》が小声で応じる。

「VRMMOです。バーチャル・リアリティ・マッシヴリィ・マルチプレイヤー・オンライン——要するに、現実と見紛《みまが》うほどにリアルな空間を舞台《ぶたい》にした、大規模で、なおかつ多人数が同時に遊ぶオンラインゲームのことです。私はそこで観光案内の真似事《まねごと》をしています」

SAO事件に絡《から》むワイドショー等で散々に槍玉《やりだま》にあげられ、この略称《りゃくしょう》もすっかり国内に定着したが、そういった番組を見ない層にまではさすがに浸透《しんとう》していない。

寿々花《すずか》は困ったように首を傾《かし》げた。

「難しいお話ねえ……ごめんなさい、やっぱり私にはよくわからなくて。でも、矢凪《やなぎ》は皆《みな》さんにとても感謝していました。昨日の夜も、珍《めずら》しく楽しそうで……今朝、そのゲームの配信停止の知らせを見るまでは、本当に元気だったの。改めて……ご心配とご迷惑《めいわく》をおかけして、申し訳ありません」

穏和《おんわ》な顔に諦《あきら》めと寂《さび》しさを漂《ただよ》わせ、老婆《ろうば》は深々と頭を下げた。

——彼女《かのじょ》はもう、伴侶《はんりょ》の死が近いことを知っている。そして相応の覚悟《かくご》も決めている。

ナユタは眼《め》を閉じ、ゆっくりと息を吸った。

ここから先の話はおそらく重いものになる。

沈黙《ちんもく》を破ったのは探偵《たんてい》の声だった。

「……一つ、うかがってもよろしいですか？　ヤナギさんは、どうしてそこまで——あのクエストにこだわっているのでしょうか」

「くえすと……？」

寿々花《すずか》が首を傾《かし》げる。ゲーム系の用語とは、やはり縁《えん》がないらしい。

「失礼、クエストというのは、件《くだん》の《幽霊囃子《ゆうれいばやし》》のことです。報酬《ほうしゅう》の額といい、何かよほどの事情があるのではとお見受けしました」

寿々花《すずか》が眼《め》を伏《ふ》せた。

「……矢凪《やなぎ》からは、なんと？」

「何もうかがっていません。ただ……ある程度、想像はついています」

クレーヴェルはわずかな逡巡《しゅんじゅん》を見せた後、殊更《ことさら》に声をひそめた。

「プライバシーに立ち入るようで恐縮《きょうしゅく》ですが……あの《幽霊囃子《ゆうれいばやし》》は、あなた方のご家族——おそらくはお孫さんが制作されたものです。そしてその方は、残念ながらもうお亡《な》くなりになっている……そうですね？」

探偵《たんてい》の静かな声は確信に満ちていた。

ナユタも彼《かれ》と同じ推論を得ている。

今回の《アスカ・エンパイア》のイベント、《百八の怪異《かいい》》は、ユーザーからの応募作《おうぼさく》によって成り立っていた。

当然ながら、それらの応募作《おうぼさく》には制作者がいて、その制作者には家族がいる。

孫が懸命《けんめい》に制作したゲームの顛末《てんまつ》を、死ぬ前に見届けたい――死期の近いヤナギを初めてのVRMMOに駆《か》り立《た》てた動機は、そんな家族として当たり前の、ごく人間らしい感情だったのだろう。

そんなヤナギがゲームの攻略《こうりゃく》を見ず知らずの探偵《たんてい》などに依頼《いらい》している時点で、その制作者が今、自らゲーム内を案内できない状態にあることも想像がつく。

何より――ゲームの中で会ったヤナギは、どこか哀《かな》しげな、放っておけない気配を漂《ただよ》わせていた。

寿々花《すずか》が俯《うつむ》いたまま、そっとハンカチを口元へ添《そ》える。

「……お察しの通りです。昨年の十二月――私達《わたしたち》の孫の清文《きよふみ》が亡《な》くなりました。まだ十代で……私達《わたしたち》の半分どころか、四分の一も生きていないのに……ほとんど学校にも通えず、長い闘病《とうびょう》の末、息を引き取りました――」

ナユタは何も言えない。孫を喪《うしな》った老人にかけられる言葉など、若い彼女《かのじょ》には思いつかない。

ナユタがうっすらと事情に感づいたのは、《幽霊囃子《ゆうれいばやし》》に現れた城の門前で、コヨミが「小学校の修学旅行で日光へ行った」ことに触れた時だった。

あの時、ヤナギは「修学旅行」という単語に動揺《どうよう》していた。その理由について、ナユタは彼女《じょ》なりにいくつかの可能性を推測したが、うち一つがどうやら的中していたらしい。

事情が事情だけに、当たったところで嬉《うれ》しくはない。

クレーヴェルが眉《まゆ》をひそめた。

「……つらいことを聞くようですが……お孫さんは自分の死期が近いことを、もうだいぶ前から理解されていたようですね？」

寿々花《すずか》はゆっくりと頷《うなず》く。

「ええ。《幽霊囃子《ゆうれいばやし》》は、清文《きよふみ》が制作した最初で最後の作品です。あの子は——死ぬ前にどうしても、自分の生きた証《あかし》を遺《のこ》したかったのね。運営の方から採用の連絡《れんらく》が届いた時は本当に嬉《うれ》しそうで、みんなが遊べるようになる日を楽しみにしていたのですが……あの子の体は、もう限界だったんだと思います」

その声はかすれていた。

ナユタはつい、痛ましくなり俯《うつむ》いてしまう。

探偵《たんてい》がナユタの肩《かた》を軽く叩《たた》いた。

「君まで気落ちしてどうする。ヤナギさんが、我々にこのことを黙《だま》っていた理由についても……君ならもう気づいているはずだ」

ナユタは頷《うなず》いた。

孫の作ったゲームで一緒《いっしょ》に遊ぶナユタ達《たち》に、暗い気持ちなど共有して欲《ほ》しくはない――あるいは、孫の作品で純粋《じゅんすい》に楽しむ他のプレイヤーの姿を、彼《かれ》は実際に傍《そば》で見たかったのかもしれない。

背景にある重い事情を知れば、どうしても自然体ではいられなくなる。

もっとも――幽霊囃子《ゆうれいばやし》が配信停止となった今、ヤナギがあのクエストをプレイできる機会は、おそらくもう来ない。

今のナユタには、その事実が殊更《ことさら》に重く感じられた。

そしてヤナギの妻たる寿々花《すずか》も、このことを懸念《けねん》しているらしい。

「……ねえ、探偵《たんてい》さん。私には、ゲームのことはよくわからないのですけれど……再配信というのはいつ頃《ごろ》……？」

彼女《かのじょ》の不安げな声に、クレーヴェルは演技でない神妙《しんみょう》な顔で応じた。

「正直に申し上げてわかりません。運営次第《しだい》ですが、今までの例からすると、早くても一ヶ月程度はかかるかと思います」

「一ヶ月……」

寿々花《すずか》の表情が目に見えて曇《くも》った。

ヤナギの体は、その頃《ころ》までもたないらしい。攻略《こうりゃく》期限の一週間すら、今の彼《かれ》にとって確実な猶予《ゆうよ》ではなさそうだった。

「……寿々花《すずか》さん。探偵《たんてい》さんを困らせるものじゃないよ……」

いつの間にか目覚めていたヤナギが、病床《びょうしょう》からくぐもった声を寄越《よこ》した。

ゲーム内の彼《かれ》とは違《ちが》い、声は聞き取るのが困難なほどに弱々しい。

「……ヤナギさん」

ナユタは無意識のうちに枕元《まくらもと》へ近寄った。

「……わざわざ来ていただき、恐縮《きょうしゅく》です。お嬢《じょう》さんは……ナユタさんですな……？」

寝《ね》そべったまま微笑《びしょう》するヤナギへ、ナユタは頷《うなず》いてみせた。

「はい。ナユタです。コヨミさんは関西にいるので、さすがに来られなかったんですが……ヤナギさんのことを、とても心配していました。クエストの再配信に備えて、はやく元気になってくださいね」

精一杯《せいいっぱい》の思いでそう告げると、ヤナギは力なく頷《うなず》き、眼《め》を伏《ふ》せた。

「……ちと、夢を見ていました。亡《な》くなった孫が出てきまして……何か言いたげなのですが、声が聞こえませんで……どうしたものかと途方《とほう》にくれていたところ、狐《きつね》が出てきて眼《め》が覚めました。そういえばあの狐《きつね》、探偵殿《たんていどの》に似ていましたな――」

水を向けられたクレーヴェルがかすかに笑った。

「よく狐顔《きつねがお》とは言われます。稲荷《いなり》神社《じんじゃ》へ行ったら、通りすがりの他人に拝まれたこともありますよ」

この冗談《じょうだん》にヤナギも頬《ほお》を緩《ゆる》める。

「……わざわざご足労いただき、申し訳ありませんでした。手付け金については後で振《ふ》り込《こ》ませますが、事情が事情ですので、依頼《いらい》のほうはもう……」

「そう。ご依頼《いらい》の件です。今日はそれでうかがいました」

クレーヴェルが態度を改め、妙《みょう》に澄《す》んだ声を発した。

「昨日は契約《けいやく》に至りませんでしたが、もう月曜日まで待つ必要もないでしょう。今の段階で、私と契約《けいやく》されるか否《いな》かのご決断をお願いいたします。金額は昨日の条件と同じ——そしてご契《けい》約《やく》いただいた場合には、〝一週間以内のクリア〟に向けて、私が全力を尽《つ》くします。その手段については、こちらにお任せいただきますが——」

「ちょ、ちょっと、探偵《たんてい》さん……!?」

ナユタは思わず口を挟《はさ》んだ。

クエスト、《幽霊囃子《ゆうれいばやし》》は配信停止になっている。一週間以内のクリアどころか、今はそもそもプレイすらできない。そのことは彼《かれ》も把握《はあく》している。

クレーヴェルがナユタに片目を瞑《つぶ》ってみせた。

「今朝も言った通り——私はまだ諦めていいない。ヤナギさん、貴方《あなた》にまだゲームをプレイする気力があるのなら、私は全力でそれを支援《しえん》します。貴方《あなた》がフルダイブできる状況《じょうきょう》になり次第《しだい》、可能なら明日にでも攻略《こうりゃく》再開といきましょう」

事も無げに言う探偵《たんてい》の姿に、ナユタは目眩《めまい》がした。

「探偵《たんてい》さん、ですから、肝心《かんじん》のクエストが……！」

この指摘《してき》には答えず、クレーヴェルがナユタをちらりと見た。

「君、明日は学校かな？　春休みにはまだ早いか」

「……午前中で終わりです。試験の返却《へんきゃく》と補講だけなので、お昼前には家に帰れます。私は部活もやっていませんし」

探偵《たんてい》が軽く手を叩《たた》いた。

「結構。それなら十三時に事務所で待ち合わせよう。ヤナギさんも可能ならぜひおいでください。それから——お二人にはその時点で、我《わ》が社《しゃ》と《アルバイト》としての雇用契約《こようけいやく》を結んでいただきます」

「……え？　あの……いや、何言ってるんですか？」

わけがわからないまま、ナユタは病床《びょうしょう》のヤナギと顔を見合わせる。

そんな二人をにこやかに眺《なが》めるクレーヴェルの姿は、どこからどう見ても、人を化かす性《しょう》悪《わる》の狐《きつね》そのものだった。

§

猫《ねこ》は神である。

古代エジプトにはバステトという猫《ねこ》の女神《めがみ》がいた。

狐《きつね》も神である。

全国津々《つつ》浦々《うらうら》に広がる稲荷《いなり》神社《じんじゃ》は、五穀を司《つかさど》る倉稲魂神《うかのみたまのかみ》を祭っており、狐《きつね》はその使いとされている。

「……つまりね。ここの二階って、猫神様《ねこがみさま》とお稲荷《いなり》さんが隣《とな》り合《あ》って存在している、神仏習合ならぬ猫狐《にゃんこ》習合《しゅうごう》の祭殿《さいでん》なんじゃないかとゆーケモナー大歓喜《だいかんき》の説が……！」

「……コヨミさんって、たまに私の知らない専門用語を駆使《くし》しますよね。ケモナーってなんですか？」

「……えっと……愛情の幅《はば》が通常より広い人たち？」

ヤナギの見舞《みま》いから一夜が明けて、月曜日の三ツ葉《みつば》探偵社《たんていしゃ》——

事務所のソファに居座《いすわ》るナユタとコヨミのとりとめもない会話に、出社したばかりの探偵《たんてい》から苦情が入った。

「私は顔が狐《きつね》に似ているというだけで、稲荷《いなり》神社《じんじゃ》とは関係ない……それより〝十三時に集合〟

と伝えたはずだが……今、何時かな？」

「あ、探偵《たんてい》さん、ちーっす。壁《かべ》に立派な柱時計があるよ？　えーと……十一時だね」

ナユタの膝枕《ひざまくら》を堪能《たんのう》しつつ、コヨミが面倒《めんどう》そうに応じた。

探偵《たんてい》が目元を押《お》さえる。

「パーティーメンバーなら鍵《かぎ》を開けられる設定にしていたのが間違《まちが》いの元か……ナユタ、学校は？」

「午前中だけ、って昨日言いましたよね？　私、学校まで徒歩五分のところに住んでいるので、往復にはほとんど時間がかからないんです」

「……コヨミ、会社は？」

「何？　探偵《たんてい》さんとこには〝有給休暇《きゅうかゆう》〟って概念《がいねん》が存在しないの？　うわぁ、ブラック……労基《ろうき》に眼《め》ぇつけられないようにね？」

執務机《しつむづくえ》に座《すわ》りながら、探偵《たんてい》が深々と嘆息《たんそく》した。

「確かに、年度末が近い週の月曜日にその権利を行使できるような職場と比べれば、多少は黒いかもしれないが――こんな急なタイミングでよく申請《しんせい》が通ったね」

探偵《たんてい》の皮肉を受けて、コヨミの眼《め》がうつろに転じた。

「……ねんどまつ……げつよーび……なゆさん……探偵《たんてい》さんがいぢめる……」

「はいはい。私はコヨミさんの味方ですから。忙《いそが》しい時期にお休みとってまで攻略《こうりゃく》を手伝っていただいて、感謝しています」

コヨミの頭を撫《な》でてあやしながら、ナユタは探偵《たんてい》を軽く睨《にら》んだ。

クレーヴェルが咳払《せきばら》いでごまかす。

「……いや、私も別に感謝していないわけじゃないんだが——ここで寝《ね》ていても退屈《たいくつ》だろうから、余所《よそ》へ行ってきたらどうかな？　ヤナギ氏が来るまでまだ二時間もある」

コヨミがナユタの袴《はかま》に頬《ほお》をすりよせ、猫《ねこ》のように喉《のど》を鳴らした。

「あ、お構いなくー。なんかここ、意外に居心地《いごこち》いいんだよねえ……ほのかな紅茶の匂《にお》いとか、喫茶店《きっさてん》みたいだし。他人の目がないから、なゆさんも恥《は》ずかしがらずに膝枕《ひざまくら》してくれるし」

思うところがないわけではないが、有給休暇《きゅうか》を消費してまで来てくれたコヨミに対し、ナユタとしても多少の譲歩《じょうほ》はやむを得ない。そもそもお互《たが》い、仮想空間における偽物《にせもの》の体である。

探偵《たんてい》が指先で机を叩《たた》いた。

「なるほど。ところで、私という他人の存在を忘れていないか？」

コヨミがしばし考《かんが》え込《こ》む。

「……探偵《たんてい》さんは胡散臭《うさんくさ》すぎて、なんか存在感がNPCっぽいかな、って」

「初対面の時といい、君は本当に言いたい放題だな」

説得を諦《あきら》めた探偵《たんてい》が、執務《しつむ》机《づくえ》の上にノートパソコンを広げた。

たちまちコヨミが眼《め》を見開く。

「……何その世界観ブチ壊《こわ》し、かつレトロなパソコン……本物？」

「作業用のシステムをノートパソコンの形にリファインしただけだ。バーチャルオフィス機能の流用だよ。おそらく――《幽霊囃子《ゆうれいばやし》》を制作した矢凪清文《やなぎきよふみ》という少年も、同じように仮想空間から《ザ・シード》を扱《あつか》い、作業を進めていたんだろう」

探偵《たんてい》はパソコンを操作しながら話し続ける。

「仮に現実では体が不自由であっても、この空間ではそんなハンデは影響《えいきょう》しない。片腕《かたうで》を失った者でもこの世界なら両手を使えるし、眼精疲労《がんせいひろう》や肩《かた》こり、腰痛《ようつう》といった肉体的な疲労《ひろう》の蓄積《ちくせき》もほとんどなくなる。脳の疲労《ひろう》と運動不足という問題点は残るが……寝《ね》たきりの人間でも心おきなく作業できる環境《かんきょう》を実現させたという意味では、VR技術は単なるゲームや医療《いりょう》の垣根《かきね》を飛《と》び越《こ》え、労働環境《かんきょう》の革新をもたらしつつある」

コヨミがかっくんと首を傾《かし》げた。

「ふーん……あんまりそういう話聞かないけど？」

「かなり業種が限られるからね。あくまでデスクワークだけの話だし、肉体的なハンデさえなければ、まだ旧態依然《いぜん》とした労働環境《かんきょう》のほうが都合がいいという職種が大半だ。ただ――将来的には拡大するだろう。職場の家賃も安くあがるし、自宅にいながらアミュスフィアをつけるだけで出勤完了《かんりょう》となれば、交通費も通勤時間も不要になる。自宅のパソコンをネットワークにつなぐだけの、旧世代のバーチャルオフィスとはわけが違《ちが》う。これらのメリットは学校にも応用できるな」

「……つまり、満員電車に乗らなくてもいいってことだよね？　うわぁ……いいなあ……それいいなぁ……」

恍惚《こうこつ》と呟《つぶや》くコヨミに、クレーヴェルが嘆息《たんそく》を向けた。

「必ずしもいいことばかりじゃないけれどね。流れが加速すれば、オフィス用物件の賃貸《ちんたい》価格、並びに不動産としての評価も暴落するだろうし、交通機関も需要減《じゆようげん》で赤字に陥《おちい》る。サラリーマンや学生の飲食をあてにしている店も客足が遠のくし、通勤・通学の必要がなくなれば、化《け》粧品《しょうひん》や婦人服、紳士《しんし》服、制服関係もダメージを受ける。波及《はきゅう》する分野は他にも多種多様……」

コヨミが呆《ほう》けた顔に転じた。

探偵《たんてい》はパソコンを操作しながら、淡々《たんたん》と持論を話し続ける。

「会社や学校ばかりじゃない。経済の役割は人間の欲望を満たすこと。本物で欲望を満たす必要がなくなり、実体がなく低コストなデータだけでそれを満たせる時代がくれば、多くの製造業やサービス業が大打撃《だいだげき》を受ける。時代の流れといえばそれまでだが……なかなかどうして、将来を悲観し頭を抱《かか》えている企業《きぎょう》も多いはずだ」

彼《かれ》の呟《つぶや》きは、まるっきり他人事《ひとごと》のようだった。実際に他人事《ひとごと》なのだろうが、極論でナユタやコヨミの反応を試《ため》しているような気配もある。

コヨミがナユタの膝《ひざ》を袴越《はかまご》しに撫《な》で回《まわ》した。

「うーん……？　でも《百八の怪異《かいい》》でも、いろんな企業《きぎょう》とタイアップしてるじゃん。悲観どころか、割と盛り上がってると思うけど？」

「それらの企業《きぎょう》は、なんとかして今のうちにVRの市場へ食い込《こ》もうとしている。たとえば本物の衣服でなくデータの衣服を売る、あるいはゲーム内の商品を本物にする——そういった様々な商売にどの程度のニーズがあるのか、検証して活路を見出《みいだ》したいんだろう。イベントを盛り上げプレイヤーを増やしたい《アスカ・エンパイア》運営と、市場調査をしつつ新しい商売のノウハウを探《さぐ》りたい各種企業《きぎょう》、その双方《そうほう》の思惑《おもわく》が合わさって、《百八の怪異《かいい》》は生まれた。だからこそ——まだ始まったばかりの今の時期に、余計な問題が起きては困る。これも《幽霊《ゆうれい》囃子《ばやし》》が早い段階で配信停止に至った理由の一つだろうね」

ナユタは考《かんが》え込《こ》む。

本物とデータ。

現実世界と仮想世界——

人間が生き物である以上、現実世界は必須《ひっす》のものではある。電力やハードウェアをはじめ、そもそものインフラがなければ仮想世界も維持《いじ》できない。

肉体が必要とする栄養素もデータでは摂取《せっしゅ》できないため、農業や漁業、畜産業《ちくさんぎょう》、それらの産品を流通させる仕組みもあわせて必要となる。

だが、そうした必須《ひっす》の産業を除いた多くの事柄《ことがら》において――仮想世界のメリットは、現実世界のデメリットを軽々と凌駕《りょうが》しかねない。

仮想世界では身体的なハンデを大きく軽減できる。

無人のハイウェイを高速でドライブできる。

鳥のように空を飛び、魚のように深海を泳ぎ、猫《ねこ》のように自由に振《ふ》る舞《ま》える。

行列に並ばず、予約なしで人気店のディナーを好きな時に安価で味わえ、美しい異性と一夜の逢瀬《おうせ》を後腐《あとくさ》れなく体験でき、胸躍《おど》る冒険《ぼうけん》や迫《せま》り来る恐怖《きょうふ》に死の危険なく立ち向かえる。

たとえそれらが偽物《にせもの》であったとしても――現実のダメな自分と、無縁《むえん》でいられる。

VR技術によって五感がリアルに近づけば近づくほど、これらの魅力《みりょく》に現実は太刀打《たちう》ちできなくなっていく。

もしかしたら今後数百年で、現実は一部の人間にとって必須《ひっす》のものではなくなるのかもしれない。

古いSFにも、そうした世界を題材にしたものがいくつか存在する。

完全管理されたそれらの社会において、単純労働はすべて機械化され、故障した機械の修理すらも機械が行い、人は夢の中で享楽《きょうらく》の時間を過ごし続け、子供すら人工授精によって培養《ばいよう》基《き》の中で生まれる。

生まれた時から死ぬまで夢の中をたゆたい続け、どこかのタイミングで何か大きな天変地異が起きたら、その瞬間《しゅんかん》にすべてが滅《ほろ》ぶ――いずれそんな時代が来たとしても、ナユタは驚《おどろ》かない。

無論それは、彼女《かのじょ》の寿命《じゅみょう》が尽《つ》きた後の、さらに何世代も歳月《さいげつ》を重ねた末の、遠い未来の極《きょく》端《たん》な可能性だろうが、もしかしたら〝今〟は、その転換点《てんかんてん》といえる時期なのかもしれなかった。

そんな未来を「羨《うらや》ましい」ととるか「おぞましい」ととるかは、個人の価値観に拠《よ》る。

極端《きょくたん》な例をいえば、もしも人類を壊滅《かいめつ》させるほどの疫病《えきびょう》が蔓延《まんえん》し、生存者をシェルターに隔離《かくり》して、人という種子をつなぐことだけを考えた場合――こうした《仮想世界》は、そのための快適な箱船になるのだろう。

ぼんやりと思案するナユタの前に、事務所の奥《おく》から現れた黒猫《くろねこ》が紅茶のおかわりを置いていった。

ふくよかな香《かお》りで我に返り、彼女《かのじょ》は探偵《たんてい》に視線を送る。

気づいたクレーヴェルがわざとらしい微笑《びしょう》を返した。

「どうした、ナユタ？　寝不足《ねぶそく》かな」

「……いえ。少しぼうっとしてました。あの……探偵《たんてい》さんって、VR技術の進歩についてはどう思っているんですか？　こんな仕事をしている割には、なんとなく冷めているというか、懐《かい》疑的《ぎてき》というか、少なくとも楽観的に見ているわけではなさそうですけれど――」

クレーヴェルが眼《め》を細めた。笑ったわけではなく、彼《かれ》は思案のためにしばらく沈黙《ちんもく》する。

「君の口からそんな質問が出てくるとは予想外だけれど……そうだね。肯定的《こうていてき》か否定的かと問われれば、幾分《いくぶん》か肯定的《こうていてき》だ。ただし盲信《もうしん》する気はないし、危惧《きぐ》している要素もそれなりに多い。そして、これが大事なことだが——個人レベルで肯定《こうてい》しようが拒絶《きょぜつ》しようが、世界はもうこの果実の味を知ってしまった。もしそこに毒が混ざっていようと、今更《いまさら》、手放す気にはならないだろう。なにせこの果実は魅惑的《みわくてき》すぎる。だったら、我々は——未来の悲劇を回避《かいひ》するために、あらゆる危険性を考え、対処し続けなければならない。好むと好まざるとに拘《かか》わらず、ね」

探偵《たんてい》の口調は、まるで自身に言い聞かせるようだった。

彼《かれ》の回答に興味を引かれつつ、ナユタは関連する質問を重ねる。

「……もう一つ、聞いてもいいですか？　ＳＡＯ事件の犯人で、ＶＲ技術を飛躍的《ひやくてき》に発展させた茅場《かやば》晶彦《あきひこ》という研究者について——探偵《たんてい》さんは、どう思いますか？」

クレーヴェルの微笑《びしょう》が固まった。

それはナユタにとって思いがけない劇的な変化だった。

彼《かれ》は自らの動揺《どうよう》に気づいた直後、その演技力を駆使《くし》して平静を装《よそお》う。

「……何故《なぜ》、そんなことを私に聞くのかな？」

「私には……わからないんです。ＶＲ技術に一番詳《くわ》しかったはずの彼《かれ》が、どうしてあんな大量虐殺《ぎゃくさつ》を起こしたのか。大勢の人間が不幸になるとわかっていたはずなのに——数千人の命を奪《うば》って、その命に関わる数万人の遺族の人生を歪《ゆが》めてまで、一体何をしたかったんだろう、って――」

クレーヴェルが真顔に転じた。

狐《きつね》のような彼《かれ》の眼《め》に、一瞬《いつしゅん》だけ狂気《きょうき》に近い歪《いびつ》な光が宿る。

「……その答えがどんなものであれ――私は、彼《かれ》を決して許さない」

淡々《たんたん》と澄《す》んだ声音《こわね》で話しながら、クレーヴェルは机の上で指を組んだ。

「私は彼《かれ》を心の底から軽蔑《けいべつ》している。もしもまだ生きていたとしたら、この手で殺したいほど憎《にく》んでもいる。自らの偏《かたよ》った理想のために大量虐殺《ぎゃくさつ》を犯《おか》した彼《かれ》は、権力を守るために罪を犯《おか》した歴史上の大量虐殺者達《ぎゃくさつしゃたち》と、本質的な部分ではさして変わらない。わかっていて行為《こうい》に及《およ》んだ時点で、罪の意識が希薄《きはく》だったことも推測できる。よく科学者が、自らの研究成果を兵器に転用されて苦悩《くのう》するという話を見かけるが――彼《かれ》の場合は他人に転用されたわけではなく、自らの意志で罠《わな》を仕掛《しか》け、故意に不特定多数の殺害に及《およ》んだ。到底《とうてい》、擁護《ようご》できる要素はない」

これまでの飄々《ひょうひょう》とした彼《かれ》からは想像もつかない頑《かたく》なな反応に、ナユタは戸惑《とまど》った。

膝《ひざ》の上ではコヨミも固まっている。クレーヴェルの迫力《はくりょく》に呑《の》まれ、その口からいつもの軽口が出てこない。

声こそ冷静で、怒鳴《どな》り散《ち》らしているわけでもないが、それゆえに異様な凄《すご》みを感じてしまう。

祟《たた》りをなす狐《きつね》がそうするように、クレーヴェルの細い眸《ひとみ》には憎悪《ぞうお》の光が明確に宿っていた。

「……茅場晶彦《かやばあきひこ》という男についてどう思うかと問われれば――私の答えは単純だ。〝唾棄《だき》すべき、独りよがりの大量虐殺者《ぎやくさつしや》〟。彼《かれ》が何をしたかったのかなど、考えるだけ無駄《むだ》だよ。それがどんな回答であろうと、家族や友人の死という現実の前では、ただの馬鹿《ばか》げた戯言《たわごと》にしかなり得ない」

彼《かれ》のそんな怒《いか》りを目《ま》の当たりにして、ナユタは気づく。

「探偵《たんてい》さんは……SAOサバイバーなんですね」

クレーヴェルの真顔がいつもの薄笑《うすわら》いに転じた。

「……君は私より探偵《たんてい》に向いていそうだ。よく気づいたね？　確かに私は、かつてあのゲームに囚《とら》われていた」

彼《かれ》の怒《いか》りには、憎悪《ぞうお》の対象を明確に知る者ならではの信念が宿っていた。

クレーヴェルはおそらく、茅場晶彦《かやばあきひこ》という男を——あるいは、ソードアート・オンラインの中で茅場《かやば》が扮《ふん》していたヒースクリフというキャラクターを、個人的に知っている。

——その意味で、茅場《かやば》という人間を名前だけしか知らないナユタとは少し違《ちが》っていた。

張りついたような彼《かれ》の笑顔《えがお》が初対面から胡散臭《うさんくさ》く見えた理由についても、彼女《かのじょ》はようやく理解する。

彼《かれ》は笑顔《えがお》の時も笑ってなどいない。

表情を笑顔《えがお》と同じ形にしているだけで、そこに宿った感情は明らかに別物だった。

固まっていたコヨミが、ナユタの膝《ひざ》から恐《おそ》る恐《おそ》る起きあがった。

「わ、わお……SAOサバイバーの人って初めて見た……」

「人を珍獣《ちんじゅう》みたいに言わないでくれ。世の中に六千人ほどいるわけだから、そう珍《めずら》しいものでもないだろう」

クレーヴェルがいつもの飄々《ひょうひょう》とした声でからかったが、ココミは表情を曇《くも》らせる。

「そっか……探偵《たんてい》さん、大変だったんだね……胡散臭《うさんくさ》いとか言ってゴメン。そんな目に遭《あ》ったら……そりゃ人間不信にもなるよね……」

「……別に人間不信になったつもりはないんだが……そもそも私は生還《せいかん》できたわけだし、大変だったのは亡《な》くなった人々のほうだよ。私が《幽霊囃子《ゆうれいばやし》》の中で見た同期の幽霊《ゆうれい》というのも――アインクラッドで死んだ友人でね」

ナユタの心臓に、ちくりと痛みが走った。

探偵《たんてい》が目を伏《ふ》せる。

「――ご丁寧《ていねい》に、当時の金属鎧《きんぞくよろい》のままで出てきた。違和感《いわかん》もあったが……データとしては存在しないはずの、あの《幽霊《ゆうれい》》の正体と仕組みを見定めないことには、運営も再配信に動けない。昨日、病院でも話した通り、そこが我々の狙《ねら》い目だ。探偵《たんてい》としての矜持《きょうじ》にかけて――ヤナギ氏からの依頼《いらい》は、きちんと成功させてみせる」

いつになく真剣《しんけん》な彼《かれ》の声に、ナユタは力強く頷《うなず》いた。

再配信には、早くとも一ヶ月程度はかかる。

この一ヶ月とは即《すなわ》ち、クエストの調査と修正のために必要な時間だった。

その〝調査〟を、誰《だれ》が行うのか――

クレーヴェルは今回、そこに眼《め》をつけた。

配信停止直後から、彼《かれ》は自らの人脈を駆使《くし》して動き回り、調査に携《たずさ》わるテストプレイヤーの派遣元《はけんもと》として、《クローバーズ・ネットワークセキュリティ・コーポレーション》を売《う》り込《こ》むことに成功したらしい。

詳《くわ》しい経緯《けいい》はわからないが、彼《かれ》には運営側との太いパイプがあるという。

〝そもそも《アスカ・エンパイア》の運営は、我《わ》が社《しゃ》にとって大事な取引先の一つだ。これまでに培《つちか》ってきた信頼《しんらい》と実績もある。それと……ヤナギ氏の存在も利《き》いたな。個人的に親交のある偉《えら》い人が結構な浪花節《なにわぶし》でね。事情を話したら二つ返事で我々をねじ込《こ》んでくれた〟

つい昨日、クレーヴェルは詐欺師《さぎし》のように軽《かろ》やかな口調でそんな説明をした。

見舞《みま》いに行く前にあらかたの話をつけておいたらしいが、つまりは亡《な》くなったヤナギの孫の件で事実確認《かくにん》をする前に、推論の段階で運営側と交渉《こうしょう》を進めていたことになる。

先方の検証方針が固まる前にいち早く、という焦《あせ》りもあったのだろうが、その動きの早さにはナユタも舌を巻くばかりだった。

彼《かれ》の目論見《もくろみ》は奏功し、ナユタ達《たち》はこれから、クレーヴェルの会社に雇《やと》われて《幽霊囃子《ゆうれいばやし》》の調査を兼《か》ねたテストプレイに挑《いど》む。

「……それにしても、よく外部の私達《わたしたち》を調査に使う許可がおりましたよね。こういうのって社内だけで検証するものだと思ってました」

ナユタの指摘《してき》に探偵《たんてい》が頷《うなず》いた。

「もちろん《アスカ・エンパイア》の運営側にも検証チームがいる。だが、彼《かれ》らは基本的に来週以降に配信される新規クエストのチェックで忙《いそが》しい。こうした突発的《とっぱつてき》なトラブルへの対応までは手が回りにくい。だからトラブル対応班もいるんだが、彼《かれ》らも常に複数のトラブル処理を抱《かか》えていて暇《ひま》ではないから、なんだかんだで再配信まで時間がかかってしまう。かといって、経費とセキュリティの問題もあるからうっかり外部委託《いたく》もしにくい。日頃《ひごろ》から取引のあるセキュリティ関係会社が〝タダ同然でいいから手伝わせて欲《ほ》しい〟と土下座して頼《たの》めば、こうした案件ならどうにか無理が通るということさ」

「……したの？　土下座？」

ココミが小声で問うと、クレーヴェルは珍《めずら》しく苦笑いを見せた。

「行動としてはしていないけれど、気分的にはね。運営側に借りができた。とはいえ、向こうにとっても悪い話じゃない。プレイヤーに何か問題が起きても責任はこちらにあるという契約《けいやく》だし、うまくいけば再配信までの期間を短縮できる。ただ、君達《きみたち》も守秘義務は守ってくれ。これから見聞きするものについては他言無用だ。ナユタに関してはあまり心配していないが、ココミ……君は口が軽そうだから」

ココミがぶんむくれて異議を唱える。

「なにおう。確かに軽いけど、本当に言っちゃダメなことは言わないよ？　なゆさんの3サイズとか、ブラのカップとか」

「それを言ったらもう膝枕《ひざまくら》してあげません」

ココミが即座《そくざ》に口を閉ざした。叱《しか》られるとわかっていて口にするあたり、彼女《かのじょ》もなかなか懲《こ》りない。

ちょうどそこへノックの音が重なる。

「失礼、ヤナギです。予定より早いのですが――」

クレーヴェルが机から立った。

待ち合わせは十三時だが、まだ正午にもなっていない。

「まったく、気の早い方々だ……ヤナギさん、他の二人も何故《なぜ》か来ています。どうぞお入りください」

扉《とびら》を開けた老僧《ろうそう》は、編み笠《がさ》を小脇《こわき》に抱《かか》え深々と一礼した。

「先日はご心配をおかけしました。おかげさまで、こうして動けるようになりまして――本日はよろしくお願いいたします」

寝《ね》たきりの本体と比して、こちらのヤナギは血色も良く生気に溢《あふ》れている。

「ヤナギさん、こんにちは。あの……お医者さんに止められたりとかは……？」

ナユタの懸念《けねん》に、ヤナギは困ったような笑《え》みを返した。

「はい、止められはしました。通常の仮想空間であればむしろ安静に過ごせて問題ないらしいのですが、ジャンルがホラーとなると、血圧や心拍数《しんぱくすう》に悪い影響《えいきょう》が懸念《けねん》されるとのことで……ただ、こちらの事情も酌《く》んでいただき、黙認《もくにん》に近い形でどうにか――まあ、老人の最後《さいご》の我《わ》儘《まま》ですな。家内も味方になってくれました」

「なによりです。医師の説得については、私もさすがに口を挟《はさ》めませんので」

そもそもヤナギが来られなければ、クレーヴェルの目論見《もくろみ》も水泡《すいほう》に帰すところだった。

探偵《たんてい》は老僧《ろうそう》に椅子《いす》を勧《すす》め、机上《きじょう》に三枚の書類を広げる。

「アルバイトの契約書《けいやくしょ》です。電子化して保存を……いや、最初から電子化されていますが、一応、形式上の署名をいただければと思います。お手数ですが、もちろんキャラクターネームではなく実名で」

ナユタとコヨミも書類に手を伸《の》ばした。

書かれている内容は通り一遍《いっぺん》の注意と時給等についてで、特におかしな部分はない。

「今回のことで、お金を受け取る気はありませんが……」

「すまないが、契約《けいやく》してくれないとテストプレイヤーとして登録できない。体裁《ていさい》としてはあくまで〝アルバイトのテスターをうちの会社が用意した〟という形になっている。雇用契約書《こようけいやくしょ》がないと向こうも困るんだ」

ココミが唸《うな》る。

「うーん……うちの会社、割と緩《ゆる》いからこれくらいなら大丈夫《だいじょうぶ》そうだけど……バレないよね？」

「君自身が口を滑《すべ》らせない限りは問題ない」

クレーヴェルの返しは冗談《じょうだん》のつもりだろうが、ナユタとしてはむしろ、一番有り得そうな事態だと感じてしまう。

ヤナギが脱力《だつりょく》するように笑った。

「私は探偵殿《たんていどの》に報酬《ほうしゅう》と必要経費を支払《しはら》い、経費の一部を時給として受け取るわけですな。なんともはや、妙《みょう》な契約《けいやく》になりました」

「恐縮《きょうしゅく》です。ヤナギさんほどの大物経営者をこの時給で雇《やと》う機会など、後にも先にもこれっきりでしょう」

探偵《たんてい》も微笑《びしょう》を見せながら、ナユタが署名した契約書《けいやくしょ》を回収した。

その視線が不意にぴたりと止まる。

「何か不備がありましたか？」

探偵《たんてい》は書類から視線を外さないまま、平坦《へいたん》な声を絞《しぼ》り出《だ》した。

「……ナユタ……君の、この名字は……」

署名は〝櫛稲田《くしいなだ》優里菜《ゆりな》〟――

ナユタにとっては、特に珍《めずら》しい反応ではない。

「ああ、〝くしいなだ〟って読むんです。珍《めずら》しいでしょう？　田んぼの稲《いね》が櫛《くし》みたいに連なって豊作になるように、っていう願いを込《こ》めて、できた名字らしいんですけれど……神話の奇稲《くしな》田姫《だひめ》みたいでちょっと恐《おそ》れ多《おお》いですよね。むしろ恐《おそ》れ多《おお》いから、先祖の誰《だれ》かが読みを一字変えたんじゃないかって、父が言ってました」

「……確かに、変わっているな。珍《めずら》しい名だ――」

探偵《たんてい》が妙《みょう》に硬《かた》い表情のまま頷《うなず》いた。

思い返せば、これまで名乗っていなかった。オンラインゲームではむしろキャラクターネームこそが本名のようなもので、実名などは話題の端《はし》にすら上りにくい。

「ほい、探偵《たんてい》さん。私の分もよろしくぅー」

コヨミが差し出した書類には、〝暦原栞《こよみはらしおり》〟とある。

こちらもそこそこ珍《めずら》しい名字のように思えるが、探偵《たんてい》は特に何も言わなかった。

そのまま彼《かれ》は、壁《かべ》にかけてあったコートを羽織り、愛用のステッキを手に取る。

やけに取《と》り澄《す》ましたその態度に、ナユタはわずかな違和感《いわかん》を覚えた。

（私の名字が気になったみたいだけど……）

その理由を問う間もなく、クレーヴェルは契約書《けいやくしょ》をまとめ、扉《とびら》に向かう。

「――よし。時間はまだ早いが、ひとまず移動しよう。先方の準備ができていなければ、また戻《もど》ることになるが――」

「えー。ギリギリの方がいいんじゃない？　どこ行くか知らないけど、わざわざ行って戻《もど》るの面倒《めんどう》でしょ？」

「面倒《めんどう》がる程《ほど》の距離《きょり》じゃない。すぐ隣《となり》だ」

探偵《たんてい》は振《ふ》り返《かえ》りもしない。ナユタ達《たち》は慌《あわ》ててその背を追う。

「あの、探偵《たんてい》さん……隣《となり》って、まさか……？」

「そのまさかだ。守秘義務の中でも、これは特に守って欲《ほ》しい」

探偵《たんてい》事務所のエントランスには、ここ数日で見慣れてしまった黒い猫大仏《ねこだいぶつ》が今日も鎮座《ちんざ》していた。

金色に塗《ぬ》られた眸《ひとみ》は虚空《こくう》を見据《みす》え、前足は左右ともピースサインを示している。

明らかに昨日までとポーズが違《ちが》うが、それはさして問題ではない。

クレーヴェルが猫大仏《ねこだいぶつ》の前に立ち、像の首輪についた大きな鈴《すず》をステッキの先でつついた。

からん、からん、からんと、乾《かわ》いた音が三回鳴《な》り響《ひび》く。

ナユタの視界の端《はし》で何かが光った。

探偵《たんてい》事務所の真向かい──

《猫神信仰研究会《ねこがみしんこう》》の扉《とびら》に浮《う》かし彫《ぼ》りされた猫《ねこ》の眼《め》が、オレンジ色の輝《かがや》きを宿している。

「首輪の鈴《すず》がスイッチになっていてね。これを鳴らさずに扉《とびら》を開けると、カモフラージュ用の部屋にしか行けない」

片手間のように説明しつつ、クレーヴェルは扉《とびら》で光る猫《ねこ》の眼《め》を覗《のぞ》き込《こ》んだ。

たちまち彫刻《ちょうこく》が甲高《かんだか》い声で喋《しゃべ》り出す。

《プレイヤーデータの網膜《もうまく》パターンを認証《にんしょう》。続いて声紋《せいもん》をチェックします》

「暮居《くれい》です。予定より早くメンバーが揃《そろ》いました。差《さ》し支《つか》えなければ開けてください」

スピーカーから眠《ねむ》たげな男の声が応じた。

『ん、了解《りょうかい》した。ちょいと待ってくれ……』

普通《ふつう》に開くかと見えた扉《とびら》が、まるでシャッターのように真上へ吸《す》い込《こ》まれた。

その向こう側には、あやかし横丁にも宵闇《よいやみ》通りにも似つかわしくない、白い壁《かべ》に囲まれた研《けん》究棟《きゆうとう》のような通路がある。

戸惑《とまど》うナユタ達《たち》をよそに、探偵《たんてい》はするするとその先へ進んだ。

「……この〝猫神信仰研究会《ねこがみしんこう》〟って、つまり……」

探偵《たんてい》は事も無げに頷《うなず》く。

「表向きは怪《あや》しい宗教団体——その実態は、チートや非合法の行為《こうい》を監視《かんし》、修正するために、運営側が設置した仮想空間の拠点《きょてん》だ。もちろんメインの監視《かんし》システムは他にあるけれど、内部からの調査で見えてくるエラーや改善点もあるし、プレイヤー間に流れる噂《うわさ》の収集等もここで行っている。なるべく存在を隠《かく》すように言われているから、うちのスタッフにしか明かせないが——君らも今日だけは私の部下だからね」

コヨミが呆気《あつけ》にとられつつ、物珍《ものめずら》しげに通路を見回した。

白い壁《かべ》は強化プラスチックに近い材質らしく、光沢《こうたく》もあり清潔な印象が漂《ただよ》う。

「……ほえー……なんか、宇宙船の中みたいな……？」

「そうですね。曲がり角からエイリアンや戦闘用《せんとうよう》アンドロイドとか出てきそうです」

ナユタがそんな感想を漏《も》らすと、たちまちコヨミが腕《うで》にしがみついてきた。

脅《おど》したつもりはない。あくまで素直《すなお》な感想である。

探偵《たんてい》がくすくすと嗤《わら》った。

「君はここの管理者達《たち》と趣味《しゅみ》が似ているのかな。不審者《ふしんしゃ》が入ると起動する迎撃《げいげき》システムが、まさにそんな方向性のクリーチャーと機械だ。どうあがいても勝てない設定になっているから、一般《いっぱん》プレイヤーはまず突破《とっぱ》できない。まあ……事前に許可を得た人間が同行しなければ、そも

そもこの扉《とびら》が開かないけれどね。セキュリティは二重三重が基本だ」

後ろに続くヤナギも、半ば呆《あき》れ気味に感嘆《かんたん》の声を漏《も》らす。

「ははあ……和風の世界観が売りのゲームとうかがっていましたが、これはまた……」

「ここは運営側のバーチャルオフィスですから、本来は一般《いっぱん》のプレイヤーが目にすることのない場所です。要するに……管理者の都合ですね」

ナユタの脳裏《のうり》に、ちょっとした疑問が浮《う》かぶ。

「探偵《たんてい》さんの事務所って、《ここ》とお隣《となり》同士《どうし》なわけですが……探偵《たんてい》さんが引《ひ》っ越《こ》した後に彼《かれ》らが来たんですか？　それとも、彼《かれ》らを追いかけて探偵《たんてい》さんがこの物件を借りたとか？」

偶然《ぐうぜん》という可能性はさすがに考えにくい。

この問いへの答え次第《しだい》で、彼《かれ》と運営側の関係、あるいは距離《きょり》感《かん》を推測することができる。

クレーヴェルは薄笑《うすわら》いを見せた。

「なかなか微妙《びみょう》なところを聞くね。実のところ……ほぼ同時、と言っておこう。私にとって彼《かれ》らは大事な取引先の一つ。彼《かれ》らにとって私は便利な使い走りの一人——差《さ》し詰《ず》め私は、虎《とら》の威《い》を借る狐《きつね》といったところだ」

冗談《じょうだん》なのか本気なのか、今一つよくわからないが、深い関係ではあるらしい。

白い通路はナユタの想定よりも短かった。

角を曲がってすぐに視界が開け、彼女《かのじょ》はその先の光景に瞠目《どうもく》する。

目の前には、あやかし横丁にはそぐわない近代的な明るいオフィス空間があった。

広さは体育館ほどもある。

ガラス張りの天井《てんじょう》には真っ青な美しい空が映し出され、その下で働く十人ほどの職員達《たち》は皆《みな》、余裕《よゆう》をもって仕切られた作業スペースで専用のコンソールに向き合っていた。

衣装《いしょう》は様々だが、忍《しのび》に侍《さむらい》、僧兵《そうへい》、花魁《おいらん》など、《アスカ・エンパイア》の仕様に沿ってはいる。

そのまま街へ出ても違和感《いわかん》はない。

そして彼《かれ》らの他にも、ＡＩで動くボットの猫達《ねこたち》がそこかしこで大量に動き回っていた。

仕事を手伝っているのか観賞用《かんしょうよう》なのか、一目見ただけでは判断がつかないが、ざっと見て三十匹《びき》以上はいる。

更《さら》にオフィスの四隅《よすみ》には、広い舞台《ぶたい》のような空きスペースがあり、そこにはゲーム内に登場するボスキャラの３Ｄモデルが立体表示されていた。

ボスの見た目や動きのチェックを行っているらしく、コマ送りで動いては静止と巻《ま》き戻《もど》しを繰《く》り返《かえ》している。

コヨミが呆気《あっけ》にとられた様子でナユタの腕《うで》を掴《つか》んだ。

「私、こーいうの見たことある……ＳＦ映画に出てくる未来の研究所だ……！　で、ゾンビが発生してパニックになるヤツ！」

「印象は近いですけれど……ここの場合は、要するにゲームの開発室でしょうか？」

「いや、開発はしていないよ」

すぐ隣《となり》にいつの間にか、猫背《ねこぜ》の小柄《こがら》な中年男が立っていた。

神主《かんぬし》の装束《しょうぞく》をまとってはいるが、丸眼鏡の奥《おく》の眼《め》はどうにも眠《ねむ》たげで、神職らしい威厳《いげん》などは微塵《みじん》もない。

彼《かれ》は自然にナユタ達《たち》の会話へ割《わ》り込《こ》み、のんびりと世間話のように話し続ける。

「ここでやってるのは、あくまで各種調査、調整とエラーの検証だけ——あとたまにトラブル対応とかも回ってくるけれど、要するに雑務の処理係だ。メインの開発は別の部署でやっている」

神主《かんぬし》の男はくたびれた声でぼやいた。

「仮想空間だから、せめてオフィスの見栄《みば》えだけはと思って立派にしたんだが、実際には窓際《まどぎわ》部署でね。特に驚《おどろ》くようなもんはなんもない——や、暮居《くれい》君。ひさしぶり」

猫背《ねこぜ》の中年男が、クレーヴェルに片手をあげてみせた。

探偵《たんてい》はあくまで優雅《ゆうが》に一礼する。

「お世話になります、虎尾《とらお》さん。腰痛《ようつう》の具合はいかがですか」

中年男が老人のように笑った。

「あんまり良くもないねえ。ま、ここじゃ痛みも出ないのは有り難《あ　がた》い——で、こちらのご老人が噂《うわさ》のヤナギさんで、お嬢《じょう》さん達《たち》がアルバイトの戦力だね？」

虎尾《とらお》と呼ばれた男が、まじまじとコヨミを見た。

「……暮居《くれい》君、まずくないか。中学生のバイトは労働基準法に引っかかる」

「……よーし、おっちゃん、いい度胸だ。攻略《こうりゃく》コミュニティにあることないこと書き《か》込《こ》んで炎《えん》上《じょう》させっぞコラ」

コヨミがにっこりと愛想《あいそ》良く微笑《ほほえ》んだ。ナユタの前では妙《みょう》に子供ぶって甘《あま》える彼女《かのじょ》だが、赤の他人から子供扱《こどもあつか》いされると高確率でキレる。

虎尾《とらお》はぶるりと肩《かた》を震《ふる》わせ、白髪《しらが》まじりの頭を素直《すなお》に下げた。

「……すまん。うちの娘《むすめ》と近い年頃《としごろ》に見えたからつい。あー……開発部システム管理課、《百八の怪異《かいい》》エラー検証室、室長の虎尾《とらお》です。あと副業で、猫神信仰《ねこがみしんこう》の司祭もやっているけれど……ああ、ご苦労さん」

虎尾《とらお》の足下《あしもと》にとてとてと歩み寄った虎猫《とらねこ》が、何かの書類を彼《かれ》に手渡《てわた》した。

「予定より早いが、何時間かかるかわからん案件だし、遅《おく》れるよりはいい。いくつか説明したいこともあるから、さっそく仕事にかかろう。ついてきなさい」

「は。恐《おそ》れ入《い》ります――」

ヤナギが深々と頭を下げた。

たちまち虎尾《とらお》が苦笑いを見せる。

「あ、いえ、これはどうも……こちらこそ恐縮《きょうしゅく》です。どうも偉《えら》い人へのご挨拶《あいさつ》に慣れていないものでして、失礼があったらすみません。入社以来、一貫《いっかん》して技術畑でして」

年上の経営者相手には、さすがに口調が改まった。

探偵《たんてい》が小声でフォローをいれる。

「虎尾《とらお》さんは《アスカ・エンパイア》の……大袈裟《おおげさ》にいえば〝守護者〟の一人です。ご本人は窓際《まどぎわ》などと仰《おっしゃ》いましたが、むしろこの部署は駆《か》け込《こ》み寺ですね。各部署で困ったことがあると、ここに泣きつくのが慣例になっているようです」

虎尾《とらお》が鼻で笑った。

「見え透《す》いたおべんちゃらはよしなさいって……結局、めんどくさい厄介事《やっかいごと》を押《お》しつけられるだけの弱い立場なんだから」

ナユタ達《たち》を空きスペースの一角に導きながら、虎尾《とらお》は深々と嘆息《たんそく》した。

「まあ……今回の《百八の怪異《かいい》》は、確かに油断できないイベントではあるんだ。ウィルスやバックドアを仕込《しこ》んだクエストもそこそこ投稿《とうこう》されてきた。もちろん選考段階ではねたはずなんだが、見逃《みのが》しがあったんじゃないかと、上層部が神経質になるのは仕方ない。ま、座《すわ》ってください」

虎尾《とらお》に言われるまま、ナユタ達《たち》は打ち合わせ用の白いテーブルを囲む。

「実際に見逃《みのが》しがあったということですか？　今回の《幽霊《ゆうれい》》は、そちらにとって想定外なんですよね」

「うん、お嬢《じょう》さんの仰《おっしゃ》る通り。私は選考に関わっていないから詳《くわ》しい経緯《けいい》は知らないけれど、想定外だったからこんな騒《さわ》ぎになっている。ただ――」

虎尾《とらお》ががりがりと頭を引っかいた。

「……どうなのかなぁ。私が言うと手前味噌《てまえみそ》って奴《やつ》になるが、うちの選考チームはそこそこ優《ゆう》秀《しゅう》なはずなんだ。クエストの中でプレイヤーの〝記憶《きおく》の読《よ》み込《こ》み〟なんてやらかしていたら、機械にも人にもそれなりの負荷《ふか》がかかる。将来的にはともかく、今の技術で可能なのかどうかすら怪《あや》しいし、そこまで妙《みょう》な挙動があれば、さすがに気づきそうなものなんだが……」

その曖昧《あいまい》な物言いに、クレーヴェルが首を傾《かし》げた。

「虎尾《とらお》さんはまだ、調査を始めていないんですか？」

「無茶言うな。君の裏工作のせいで、今朝、こっちにねじ込《こ》まれたばかりの仕事だぞ？　もちろん内容については漠然《ばくぜん》と把握《はあく》しているけれど、問題が起きた箇所《かしょ》の検証はほとんど手つかずだ」

虎尾《とらお》はわざとらしく指で眉《まゆ》をつり上げてみせた。眠《ねむ》たげな顔はそのままで、どう頑張《がんば》ってもあまり迫力《はくりょく》は出ない。

ヤナギが申し訳なげに頭を垂《こうべ》れる。

「孫の創作物で、とんだご迷惑《めいわく》をおかけしまして……申し訳ありません」

祖父として孫の才を誇《ほこ》りたい反面、起きている事態への罪悪感もあるらしい。口数の少なさからその心中を慮《おもんぱか》ると、ナユタも不用意な言葉を挟《はさ》みにくい。

ヤナギの立場の微妙《びみょう》さをそれまで失念していたのか、虎尾《とらお》が慌《あわ》てて身を乗り出した。

「ああ、いえいえ。お孫さんのせいでは……いや、確かにお孫さんの作品ではありますが、何より気づかなかった我々が悪い。ザ・シードを用いたユーザー投稿《とうこう》のクエストは、解析《かいせき》がなかなか厄介《やっかい》でして……なにせ我々が自分で作ったものではないですから、細部の仕様を把握《はあく》しにくいんです。現場レベルでは、今回のイベントはもっと準備期間を長くとって欲《ほ》しいと要望していたんですが、上層部の事情としてはそうもいかなかったようで……もちろん、こんなのは言い訳にもなりませんが」

淡々《たんたん》と話しながら、虎尾《とらお》は困ったように肩《かた》をすくめた。

クレーヴェルがその後を引《ひ》き継《つ》ぐ。

「実際のところ、VRMMOの制作ツールである《ザ・シード》自体がブラックボックスみたいなものです。素人《しろうと》にも扱《あつか》える程《ほど》の使いやすいツールでありながら、未《いま》だに底が見えない――私も少し使ってみましたが、未来から来たプログラムに触《ふ》れているような違和感《いわかん》がありました。あのツールで作られたクエストに対して、今の技術力で、短期間での完全な解析《かいせき》を求めるのは酷《こく》だと思います」

このフォローに、虎尾《とらお》が泣き笑いに近い笑《え》みを漏《も》らした。

「ははっ……商売柄《がら》、そうもいってられないんだけれどねえ……そういうわけで、不甲斐《ふがい》ない我々に代わり、君らに今回の検証の初手を打ってもらうことになる。注意事項《じこう》をいくつか説明しておこう」

虎尾《とらお》が書類に視線を落とした。

「まず、君らがこれから向かう《幽霊囃子《ゆうれいばやし》》のクエストは、通常の《アスカ・エンパイア》から隔離《かくり》されたテストプレイ用のサーバー内にある。従って街への転送は使えない。HPが0になった場合はこのオフィスへ戻《もど》ってくるし、デスペナルティも発生しない。それから仕様の都合上、プレイヤーデータもコピーしたものを使ってもらう。データの変化は向こうとこっちで相互《そうご》に反映されないから、その点は先に同意してくれ」

コヨミがきょとんとして首を傾《かし》げた。

「意味わかんない……もっとやさしく。小学生にもわかるレベルで」

子供扱《こどもあつか》いは鬼門《きもん》だが、彼女《かのじょ》に対する気遣《きづか》いとしてはそれに近いものが求められる。

虎尾《とらお》が眉間《みけん》を押《お》さえた。

「……よし。要点だけ言おう。テストプレイはコピーしたプレイヤーデータで行う。つまり、道中で手に入ったアイテムや経験値は、今の君達《きみたち》のデータには反映されない。クリア報酬《ほうしゅう》も持ち帰れない。あくまで〝プレイできる〟だけだ」

ナユタは頷《うなず》いた。テストプレイである以上、この展開は想定済みである。

「その代わり、向こうで使った消費アイテムもなくならない。いや、一時的にはなくなるけれど、こちらに戻《もど》ってきた時点で道具袋《どうぐぶくろ》の中身も今と同じ状態に戻《もど》る。つまり何も失わず、何も得られない――これで理解できたかな？」

ココミもやっと頷《うなず》いた。

「あー……今回はヤナギさんがゲームをプレイできればいいわけだし、そこらへんは別にどーでも。つか、普段《ふだん》は貴重な消耗品《しょうもうひん》も気楽に使い放題……？　あれっ？　むしろおいしくない⁉」

クレーヴェルが微笑《ほほえ》んだ。

「その前向きな考え方は素晴《すば》らしい。確かにアイテムを惜《お》しみなく使える分、通常より攻略《こうりゃく》難度は下がるだろうね。それと虎尾《とらお》さん、ヤナギさんの件は……」

「ああ、そっちは問題ない。ご希望通りに調整できる」

ヤナギが不思議そうに首をひねった。

「はて、私が何か……？」

クレーヴェルが控《ひか》えめに頷《うなず》いた。

「はい。さすがにレベル1のままでのクリアは無理がありまして……時間さえあれば、最低限のレベリングのために経験値効率のいい別のクエストを消化していただくのですが、今回はあくまで〝業務としてのテストプレイ〟です。そこで、見た目は同じながら、最低限のバランス調整をした別のキャラクターデータをこちらで用意しました。わかりやすくいえば――〝とりあえず、一撃《いちげき》でリタイアにはならない〟ということです」

虎尾《とらお》が横から補足を加える。

「もちろんテスト用なら、敵の攻撃《こうげき》を一切《いっさい》受け付けない設定にもできるんですが……そうなると、ゲームというより単なる作業ですからな。お孫さんもそんな遊び方は望まれていないでしょうし、ひとまずご同行のお嬢《じょう》さん方より少し下のレベルに調整しておきました」

ヤナギが眼《め》を伏《ふ》せ、二人に向けて深々と頭《こうべ》を垂れた。

「それはそれは……お心遣《こころづか》い、たいへん痛み入ります。足手まといの身ではありますが、何卒《なにとぞ》よしなに――」

虎尾《とらお》が慌《あわ》ててヤナギの頭を起こさせた。

「いやいや、レベル1での攻略《こうりゃく》といったあまりに偏《かたよ》った条件設定は、テストプレイとしても不適当なもので――これはこちらの都合でもあるのです。どうかご理解ください」

探偵《たんてい》と虎尾《とらお》の心遣《こころづか》いに、ナユタも安堵《あんど》する。ヤナギに一撃死《いちげきし》の心配がなくなれば、ナユタとコヨミも彼《かれ》の防御《ぼうぎょ》を気にせずに動ける。戦闘《せんとう》はかなり楽になるはずだった。

そして虎尾《とらお》は、ある意味でさらに偏《かたよ》った悪例となるクレーヴェルへ向き直った。

「……で、レベルが高い癖《くせ》になぜか似たような問題を抱《かか》えている君のほうは……」

「ああ、私は現状維持《いじ》で。特に問題ありません」

「……だろうと思ったから、特に指示はしていないよ」

虎尾《とらお》もさすがに呆《あき》れた様子だった。

初心者のヤナギと違《ちが》い、こちらは自業自得《じごうじとく》だけに安心して見捨てられるものの、ナユタとしては少しばかり疑問も残る。

「いいんですか？　探偵《たんてい》さんのステータスこそ、テストプレイには向かない偏《かたよ》り方だと思いますが――」

虎尾《とらお》が肩《かた》をすくめる。

「一応、〝運が高い場合の検証例〟にはなるからね……レベル1のヤナギさんの場合、検証するまでもなくリタイアの連続でまったく先に進めないとわかるが、この探偵氏《たんていし》はなんだかんだで切《き》り抜《ぬ》けそうな気もする。まあ、ダメな時はダメなんだが……ダメならダメで、後でからかうネタになるから」

この神主《かんぬし》も、どこまで本気かわからない類《たぐい》の人種らしい。

もっとも、今回の攻略《こうりゃく》において探偵《たんてい》は不在でも特に問題ない。目的はあくまで、ヤナギにこのクエストを体感させることである。

虎尾《とらお》の足下《あしもと》に歩み寄った虎猫《とらねこ》が、くいくいと袴《はかま》を引っ張った。

手渡《てわた》されたメモに眼《め》を通し、彼《かれ》は無精髭《ぶしょうひげ》の生えた顎《あご》を撫《な》で回《まわ》す。

「よし。テストフィールドの準備ができたようだ。そろそろ出発の準備をしてもらおう」

虎尾《とらお》が中空に表示させたコンソールを操作すると、テーブルの傍《そば》に赤い鳥居を模した転送ゲートが浮《う》かび上《あ》がった。

「イベントフラグは君達《きみたち》のデータをそのまま引《ひ》き継《つ》いである。城は既《すで》に出現しているから、祠《ほこら》への供え物も必要ない。が――城内で強制的に分散させられる点は、おそらく変わらないだろう。合流に必要なアイテムを入手した者同士に限り、内部で合流できる仕様らしい。ナユタ嬢《じょう》は既《すで》にそれを所持しているが、他の面々はリタイアしたから、まだ入手していないな」

ナユタはメニューウィンドウから所持アイテムを確認《かくにん》した。

一昨日《おととい》の突入時《とつにゅうじ》に入手したアイテムはいくつもある。その中で、仲間との合流に関係がありそうな未知のアイテムは三つに絞《しぼ》られた。

「《張り子の猫《ねこ》》、《春霞《はるがすみ》の横笛》、《繰《く》り言《ごと》の石》――どれのことでしょうか？」

虎尾《とらお》が目を細めた。

「ああ、〝横笛〟だねえ。《幽霊囃子《ゆうれいばやし》》にちなんで、合流用のアイテムは楽器になっている。お嬢《じょう》さんが横笛を入手したなら、他の面々は小鼓《こつづみ》、太鼓《たいこ》、琴《こと》、篳篥《ひちりき》、吹《ふ》くほうの笙《しょう》、叩《たた》くほうの鉦《しょう》、三味線《しゃみせん》、その他諸々《たもろもろ》のうち、なんらかの楽器を見つけないといけない。これらの楽器類は、基本的に探索《たんさく》で葛籠《つづら》などから入手することになる。敵を倒《たお》す必要はないから、暮居《くれい》君でもなんとかなるだろう」

不意にコヨミの眼《め》が泳いだ。

「幽霊囃子《ゆうれいばやし》……楽器……なんかこう……うっかり呪《のろ》いの楽器を装備しちゃって、自分も幽霊囃《ゆうれいばや》子《し》の一員として取《と》り込《こ》まれる、的なバッドエンドが浮《う》かんじゃったんだけど……？」

虎尾《とらお》が肩《かた》をすくめた。

「むしろ逆かな。それらの楽器は、あの村に奉納《ほうのう》されていた神聖な祭具なんだ。とある化け物がこの祭具を奪《うば》い、その力で村人達《たち》の魂《たましい》を支配し、自らの囃《はや》子方《かた》に変えてしまった。楽器を取《と》り戻《もど》し、妖《あやかし》の城に巣くう化け物を退治するのが君達《きみたち》の役目——なんだが、暮居君《くれい》があっさりとクエストを発動させたせいで、君らはいくつかのプロローグイベントを飛ばしている。寺の本堂や庄屋《しょうや》の屋敷《やしき》に、クエスト発動のヒントに加えて、あの村の悲劇を記した日誌があったはずなんだが……」

ナユタは思わず呻《うめ》いた。探偵《たんてい》も何食わぬ顔で視線を逸《そ》らす。

神社は探索《たんさく》したが、寺はその所在すら把握《はあく》していない。庄屋《しょうや》のものと思《おぼ》しき屋敷《やしき》にいたっては、探索《たんさく》を後回しにして門前を通りすぎてしまった。

「見落としてました……よくクエスト発動のフラグが立ちましたね」

虎尾《とらお》が困ったように頭を掻《か》く。

「まあ、運営側としてはそれでいいんだけど……日誌の発見を必須《ひっす》条件にすると、城への突《とっ》入前《にゅうまえ》にあらかたの流れが読めてしまうからね。制作者もそれは避《さ》けたかったようだし、私も同感だ。ホラーでは特に、〝わからない〟ことが重要なスパイスになる。幽霊《ゆうれい》の正体見たり枯《か》れ尾花《おばな》、なんて言葉もあるし、理屈《りくつ》や背景がわかってしまうと怖《こわ》くないもんさ。テストプレイではそうもいかないけれどね」

　ココミがからからと笑った。

「実際あるよねー、よくわかんないクエスト。クリアして報酬《ほうしゅう》も貰《もら》ったけど、結局ストーリーはよくわかんなかった、みたいな……で、後から解説読んで納得《なっとく》するの」

　クレーヴェルがわざとらしく微笑《ほほえ》み、ステッキの先をゲートに向けた。

「それはそれで想像の余地が大きくて、趣《おもむき》深いとも思うがね。さて……そろそろ突入《とつにゅう》するとしようか。先日より目的も明確になった。まずは《楽器》の探索《たんさく》、しかる後に合流、そしてボス退治——準備はいいかな？」

　鳥居型のゲートに進もうとしたクレーヴェルの裾《すそ》を、ココミが慌《あわ》てて摑《つか》んだ。

「ちょい待ち、ちょい待ち！　もう一個、確認《かくにん》しときたいことがあってさ。狐面《きつねめん》の男の子、いたじゃん？　なんか道案内してくれそうな気配だったけど、あれって信用していいの？　もしかしてあの子がラスボスだったりしない？」

「あのNPCはおそらく味方だ。確証はないが、彼《かれ》の存在自体が攻略《こうりやく》のヒントであり、鍵《かぎ》の一つであることは間違《まちが》いない。そうでしょう？　虎尾《とらお》さん」

　悠々《ゆうゆう》とした探偵《たんてい》の問いに、虎尾《とらお》が不思議そうな顔を返した。

「狐面《きつねめん》の男の子……？」

「ええ。城への突入《とつにゅう》直後に出てくる子供です。狐《きつね》のお面をつけて、絣《かすり》の着物を着た——」

ナユタが補足すると、虎尾《とらお》の目元が不自然に歪《ゆが》んだ。

そして彼《かれ》は、抑揚《よくよう》の消えた声で訝《いぶか》しげに呟《つぶや》く。

「……この《幽霊囃子《ゆうれいばやし》》に、プレイヤーの道案内をするようなNPCは登場しない。君達《きみたち》は……いったい何の話をしているんだ……？」

虎尾《とらお》の困惑《こんわく》は一同に伝播《でんぱ》し、冷めた沈黙《ちんもく》が訪《おとず》れる。

ナユタは無意識のうちに拳《こぶし》を握《にぎ》り込《こ》み、ゆっくりと深く息を吸《す》い込《こ》んだ。

——どこか遠くから、まるでノイズのように、侘《わ》びしげな祭り囃子《ばやし》の音色が聞こえた。

《クローバーズ・リグレット》主要キャラクター ラフスケッチ&人物紹介

ナユタ

—櫛稲田《くしいなだ》優里菜《ゆりな》—

熟達した戦巫女のプレイヤー。ただしその能力値は敏捷性に偏っており、装備品も回避性能を重視したため、体力や防御力は平均的な戦巫女を大きく下回る。

素早さを保つためにメインの武器は格闘用の「籠手」のみで、そのリーチも手足が届く範囲までという徹底ぶり。

必然的に格闘系のスキルを多く習得しており、格闘が有効な相手にはめっぽう強い反面、毒霧のようなかわしにくい広範囲攻撃に弱く、他のプレイヤーなら耐えられる攻撃であっても致命傷となりやすい。

動き回るためにスタミナの消耗も激しく、基本的には短期決戦で強力なスキルを叩き込む戦闘スタイル。

愛用のレア装備《白南風の小袖》は、性能面では中の上レベルながら、装備者の成長に従って補正ステータスが伸びていく貴重品。長く使用でき、装備品にかける金銭も節約できることから人気が高い。

コヨミ

—暦原《こよみはら》栞《しおり》—

その基礎能力の高さにより、あらゆる状況に対応しやすい忍者。ただし裏を返せば器用貧乏になりやすいため、攻撃力、敏捷性、忍術スキルなどの得意分野のうち、どれをより伸ばすかによって戦い方が大きく変化する職でもある。

コヨミの場合は持ち前の反射神経を生かすべく敏捷性に重点をおいており、その意味ではナユタと似た戦闘スタイル。互いの短所を補うのではなく、長所を生かして殲滅力につなげるパーティーとなった。

徒手空拳のナユタとは違い忍刀を主な武器としており、通常時の攻撃力はナユタに勝る。ただし属性が反映されやすい格闘スキルは強敵相手に有効な局面が多く、ボス相手にはコヨミが囮役、ナユタが攻撃役を務めることが多い。

そして彼女の真の持ち味は、なんといってもその底抜けに明るく裏表のない性格。

VRMMOが他人と一緒に遊ぶゲームである以上、彼女の最大の武器は、そのコミュニケーション能力の高さにあるといえるかもしれない。

クレーヴェル

―暮《くれ》居《い》海世《かいせい》―


ゲーム中での彼は探偵を自称しているが、システム上にそんな職はない。

そもそも《アスカ・エンパイア》の初期職は剣士・盗賊・術士の三つであり、ここから数多くの特殊職に派生していく。

転職するためにはその職に必要な最低限のステータスを確保する必要があるものの、クレーヴェルの場合は「幸運値のみに極振り」という異常な育て方をしているため、転職できる職もない。

早い話が、ステータス上の彼は「探偵」どころか真逆の「盗賊」となっている。

一応は鍵開け等のスキルも習得しているが、上級職ではないため成功率は低い——はずなのだが、異常な幸運値のせいでそこそこの成功率を確保するというおかしな事象まで起きており、様々な意味で特異な存在といえる。

当然のようにリタイア率は高く、敵の攻撃を受ければ一撃で撤退に追い込まれる立場。

パーティーにいるだけでレア敵との遭遇率が上がり、レアアイテムのドロップ率も上昇するため、まったくの無意味とは言い難いが、戦力としてはあてにできない扱いに困る人材である。

ヤナギ

―矢《や》凪《なぎ》貞一《ていいち》―


高齢ながら、まだログインしたばかりの新参の僧侶。職の括りとしては「術士」にあたり、外見設定次第で「僧侶」や「神官」、あるいは「尼」や「巫女」などと呼び名が変わるが、いずれも能力は変わらない。

とにもかくにもレベルが低いため、クエストの攻略よりも先に経験値を稼ぐべき状態ながら、彼には時間的な猶予がない。

《アスカ・エンパイア》では個人のステータスが「転職、あるいは各種装備品のための最低条件」として扱われており、低レベルでは強力な武器防具類を装備することができない。

また装備品によるステータス補正が非常に大きいため、「レベル」と「装備品」のどちらが欠けても厳しい戦いとなってしまう。

そうした事情を知らないままゲームに参入した彼にとって、クレーヴェルやナユタ達との出会いは、まさに天の采配ともいうべき僥倖だった。

あやかし横丁グルメガイド 第二号

ド・ロタ・ボー・パーラー

あやかし横丁随一の高級洋菓子店。首都キヨミハラにも支店を出しているが、本店では店主のタンボウ＝○＝カエセイ氏（青田県《あおたけん》出身・泥田《どろた》坊《ぼう》）が自ら製作した洋菓子のフルコースを味わえる。

タンボウ氏は洋菓子のパティシエではあるが、東洋の文化に深い畏敬の念を抱いており、メニューにも漢字を多用している。

フルコースは「古耕主《ふるこうす》」、前菜は「黄土古《おうとぶる》」、メインは「冥陰泥守《めいんでいっしゅ》」という具合だが、実は昔、地元でヤンチャしていただけなのではという噂も根強い。

チョコレート菓子に一家言のあるタンボウ氏だが、この店を有名店に押し上げたのはなんといってもあの最高級イツマーデンプリン。

怪鳥・以津真天の新鮮な卵を惜しげもなく使用し、濃厚にして妖艶な味わいを実現したプリン界の新星だが、味の決め手は意外にもカラメルソースだと店主は語る。その郷愁を誘う風味づけに用いた「食べられる泥」は、故郷の青田から取り寄せたもの。このこだわりが、名店の味を支えている。

狐室ビデオ

グルメガイドと銘打っておきながら、飲食店ではないことをご容赦いただきたい。が、理由は最後まで読んでいただければ伝わるはずである。一見いかがわしい気配も漂う店名だが、「きつねしつビデオ」と読む。各部屋に一匹ずつ狐がおり、有料配信の映画を見ながら人生相談に乗ってくれる新機軸のサービスだ。

狐の発言は割と適当だが、時として人生の要諦をえぐる。「油揚げは揚げたてが美味しい」、「いなり寿司は砂糖と醤油と酢のバランスが大事」などだが、深く解釈すればできないこともない助言の数々に勝手に感動してしまう人間のチョロさを自ら実感できる貴重な機会となるだろう。

店内では軽食としてこの店限定のいなり寿司が食べ放題となっており、これが絶品。セルフサービスで、それぞれの個室に好きなだけ持ち込める。味は「ごま」「梅しそ」「すだち」「松茸」「蜜柑」「人肉」「ねずみ」「海老」と多岐にわたるが、一部の味は残念ながら品切れが常態化している。酔った客が店内で暴れ、そのまま行方不明となった翌日などには入荷されていることが多いため、憶えておくといいだろう。

三章

幽霊雛子

病床《びょうしょう》の少年にとって、祖父から買ってもらったパソコンは新しい世界へとつながる窓だった。

それまでほぼ病室の中だけで閉じていた彼の世界は、開いた窓を通じて、より大きな世界との接点を得た。

窓の向こう側には顔の見えない大勢の人間がいた。

手を伸《の》ばそうとしても届かず、自らの足で窓の外へ出ることも叶《かな》わなかったが、外の世界をただ眺《なが》められるだけでも、少年にとっては大きな変化だった。

そして、数年後——

唐突《とうとつ》に起きたVR技術の飛躍的《ひやくてき》な進化が、少年の〝窓〟を〝扉《とびら》〟に変えた。

渇望《かつぼう》しても届かないと思っていた世界が、五感を伴《ともな》って彼《かれ》の前に拓《ひら》けた。

それまで視覚と聴覚《ちょうかく》での認識《にんしき》しかできなかった仮想空間が、脳への微弱《びじゃく》電流という形で嗅《きゅう》覚《かく》と触覚《しょっかく》と味覚を伴《ともな》いはじめ、四肢《しし》を存分に動かす感覚さえも得られるようになった。

そして彼《かれ》は——

同じ境遇《きょうぐう》にいる、《仲間達《たち》》と出会った。

§

祭り囃子《ばやし》が遠くに聞こえる。

笛が甲高《かんだか》く、鼓《つづみ》が軽妙《けいみょう》に、琴《こと》が雅《みやび》やかに、音をつなげて浮《う》かれ騒《さわ》いでいる。

一期《いちご》は夢よただ狂《くる》えとでも言わんばかりに、やけくそのような勢いで、寂《さび》しげに囃《はや》し立《た》てている。

音の出所はもう知れている。

囃子方《はやしかた》の姿は見えずとも——彼《かれ》らの魂《たましい》は今、目の前にある巨大《きょだい》な城に囚《とら》われていた。

少なくともシナリオの上ではそういうことになっているらしい。

城の真正面に立つ戦巫女《いくさみこ》のナユタは、腰《こし》にしがみついた小動物のような相棒へ困惑《こんわく》の視線を送った。

「……コヨミさん、大丈夫《だいじょうぶ》ですか？　膝《ひざ》はガクガク、顔は真っ青、目線はうつろで、たぶん本体は冷《ひ》や汗《あせ》もかいていそうですけれど——」

忍《しのび》のコヨミは震《ふる》え声で応じる。

「……大丈夫《だいじょうぶ》じゃない……あのおっさん、何も突入前《とつにゅうまえ》に、あんな怖《こわ》いネタぶっこまなくてもいいじゃん……知らなくても知ってるふりして〝あー、あの狐面《きつねめん》の子ね！　わかるわかる〟

的な気遣《きづか》いをすべきでしょ、いい大人なら……！」

八つ当たり気味にそんな無茶まで言う。恐怖《きょうふ》に震《ふる》える彼女《かのじょ》の姿は、見た目の幼さも影響《えいきょう》してそこそこ痛ましい。

このテストプレイの開始直前、検証の責任者たる虎尾《とらお》は、ナユタ達《たち》一行にこう告げた。

『この《幽霊囃子《ゆうれいばやし》》に、プレイヤーの道案内をするようなNPCは登場しない』——

——では、ナユタ達《たち》が最初に突入《とつにゅう》した時、それを出迎《でむか》えるように現れた《狐面の童《きつねめんわらべ》》はなんだったのか。

恐《こわ》がりのコヨミは、すっかりこれが怪談話《かいだんばなし》の類《たぐい》だと思《おも》い込《こ》んでしまっている。

テストプレイなど諦《あきら》めて外部で待っていれば良さそうなものだが、それでもあえて突入《とつにゅう》してきた勇気については褒《ほ》めてやりたい。

狐顔《きつねがお》の探偵《たんてい》、クレーヴェルが呆《あき》れたように嘆息《たんそく》した。

「そこまで怖《こわ》がるようなことかな……？　運営側があの〝狐面《きつねめん》の子供〟を認識《にんしき》していないのは意外だったが、〝だから幽霊《ゆうれい》だ〟と決めつけるのはあまりに早計だ。常識的に考えれば、我々は運営も知らない《隠《かく》しキャラ》に出会ったと見るのが妥当《だとう》だろう。細部の仕様がわからない投稿《とうこう》作品では有り得る話だ」

コヨミが子犬のように唸《うな》る。

「うう……へ、下手な気休めはよしてっ！　なゆさんが〝まーた探偵《たんてい》さんが嘘八百《うそはっぴゃく》並べてる……〟って呆《あき》れた顔してるもんっ！」

これは完全に誤解で、むしろ今はコヨミに呆《あき》れている。

彼女《かのじょ》の頭を子供扱《こどもあつか》いに撫《な》でつつ、ナユタは努めて優《やさ》しい声を紡《つむ》いだ。

「そんな顔していません。私の意見も探偵《たんてい》さんとほぼ同じです。隠《かく》しキャラとの遭遇《そうぐう》条件はわかりませんが、低確率での偶然《ぐうぜん》か、あるいは探偵《たんてい》さんの無駄《むだ》に高い幸運値が影響《えいきょう》したのか――もしくは出現の条件を知らないうちに満たしていたのかもしれませんが、いずれにせよ、単なる運営側の見落としだと思います」

この点、ナユタの感覚はあくまで常識的かつ理性的だった。むしろ本物の幽霊《ゆうれい》だったほうが話題性の面ではおもしろいかもしれないが、その確率はあまりに低い。

探偵《たんてい》がステッキの先端《せんたん》で地面を軽く突《つ》いた。

「もう少し詳《くわ》しい推論を述べれば――彼《かれ》は単なるＮＰＣではなく、独立したＡＩの類《たぐい》かもしれない。つまり運営側から身を隠《かく》し、自分が会いたいと思ったプレイヤーの前にだけ姿を見せる、そういった判断能力を持つ人工知能という線だ。これが一番、有り得そうな仕掛《しか》けだと私は考えている」

コヨミが胡散臭《うさんくさ》げに探偵《たんてい》を見上げた。

「……ほんとに？　嘘《うそ》ついてない……？　家に帰って鏡を見たらあの子が後ろに立ってたりしない……？」

「……君、そもそも《百八の怪異《かいい》》に向いてないんじゃないか？　いや、逆に向きすぎているのかもしれないが……」

お化け屋敷《やしき》をここまで素直《すなお》に怖《こわ》がれるのは、ある意味で羨《うらや》ましい。運営側の期待以上にイベントを楽しんでいる証拠《しょうこ》ともいえる。

ヤナギまでもが心配そうに声を寄越《よこ》した。

「あの、コヨミさん……孫の清文《きよふみ》は、心の優《やさ》しい子でして――人様にご迷惑《めいわく》をおかけするような性格ではありませんでしたし、ましてや女性のお部屋へ勝手についていくような不作法な真《ま》似《ね》は決してしないものと思いますので――」

――このクエスト内にもし本物の《幽霊《ゆうれい》》が存在するとすれば、その一番の候補は制作者たる故人、矢凪清文《やなぎきよふみ》だった。

生真面目《きまじめ》ながらもどこかずれたこの説得に、コヨミがぐっと言葉に詰《つ》まる。

「……そ、そういう返しは予想外……っ……不審者扱《ふしんしゃあつか》いしてごめんなさい……」

頭を下げつつも、彼女《かのじょ》はナユタの腰《こし》から離《はな》れない。

一連の会話をきっかけに、クレーヴェルが聞きにくい部分へと触《ふ》れる。

「ヤナギさん。こんなことをうかがうのは失礼かもしれませんが……貴方《あなた》は、我々が出会ったあの狐面《きつねめん》の少年を、お孫さんの幽霊《ゆうれい》だと思いますか？」

ヤナギは答えるまでに数瞬《すうしゅん》の間をおいた。

「……違《ちが》うとは、思っております。ただ、〝もしかしたら〟という思いがまったくないかと問われると……いずれにしても、このクエストそのものも含《ふく》めて、清文《きよふみ》が〝最期《さいご》に遺《のこ》したもの〟であることは事実です。たとえ幽霊《ゆうれい》ではないにせよ、あの子の分身というか、遺言《ゆいごん》というか……何か、特別な意味のある存在だろうとは思っております」

言葉と理性ではそう言いつつ、彼《かれ》が割り切れない感情を抱《かか》えていることは容易に察せられた。

死んだ孫の幽霊《ゆうれい》など、どう転んでも聞こえのいい話にはならない。偽物《にせもの》であれば空《むな》しいだけだし、万が一、本物であれば成仏《じょうぶつ》できずにさまよっているという話になる。

「それに清文《きよふみ》は、十代半ばで亡《な》くなりましたので……あの狐面《きつねめん》の童《わらべ》は確かに幼い頃《ころ》の清文《きよふみ》にそっくりなのですが、まだ七、八歳《さい》に見えます。おそらくは……清文《きよふみ》が、自分の幼い頃《ころ》をモデルにして作った存在なのではと」

探偵《たんてい》が神妙《しんみょう》に頷《うなず》いた。

「……ええ。その解釈《かいしゃく》で、ほぼ間違《まちが》いないと思います」

残念ながら、と付け加えそうに聞こえたのは、ナユタの勝手な思いこみである。

一行は城の入り口に足を向ける。

短めの石段の中央には、城が現れるきっかけとなった小さな祠《ほこら》が埋《う》もれていた。

祀《まつ》られた童《わらべ》の石像は不気味な程《ほど》に無表情で、見方によっては幽霊《ゆうれい》よりも気味が悪い。

祠《ほこら》の脇《わき》を通り過ぎて、一行は陽明門《ようめいもん》を模した巨大《きよだい》な入り口の真正面に立つ。

奥《おく》は漆黒《しっこく》の闇《やみ》だが、踏《ふ》み込《こ》めば強制的に城の何処《どこ》かへそれぞれ転送されるはずだった。

仮に前回の突入時《とつにゅうじ》と同じならば、ナユタは城の地下通路に、コヨミは半魚人の住む露天風呂《ろてんぶろ》に、ヤナギは無限の大広間に、そして探偵《たんてい》クレーヴェルは最上部の天守閣に出ることになる。

その先で手に入る合流用のキーアイテム〝楽器〟を、ナユタ以外の三人はまだ入手していない。

まずは楽器の探索《たんさく》、しかる後に合流、そしてボスの討伐《とうばつ》——可能ならば、今日一日ですべてを済ませたい。

「コヨミさん、覚悟《かくご》は決まりましたか」

一行の中で唯一《ゆいいつ》、覚悟《かくご》が決まっていなさそうな彼女《かのじょ》に、ナユタは優《やさ》しく問いかけた。

コヨミはようやくナユタの腰《こし》から手を外し、小刻みに震《ふる》えながら頷《うなず》く。

「だ、大丈夫《だいじょうぶ》……だと思う……たぶん……なゆさん、後で合流できたら、めちゃくちゃ褒《ほ》めて甘《あま》やかしてね？　それくらいのご褒美《ほうび》ないと心が折れそうっ……」

「はあ……じゃ、行きますね」

言質《げんち》を与《あた》えないまま誤魔化《ごまか》して、ナユタは一足先に暗闇《くらやみ》の向こうへ踏《ふ》み込《こ》んだ。

躊躇《ちゅうちょ》のない足取りに置いて行かれまいと、コヨミが慌《あわ》てて追いすがる。

クレーヴェルとヤナギも二人の後へと続き――

そして四人は闇《やみ》の中、城内の各所へ散り散りに飛ばされた。

§

幼い孫から「人生の意味」を聞かれた時、ヤナギはまともに答えられなかった。

いわゆる教科書的な答えならばいくつかある。

それを探すのが人生だ、とか、よく遊びよく学ぶことだとか、あるいは家族と過ごしたり子孫を残したりといった、生物的な喜びについて説明することも可能ではあった。

そもそも相手は子供である。本来なら未来への希望を語るだけで、「生きる意味」などいくらでも見つけられる。

しかしヤナギは――答えられなかった。

言葉に詰《つ》まり、首を傾《かし》げ、「爺《じい》ちゃんにもよくわからん」と穏《おだ》やかに笑うのが精一杯《せいいっぱい》だった。

孫の清文《きよふみ》は、自身が成人まで生きられないことを知っていた。

病院からほとんど出られず、学校にも通えず、友人とも遊べない――そんな自分の人生に一体どれほどの意味があるのか、彼《かれ》は幼い頃《ころ》から常に自問していた。

清文《きよふみ》が死んだ今も――

ヤナギは、孫の問いにどう答えるべきだったのかわからずにいる。

孫の死からさほど日々をおかずに自分の死期も見えてきたが、存分に生きて老衰《ろうすい》で死ぬヤナギと、成人すら迎《むか》えられなかった孫とでは、そもそもの境遇《きょうぐう》が違《ちが》いすぎた。

(私は、清文《きよふみ》に……何もしてやれなかった)

そんな後悔《こうかい》を抱《かか》えて、ヤナギは今、偽物《にせもの》の肉体でこの場に立っている。

ヤナギの視界には、土曜日に訪《おとず》れた時と同じ柱のない大広間が映っていた。

床《ゆか》は畳《たたみ》、天井《てんじょう》は板張りで、光源もないくせに何故《なぜ》かはっきりと見えている。

まるで合わせ鏡のように延々と続くこの大広間について、ヤナギは探偵《たんてい》から推論交じりのレクチャーを受けていた。


〝ループしている空間から抜《ぬ》け出《だ》す方法については、いくつかのセオリーがあります。何らかのヒント、隠《かく》しスイッチ等を見つける、特殊《とくしゅ》なアイテムを使う、あるいはその空間を支配する敵を倒《たお》す……一定時間の経過を待ったり、歩いた距離《きょり》で判定するという例もありますが、先日の祠《ほこら》の仕掛《しか》けを見る限り、お孫さんはきちんとヒントを出すフェアな開発者のようです。逆にいえば、偶然《ぐうぜん》に解けるような仕掛《しか》けは作らないでしょうから、転送後はいきなり歩き出さずに周囲をよく観察してみてください〟

助言を思い出しながら、ヤナギはあたりを見回した。

この空間には柱も壁《かべ》もない。あるのは天井《てんじょう》と畳《たたみ》ばかりである。

もしも隠《かく》し扉《とびら》やスイッチがあるとしたら、手の届かない天井《てんじょう》か、足下《あしもと》に連なる畳《たたみ》のいずれかしかない。

（前回は、適当に歩き回っているうちに落とし穴へ落ちてしまいましたが……）

本来は即死《そくし》するような罠《わな》ではなかったが、レベル1のヤナギはそもそもＨＰが低く、あっさりと退場に追《お》い込《こ》まれた。

テストプレイとなる今回はレベル調整を受けているが、それでも無闇《むやみ》に歩き回るのは得策といえない。

（さて、畳《たたみ》には特に異状なし――天井《てんじょう》は、と……）

頭上をじっと見上げたヤナギは、天井板《てんじょういた》の木目が奇妙《きみょう》に歪《ゆが》んでいることに気づいた。

――昔、清文《きよふみ》が言っていたことをふと思い出す。

病状が深刻でない頃《ころ》、旅先の旅館で、幼い清文《きよふみ》は天井《てんじょう》の木目が人の顔に見えると言い出した。子供にはよくあることで、両親はおもしろがって幽霊《ゆうれい》だお化けだと脅《おど》かしたが、ヤナギはそれとは別の「清文《きよふみ》が求めている答え」を知っていた。

仕事で忙《いそが》しく、あまり子供に構えなかった両親より、隠居《いんきょ》の身で常に孫と接してきたヤナギのほうが、彼《かれ》の性格をよく把握《はあく》していた。

清文《きよふみ》は合理的な子供だった。

彼《かれ》は幽霊《ゆうれい》を怖《こわ》がったのではなく、〝どうして木目が人の顔に見えるのか〟、その理由を知りたがっていた。

だからヤナギは、清文《きよふみ》が知りたいことを、穏《おだ》やかに丁寧《ていねい》に説明した。

木目は木の生長によってできること。

人や獣《けもの》の大半は、両目と口の位置が逆三角形に配置されていること。

そのせいで、逆三角形に並ぶ〝三つの点〟を見ると、人はそこについ〝顔〟を連想してしまうこと。

これはシミュラクラ現象と呼ばれ、昔は壁《かべ》の染《し》みや木の葉の影《かげ》などを心霊《しんれい》写真と誤認《ごにん》する例も多かったこと。

そうした知識を吸収する時の清文《きよふみ》は、いつもきらきらと眼《め》を輝《かがや》かせていた。

ふと脳裏《のうり》をよぎったそんな思い出は、今の状況《じょうきょう》と無関係ではない。

（……板張りの天井《てんじょう》……木目……）

見上げた天井板《てんじょういた》の木目は、明らかに不自然な歪《ゆが》み方をしていた。

ただしそこに浮《う》いた模様は、人の顔などではない。

三角形に近いが、鋭角《えいかく》で、なおかつ尻尾《しっぽ》のように線が生えている。

（……矢印？）

方向は、ヤナギの後ろを示していた。

振《ふ》り返《かえ》ったヤナギは、天井板《てんじょういた》の示す矢印が連続していることに気づく。

ゲームに不慣れな彼《かれ》でも、それが道案内の標識代わりであることはすぐに理解できた。

おそらくは天井板《てんじょういた》の木目が作るこの矢印が、この無限に続く大広間からの脱出路《だっしゅつろ》を示している。仕掛《しか》けがわかってしまえばなんのことはない、ごく単純な謎《なぞ》だった。

ヤナギは苦笑いを浮《う》かべ、矢印に従い歩き出す。

狐面《きつねめん》の童《わらべ》はまだ出てこない。

探偵《たんてい》が予測したように、もしも運営の目から逃《のが》れる仕様のＡＩだとすれば、今回のテストプレイで遭遇《そうぐう》する機会はないのかもしれない。

一方で、ヤナギはその見解に疑問を持ってもいる。

（あの清文《きよふみ》が、そんなものを作るだろうか……？）

アスカ・エンパイアというゲームを愛し、敬意すら持っていた清文《きよふみ》が、わざわざ運営を出し抜《ぬ》く目的で仕掛《しか》けを施《ほどこ》すとはどうしても思えない。

狐面《きつねめん》の童《わらべ》には、おそらく特殊《とくしゅ》な出現条件がある。

運営側が気づかず、清文《きよふみ》にも隠《かく》す意図はなく、しかしヤナギ達《たち》が知らず知らずのうちに達成してしまった《出現条件》――

矢印に導かれながら、ヤナギは老いた頭で思案を巡《めぐ》らせた。

（祠《ほこら》に代替物《だいたいぶつ》の供え物をしたこと……は、違《ちが》う。あれは運営側も承知している流れのはず。私や探偵殿《たんていどの》だけがした〝何か〟……クレーヴェル殿《どの》の異常に高い幸運値……いや、しかし、それなら運営側も気づきそうなもの。もっと特別な……）

――《特別》なこと。

あるにはある。

むしろ自分程度の頭では、それしか思いつかない。

代《か》わり映《ば》えしない大広間の先に向けて、ヤナギは声を投げた。

「……清文《きよふみ》、まさか……〝私〟が来るのを、待っていてくれたのか……？」

――自分達《じぶんたち》だけに備わっていた特別な要素。

清文《きよふみ》の〝祖父〟たるヤナギが、パーティーメンバーにいること。

もしもこれが出現の条件だったとすれば、運営側が把握《はあく》できないのも当然で、なおかつ他のプレイヤーが偶発的《ぐうはってき》に出会う可能性もほぼない。

ヤナギの視界で、何もない空間がふと煙《けむり》のように歪《ゆが》んだ。

§

他のメンバーに先駆《さきが》けて、ナユタは城そのものの探索《たんさく》をはじめていた。

彼女《かのじょ》だけは、既《すで》に合流用のアイテムとなる楽器、《春霞《はるがすみ》の横笛》を獲得《かくとく》している。

試《ため》しに吹《ふ》いてみると、素人《しろうと》の彼女《かのじょ》でも軽妙《けいみょう》な音を奏《かな》でられたが、指使いがわからないため曲にはならない。

練習すれば本物の楽器としても使えそうだが、特にそういった趣味《しゅみ》もないため、クエスト後の扱《あつか》いには迷いそうだった。

左右を石垣《いしがき》に阻《はば》まれた広い地下通路は、少しだけ肌寒《はださむ》い。

高い位置に灯台が連なっており、明かりは用意されているものの、それでも前方は暗く闇《やみ》に閉ざされている。天井《てんじょう》に至っては高すぎて見えない。

見渡《みわた》せる範囲《はんい》は、距離《きょり》にして三十メートルほど——

それだけ距離《きょり》があれば、敵の奇襲《きしゅう》にも概《おおむ》ね対応できる。先が見えないことへの恐怖《きょうふ》などは今更《いまさら》で、ナユタはそうしたことをあまり気にしない。

ここは所詮《しょせん》、ゲームの中である。

——現実のほうが、彼女《かのじょ》にとってはよほど恐《おそ》ろしい。

擦《こす》れるような草履《ぞうり》の足音を立てながら、ナユタは悠々《ゆうゆう》と前へ進む。

石畳《いしだたみ》が敷《し》かれた広い通路の先から、がちゃがちゃと金属質な音が響《ひび》き始めた。

（《骸骨武者《がいこつむしゃ》》……？　数は五体以上、十体未満——）

防具が立てる音に特徴《とくちょう》があるため、察知しやすい敵ではある。個体の強さはさほどでもないが、各種の武器を使い分けつつ連携攻撃《れんけいこうげき》を仕掛《しか》けてくるため、数が揃《そろ》うと少々厄介《やっかい》だった。

ナユタは眼《め》を伏《ふ》せ、一度だけ深呼吸をする。

やがて暗闇《くらやみ》からにじみ出てきたのは、薄汚《うすよご》れた兜《かぶと》と具足《ぐそく》を身につけた白骨死体の一団だった。

しゃれこうべの口が、獲物《えもの》を見つけた喜びにカタカタと音を鳴らす。

彼《かれ》らが態勢を整える前に、ナユタは駆《か》けだしていた。

籠手《こて》に覆《おお》われた拳《こぶし》を握《にぎ》り込《こ》み、気合い一閃《いっせん》——先頭にいた骸骨武者《がいこつむしゃ》の顔面へ、無言の拳撃《けんげき》を叩《たた》き込《こ》む。

戦巫女《いくさみこ》の巫力《ふりょく》をまとった重い一撃《いちげき》は、哀《あわ》れな亡者《もうじゃ》の頭を兜《かぶと》ごとはね飛ばした。

転がった頭を探し求めて動く胴体《どうたい》へ、すかさず追撃《ついげき》の左拳《ひだりこぶし》を添《そ》える。

殴《なぐ》りつける動きではない。拳《こぶし》を添《そ》えて、その後に退魔《たいま》の波動を打《う》ち込《こ》む接近戦用スキル——

《祓打《はらいう》ち》と呼ばれている。

格闘《かくとう》タイプのプレイヤーにとっては手軽かつ有用な対霊《たいれい》スキルであり、拳《こぶし》に限らず蹴《け》りや頭《ず》突《つ》き等、四肢《しし》の届く範囲《はんい》で応用も利《き》く。

ダメージによる防御《ぼうぎょ》不能状態から更《さら》にこの追撃《ついげき》を受けた骸骨武者《がいこつむしゃ》は、砂が風に散るようにさらさらと鎧《よろい》ごと崩《くず》れ去《さ》った。

（まずは一体——）

問題集の設問を解くように淡々《たんたん》と、ナユタは次の敵を見定める。

正面から三体――一体ずつ対処しようとすると、側面を狙《ねら》われる。

重点的に強化した跳躍力《ちょうやくりょく》を生かし、彼女《かのじょ》はふわりと跳《と》び上がった。

真白い袖《そで》が羽のようにひらめき、紅《あか》い袴《はかま》が風に膨《ふく》らむ。

その細い脚《あし》で骸骨武者《がいこつむしゃ》の兜《かぶと》を蹴《け》りつけ、踏《ふ》み台《だい》にしてもう一段、高く鮮《あざ》やかに跳《と》ぶ。

跳躍力《ちょうやくりょく》を強化する《八艘《はっそう》飛び》は初歩的なスキルだが、その進化系となる《無双《むそう》飛び》では、蹴《け》り脚《あし》に攻撃《こうげき》判定が生まれる。

たいして威力《いりょく》はないが、骸骨武者《がいこつむしゃ》のように二足歩行で転びやすい相手の場合、そのまま転倒《てんとう》に成功することもある。

今がまさにそれで、ナユタに頭を踏《ふ》みつけられた一体は、そのまま無様に顔面を床《ゆか》に打ち付けた。

こうなると、見た目の不気味さすらどこかユーモラスに感じられてしまう。

ナユタは他の骸骨武者達《がいこつむしゃたち》の頭上を跳《と》び越《こ》え、彼《かれ》らの背後に音もなく着地した。

その身はまさしく羽のように軽い。現実の世界では有り得ない動きが、この空間では当たり前に体感できる。

すべてを忘れて、ただ踊《おど》るように――くるりくるりと、自身の体を器用に回す。

どこからともなく聞こえてきた祭り囃子《ばやし》に身を任せ、彼女《かのじょ》は骸骨武者《がいこつむしゃ》の太刀《たち》を華麗《かれい》にかわし、カウンターの一撃《いちげき》を加えていった。

振《ふ》り下ろされた刃《やいば》の背を踏《ふ》みつけ、そのまま跳《は》ねて顎先《あごさき》に膝《ひざ》をぶち込《こ》む。突《つ》きこまれた槍《やり》の穂先《ほさき》をかわし、側面をくるくると回って距離《きょり》を詰《つ》め、遠心力で勢いをつけた裏拳《うらけん》を叩《たた》き込《こ》む。放たれる寸前に弓矢の弦《つる》を手裏剣《しゅりけん》で切り、武器を失いまごつく相手の胴《どう》を容赦《ようしゃ》なく蹴《け》り飛ばす。

たった一人の娘《むすめ》を前に、骸骨武者《がいこつむしゃ》の一団はあっという間に数を減らしていった。

最後に残った一体が、もはや悲壮感《ひそうかん》すら醸《かも》しながら六角棒を振《ふ》り回《まわ》す。

風圧と共に振《ふ》り回《まわ》されたこの棒を足場にし、ナユタは彼《かれ》の頭上に跳《と》びあがった。

下りた先は骸骨武者《がいこつむしゃ》の背後である。

しゃれこうべの耳元へ、そっと一息——

「——ご冥福《めいふく》を」

声音《こわね》は甘《あま》く、打撃《だげき》は鋭《するど》く。

わずかな残響《ざんきょう》と淡《あわ》い光芒《こうぼう》を残し、骸骨武者《がいこつむしゃ》はその場に消失した。

周囲にもう敵の気配がないことを確認《かくにん》して、ナユタは姿勢を正す。

さして乱れてもいない息を整え、いつの間にか聞こえてきた祭り囃子《ばやし》の音色に耳を澄《す》ます。

音の方向を探《さぐ》ろうとしたが、通路の壁《かべ》に反響《はんきょう》してしまい出所が掴《つか》めない。

(設定では確か——魔物《まもの》が自分の囃子方《はやしかた》を作るために、村人の魂《たましい》を束縛《そくばく》していて、呪《のろ》いを解く

ために は村を守っていた祭具の楽器が必要で……）

虎尾《とらお》の説明によれば、クエスト内では楽器を集めたメンバーとしか合流できない仕様らしい。ナユタは前回、既《すで》にそれを得ていたが、他の面々はまだこれからである。さすがにしばらくは誰《だれ》とも合流できる気がしない。

雑魚《ざこ》と戦って暇《ひま》を潰《つぶ》すか、宝物でも探すか、あるいはどこかで休憩《きゅうけい》をとるか――

休憩《きゅうけい》をとるにしても、こんな殺風景な石造りの通路ではなく、もう少しくつろげる場所へ出たい。

方針を決めて歩き出したナユタは、背後にふと人の気配を感じた。

（まだ敵が――！）

咄嗟《とっさ》に前へ跳《と》んで距離《きょり》をとりつつ、ナユタは振《ふ》り返《かえ》る。

しかし彼女《かのじょ》の眼前に立っていたのは、敵でも仲間でもなく、それでいて見知った存在だった。

絣《かすり》の着物を身にまとい、狐《きつね》の面をつけた幼い童《わらべ》――

時代劇の子役のような風体《ふうてい》だが、中身はもちろん人間ではない。

「……また会ったね。ええと……清文《きよふみ》君？」

狐《きつね》の面越《めんご》しにナユタを見上げ、彼《かれ》は質問には答えず、抑揚《よくよう》のない声で別のことを言った。

「――お姉ちゃん、強いね。今の骸骨武者《がいこつむしゃ》って、あんな簡単に倒《たお》せる敵じゃないはずだったんだけど」

人工知能らしからぬ拗《す》ねたような物言いに、ナユタはつい微笑《ほほえ》んだ。

「見た目ほど簡単に倒《たお》せたわけじゃないよ。私は素早《すばや》さ重視で防御《ぼうぎょ》が弱いから、速攻《そっこう》で倒《たお》す癖《くせ》がついていて──一撃《いちげき》でもまともに食らったら、逃《に》げるつもりだったもの」

相手が明らかに年下だけに、ナユタも自然と子供相手の口調となった。

──《彼《かれ》》は人工知能であって、間違《まちが》っても幽霊《ゆうれい》などではない。コヨミと違《ちが》い、ナユタはそう弁《わきま》えている。

ここ十数年で、人工知能は爆発的《ばくはつてき》な進化を見せた。いまや仮想空間においては人間と見分けがつかないレベルの個体も存在している。

その研究と開発は営利企業《きぎょう》を中心に様々な場所で進められ、結果として、人工知能のコピーは素人《しろうと》同然のクリエイターにも容易に入手できるようになった。

最新鋭《さいしんえい》の──となるとさすがに難しいが、ゲーム制作に使う程度の、老若男女《ろうにゃくなんにょ》それぞれの類型的なデータなどは、有料無料含《ふく》めてネットの世界に数多く転がっている。

このクエストの制作者、矢凪清文《やなぎきよふみ》も、おそらくそうしたデータを流用して、自分の分身となる《狐面《きつねめん》の童《わらべ》》を作ったのだろう。人格のベースとなるデータさえあれば、細かい台詞《せりふ》などは後から如何様《いかよう》にも追加できる。

狐面《きつねめん》の童《わらべ》がじっとナユタを見上げた。

ナユタも彼《かれ》をじっと見下ろす。

面に阻《はば》まれて視線はあわないが、観察されていることは理解できた。

「清文君《きよふみ》――で、いいんだよね？」

確認《かくにん》のため、ナユタはもう一度問う。

童《わらべ》が首を横に振《ふ》った。

「清文《きよふみ》は死んじゃったよ。僕《ぼく》は、清文《きよふみ》の意志で生み出されたただの人工知能――だから、別の名前を貰《もら》ったんだ」

（……あれ？　認めちゃった……？）

ゲームの雰囲気《ふんいき》作りのために、嘘《うそ》をつくか誤魔化《ごまか》すものとばかり思っていた。

だが彼《かれ》は素直《すなお》に自分の正体を明かし、ナユタの袖《そで》を引く。

「清文《きよふみ》のことを知っている人には嘘《うそ》をついてもしょうがないから。あと、お姉ちゃん、こんなに近づいても全然怖《こわ》がってないみたいだし」

「……すみません。私、人より鈍感《どんかん》というか、そういう感覚に疎《うと》いみたいで」

何故《なぜ》だか申し訳なくなって、ナユタはつい頭を下げてしまった。

「ええと……清文君《きよふみ》じゃなくて、別の名前を貰《もら》ったってことは……貴方《あなた》の名前は？」

「〝クロービス〟っていうんだ。格好いいでしょ？」

ナユタは一瞬《いっしゅん》、言葉に詰《つ》まる。

以前ならば「格好いい」と素直《すなお》に応じられたが、語感が近いせいで件《くだん》の探偵《たんてい》の胡散臭《うさんくさ》い笑顔《えがお》が脳裏《のうり》をかすめてしまい、ちょっとした間が生まれた。

しかも狐顔《きつねがお》という共通点まである。

「……なんというか……和風な姿なのに、ずいぶんと洋風な名前ですね？」

心中複雑なナユタに向けて、童《わらべ》は得意げに胸を張った。

「清文《きよふみ》のプレイヤーとしての名前なんだ。昔のゲームに出てきた、竜退治《りゅうたいじ》の勇者にあやかったんだって。僕《ぼく》はその名前を貰《もら》って——清文《きよふみ》と一緒《いっしょ》に、このゲームを作ったんだ」

ナユタは戸惑《とまど》った。

「ゲームを……作った？　貴方《あなた》が？」

「もちろん、大事なところは全部、清文《きよふみ》がやったけど……清文《きよふみ》が僕《ぼく》に指示を出して、マップや仕掛《しか》けを設定したり——楽しかったなあ。清文《きよふみ》が死んじゃうまで、僕《ぼく》はずっと一緒《いっしょ》にいたんだよ」

狐面《きつねめん》の童《わらべ》が、面の向こうで寂《さび》しげに笑った。

ナユタは絶句してしまう。

（この子が……一緒《いっしょ》に作った？　このクエストを……？　つまり……共同制作者ってこと……？）

驚《おどろ》くと同時に、その可能性をすっかり失念していた自分に愕然《がくぜん》とした。

考えてみれば、人工知能のそもそもの役割は人間の補佐《ほさ》である。

人の代わりに機械を制御《せいぎょ》し、人の代わりに情報を分析《ぶんせき》し、人の代わりに〝人の役割〟をこなす――この狐面《きつねめん》の童《わらべ》は、清文《きよふみ》にとって頼《たよ》りになる相棒だったのだろう。

ただ、一般《いっぱん》で手に入るレベルの人工知能をそこまで使いこなすのには、使用者側の知識や調整技術が不可欠であり、口で言うほど容易《たやす》いことではない。

むしろ――〝クエストの制作〟そのものよりも、難度が高い試みにさえ思える。

（もしかして、矢凪清文《やなぎきよふみ》の本当の目的は……このクエストの制作じゃなくて、その制作作業を通じて、この《人工知能》を育成すること……？）

可能性は低いが、クエストはあくまで人工知能〝クロービス〟を隠《かく》すためのカモフラージュということにもなりかねない。

ナユタは疑念をそのまま口にした。

「君は……何か目的があって、ここにいるの？」

たちまち童《わらべ》が不思議そうに首を傾《かし》げる。

「お姉ちゃんは、何か目的があって生きているの？」

「え……？」

問い返されたナユタは反応に困った。

質問に質問で返すのは、人工知能の動作機序として少々珍《めずら》しい。あらかじめこうした質問が来ることを想定し、対応する答えを清文《きよふみ》がインプットしておいたのだろうが、それはそれで思考を見透《みす》かされたような不思議な感覚があった。

クロービスと名乗る人工知能は、ゆっくりと言葉を重ねる。

「──目的がないと、ここにいちゃいけないの？」

「そんな……ことは……」

しばらく迷った末、ナユタはしゃがみこんで、目線の高さを彼《かれ》にあわせた。

「……そうだね。目的なんか、なくてもいい。そのうち見つかるかもしれないし、いつか自分で決めることだってできるから……ただ、一つだけ聞かせて。貴方《あなた》はもしかして……《清文《きよふみ》君》から、何か大事なことを頼《たの》まれたんじゃない？」

童《わらべ》が狐面《きつねめん》の向こうでくすりと嗤《わら》った。

「うん。頼《たの》み事はあったよ。でも……清文《きよふみ》はその直後に、僕《ぼく》を約束事なんかで縛《しば》りたくないとも言ったんだ。約束のことなんか気にせず、自由に、好きなように行動していいって──だから、まだ教えてあげない」

童《わらべ》が一歩、ふわりと大きく跳《と》び退《の》いた。

石の壁《かべ》にずるりと半身が埋《う》まり、彼《かれ》は幽霊《ゆうれい》のように壁《かべ》の向こう側へと沈《しず》んでいく。

「あっ！　待って！」

「……また後でね、お姉ちゃん。もっとも──クリアできなかったら、もう会えないだろうけど」

童《わらべ》はあっという間に壁《かべ》の奥《おく》へと消えた。

はじめから誰《だれ》もいなかったかのように、周囲は静寂《せいじゃく》に包まれる。

童《わらべ》が消えた石壁《いしかべ》に手をつき、ナユタはしばらく考《かん》え込《こ》んだ。

(運営が見逃《みのが》していた人工知能……もちろん幽霊《ゆうれい》じゃなかったけれど、そうなるともう一つの〝幽霊《ゆうれい》〟は――)

彼《かれ》を呼び止めて確認《かくにん》したかったことは、このクエストが配信停止に追《お》い込《こ》まれた最大の理由――つまりは、〝データ化されていないはずの、身近な知人の幽霊《ゆうれい》〟についてだった。

探偵《たんてい》の元には亡《な》き親友が、ヤナギの元には孫の清文《きよふみ》が、そしてコヨミの元には飼っていたペットが現れたと聞いている。

ナユタの元にも――死んだはずの人間が姿を見せた。

(クリアすれば、あの仕掛《しか》けについてもわかるのかな……)

とにかく今は、仲間との合流を急ぎたい。

気分を切《き》り替《か》えて、ナユタは姿勢を正した。

そして再び地下通路を歩き出した直後――

彼女《かのじょ》はふと、目眩《めまい》を覚える。

視界が一瞬《いっしゅん》だけくらりと揺《ゆ》れ、つい眼《め》を閉じてしまった。

――この感覚を、ナユタは前回も味わっている。

ある種の確信と不快感をもって、彼女《かのじょ》が目を開けた時。

そこには、彼女《かのじょ》にとって忘れられない人間がいた。

警察官の制服を身にまとい、ぼんやりと立《た》ち尽《つ》くす青ざめた青年――

生前の眼差《まなざ》しはとても優《やさ》しかったが、今は制帽《せいぼう》の陰《かげ》に隠《かく》れて表情がうかがえない。

祭り囃子《ばやし》が、妙《みょう》に遠く聞こえる。

「……お兄……ちゃん……？」

ナユタはかすれそうな声を漏《も》らした。

ややぼやけているが、見間違《みまちが》えるはずもない。

――以前の突入時《とつにゅうじ》にも、彼女《かのじょ》は兄の姿を見かけた。

見間違《みまちが》いかと思ったのはほんのわずかな間で、ナユタの思考はそこでぴたりと止まってしまった。

後は何も考えず、ただ無意識のうちに淡々《たんたん》と周囲の敵を打《う》ち倒《たお》し、気づいた時には脱出路《だつしゅつろ》に立っていた。

記憶《きおく》はきちんとある。クレーヴェル達《たち》に対しては「知った顔の幽霊《ゆうれい》を見たが、あまり気にしなかった」と告げたが、この点でも嘘《うそ》はついていない。

彼女《かのじょ》はただ、感情をシャットダウンさせただけである。

何も考えなければ、恐怖《きょうふ》も寂《さび》しさも感じなくて済む。完全に克服《こくふく》まではできずとも、〝麻《ま》痺《ひ》〟させることはできる。

今、この瞬間《しゅんかん》にも――

兄の姿を視界にいれて、彼女《かのじょ》は混乱する事もなく、冷めた思考で感情を殺した。

（……幽霊《ゆうれい》なんて……有り得ない、いい、い――）

彼女《かのじょ》は幽霊《ゆうれい》など信じない。そんなものに会えるならむしろ望むところだが、目の前にいる兄は違《ちが》う。

兄の姿をした〝何か〟であり、ナユタとは無関係の存在だった。

彼《かれ》の姿が見えたのはほんの数秒のことで、すぐにその存在は消えてしまう。

わずかな目眩《めまい》が去った後で、ナユタは深く息を吸《す》い込《こ》み――そして、肺の中を空っぽにするように長く吐《は》き続けた。

――兄の櫛稲田大地《くしいなだだいち》は、《ソードアート・オンライン》をプレイ中に死んだ。

ゲーム内で何があったのかはよくわからない。

ただ現実として、兄はナーヴギアをつけたまま、入院先の病院で脳を灼《や》かれ唐突《とうとつ》に死亡した。

生還《せいかん》を祈《いの》っていた家族は絶望し――その後のことは、思い出したくもない。

心を守るために、ナユタは多くの感情を殺した。

探偵《たんてい》のクレーヴェルが、茅場晶彦《かやばあきひこ》への明確な憎悪《ぞうお》を口にした時。

ナユタはクレーヴェルのことを少しだけ眩《まぶ》しく思った。

ナユタは犯人を憎悪《ぞうお》することからも逃《に》げた。

恨《うら》みを捨てた、などという聞こえのいい話ではない。憎悪《ぞうお》を募《つの》らせるためには、兄を喪《うしな》った哀《かな》しみとも向き合わなければならない。

ナユタはそうした一切《いっさい》の感情から逃《に》げ――こうして、別のＶＲＭＭＯを漫然《まんぜん》とプレイし続けている。

兄の幽霊《ゆうれい》が消えた暗闇《くらやみ》を冷たく見据《みす》え、ナユタは軽く拳《こぶし》を握《にぎ》りこんだ。

力は入る。戦うのに支障はない。

（早く、ヤナギさん達《たち》と合流しないと――そろそろ、楽器は入手できたのかな……）

そんなことを考えながら、彼女《かのじょ》は夢遊病者に近い精神状態のまま歩き始め――

背後に近寄りつつあった《二口女《ふたくちおんな》》へ、視線も向けずに渾身《こんしん》の裏拳《うらけん》を叩《たた》き込《こ》んだ。

§

命の重さには相対的な違《ちが》いがある。

赤の他人の命と家族の命であれば、家族の命のほうが概《おおむ》ね重い。

不仲であったり憎悪《ぞうお》する関係であればまた話は変わるが、そうした特殊《とくしゅ》な事情が絡《から》まない限り、身内の死に涙《なみだ》するのは当然といっていい。

一方で、交通事故で死んだ見知らぬ誰《だれ》かに対し、「お気の毒に」以上の感想を持つことはまずない。

そんなよくある事象にいちいち嘆《なげ》き悲《かな》しんでいては生活もできないし、現に世界の何処《どこ》かでは常に見知らぬ誰《だれ》かが亡《な》くなり続けている。

人が他人の死を悲しむためには、その人物に関する《情報》が不可欠となる。

情報さえ得ていれば、人は架空《かくう》のキャラクターの、ストーリー中の死にさえも涙《なみだ》を流す。

情報を伴《ともな》わない死はそもそも認識《にんしき》すらされない。

ちょうど今、何処《どこ》かのスラム街の片隅《かたすみ》で、親に捨てられたある子供が薬物中毒をこじらせ亡《な》くなったとして、その死を嘆《なげ》く者は特にいない。

良《い》い悪いの問題ではなく、世間はそういう風に出来ている。

これはごく健全なことで、もしもそうした無関係の死にまでいちいち悲しんでいたら、人が笑顔《えがお》でいられる時間など一生のうちに一秒とて存在しない。

命の重さには相対的な違《ちが》いがある。

身近な人間ほど重く、見知らぬ人間ほど軽い。

探偵《たんてい》クレーヴェルにとって、故人である〝矢凪清文《やなぎきよふみ》〟は見知らぬ他人だった。

その死に対して、「まだ若いのに気の毒なことだ」とは思うが、それ以上の感傷は特にない。

だから——目の前に現れた狐面《きつねめん》の童《わらべ》に対しても、彼《かれ》の反応はごく淡々《たんたん》としていた。

クレーヴェルはいちいち、相手を過度に不憫《ふびん》がったりはしない。それはそれで失礼なことだと弁《わきま》えている。

窓から満天の星を望む、城の天守閣。

前回と同じ場所に転送されたクレーヴェルは、狐面《きつねめん》の童《わらべ》を見下ろし肩《かた》をすくめた。

「出てきたか、〝幽霊《ゆうれい》〟の坊《ぼう》や。君とは話をしたいと思っていた。清文《きよふみ》君か？　それとも別の名前があるのかな」

童《わらべ》は不思議そうに首を傾《かし》げている。

クレーヴェルは、彼《かれ》を清文《きよふみ》の分身だと考えていた。

故人たる矢凪清文《やなぎきよふみ》が、このクエストに仕込《しこ》んだ〝特殊《とくしゅ》な仕掛《しか》け〟は二つある。

亡《な》くなった知人が、幽霊《ゆうれい》となり姿を見せること。

そして、運営にも気づかれなかった人工知能、《狐面《きつねめん》の童《わらべ》》が存在すること。

この二点の安全性を証明するか、あるいはプログラム的な修正を施《ほどこ》さない限り、クエストの配信停止は解けない。

ことに問題となったのは前者、〝亡《な》くなった知人が姿を見せること〟だが、運営はこの現象に対し、規約違反《いはん》の可能性を疑った。

VRMMOが人間の脳へアクセスする機能を利用し、ゲーム内において、「個人の記憶《きおく》の読《よ》み込《こ》みと再現」を行う――これはアスカ・エンパイアの規約に明確に違反《いはん》している。

だが、おそらく制作者の清文《きよふみ》は、これが問題になるなどとは考えていなかったのだろう。

事実、クレーヴェルの推論がもしも正しければ、彼《かれ》は違反行為《いはんこうい》などしていない。ただ、それに近い——違反《いはん》と誤解されても仕方のない、グレーゾーンの仕掛《しか》けを作ってしまった。

応募《おうぼ》作品の審査時《しんさじ》には問題が起きなかったことから、その仕掛《しか》けが万人《ばんにん》に作用するものではないことも想像がつく。

狐面《きつねめん》の童《わらべ》がクレーヴェルを指さした。

無礼な動きはどこかぎこちなく、まるで操《あやつ》り人形を連想させる。

「……お兄さん、誰《だれ》？　僕《ぼく》はお兄さんを知らないけれど、お兄さんは僕《ぼく》を知っているの？」

「ああ。生前の君に会ったことはないけれど、私は君を知っている。君の祖父、矢凪貞一《やなぎていいち》氏の友人でね。クレーヴェルという者だ」

座《すわ》り込《こ》んで握手《あくしゅ》を求めると、童《わらべ》は首を傾《かし》げ、妙《みょう》なことを言い出した。

「クレーヴェル……僕《ぼく》と似た名前なんだね」

探偵《たんてい》は眉《まゆ》をひそめた。

童《わらべ》が何を言っているのか、咄嗟《とっさ》には理解できない。

「……君は、〝清文《きよふみ》〟君じゃないのか？　もちろん本人ではなく、その分身ともいうべき存在だが——」

狐《きつね》の面からくすくすと笑い声が漏《も》れた。

「〝清文《きよふみ》〟は死んじゃったよ。僕《ぼく》は別の名前を貰《もら》ったんだ。でも……」

探偵《たんてい》の握手《あくしゅ》を無視して、童《わらべ》が一歩、跳び退《の》く。

「お姉ちゃんには教えてあげたけど、お兄さんにはまだだめ。《楽器》すら手に入れてない人には、何にも教えてあげない」

鬼《おに》ごっこで遊ぶ子供のように、彼《かれ》は階下に向けて駆《か》けだした。

跳《は》ねるウサギもかくやという勢いで、あっという間にその姿が消える。

クレーヴェルはつい苦笑いを浮《う》かべた。

「そう来たか……さすがに、いきなり全部は教えてくれませんね。〝虎尾《とらお》さん〟、聞いてました？　例の子供、ちゃんと出てきましたよ」

ループタイを締《し》める三つ葉模様の留め具から、疲《つか》れたような中年男の声が返ってきた。

『こっちでも把握《はあく》した。本当にいたね……こりゃ、選考に関わった連中は大目玉だ』

このテストプレイの最中、クレーヴェル達《たち》は運営側からその行動を正確にモニターされていた。

その上でクレーヴェルのみ、虎尾《とらお》と通話可能な状態も維持《いじ》している。

ヤナギは孫の作ったクエストをプレイしたいだけ、ナユタとコヨミはあくまでその手伝いだが、クレーヴェルには、このクエストに存在するエラーを特定するという〝仕事〟があった。

文字通り、これはゲームであっても遊びではない。彼《かれ》にとっては今後の信用獲得《かくとく》も含《ふく》め、生活の糧《かて》につながる収入源である。

ループタイの留め具を模した通信デバイスから、虎尾《とらお》の声が響《ひび》く。

『しかし、わからんな。あの隠《かく》しキャラ、どうして君達《きみたち》だけの前に姿を見せたのか。テストプレイで見落としたってことは、幸運値の影響《えいきょう》程度じゃなさそうだが――』

クレーヴェルは慎重《しんちょう》に見解を述べる。

「運営から隠《かく》れる仕様のAIという線も考えていたんですが、今回は運営がモニターしているのに出てきましたね。隠《かく》れる意図が特にないとすれば……おそらく、ヤナギ氏の存在が鍵《かぎ》になっていたんでしょう。ヤナギ氏に限らず、自分の家族や友人と思《おぼ》しきプレイヤーを含《ふく》むパーティーに反応するよう、仕組んでいたのかもしれません。フィルタリングに必要な情報は名前、年齢層《ねんれいそう》、後は……〝清文《きよふみ》〟という名前を口にするか、その名前に反応するかどうか、とかですかね」

虎尾《とらお》が嘆息《たんそく》した。そこに籠《こ》もった感情は少しばかり重い。

『……制作者から家族と友人に向けた遺言《ゆいごん》、ってところか。後はこっちで調べよう。人工知能関連は少し時間がかかるが――あいつら、最近は運営からの隠《かく》れ方について情報共有している節がある』

虎尾《とらお》のこの言葉は、今の時点ではまだ都市伝説に近い冗談《じょうだん》ではある。

だがクレーヴェルは、VR空間において、人工知能の進化が爆発的《ばくはつてき》に進んでいることを体感で知っていた。

例外的な少数の事例ではあるものの、運営の管理から逃《のが》れ、人と見分けがつかないレベルの受け答えすら可能とする人工知能が散発的に生まれている。

そもそも大多数の人間は、人工知能に比べてさほど賢《かしこ》くもなければ、特に優《すぐ》れた部分を持ち合わせてもいない。

ごく一部の優秀《ゆうしゅう》な人材を除き、九割九分の人間は人工知能に将棋《しょうぎ》やチェスで勝てない。

クイズのような知識問題ではもちろん太刀《たち》打ちできず、居眠《いねむ》りや飲酒の危険性がないために運転の安全性でも負け、性欲がないためにハニートラップにも引っかからず、物怖《ものお》じしない上に節度を弁《わきま》えているためコミュニケーション能力も高い。

さらには、設定次第《しだい》で如何様《いかよう》にも性格や態度を変化させられる柔軟性《じゅうなんせい》まで併《あわ》せ持《も》つ。

クレーヴェルは、そんな彼《かれ》らの存在を心底恐《おそ》ろしく感じる。

ただし困ったことに――恐《おそ》ろしいからといって嫌《きら》いではない。

熊《くま》や虎《とら》といった猛獣《もうじゅう》を恐《おそ》ろしいとは感じつつ、その存在を特に嫌《きら》ってはいないのと同様に、クレーヴェルは人工知能の進化を恐《おそ》れつつも興味深く観察していた。

「では虎尾《とらお》さん、私はあの童《わらべ》の後を追います。他の面々にも何かあったら教えてください」

『うん。ヤナギさんは順調そうだ。女の子二人もちゃんと進行している。まあ……現状、リタイアに追い込まれる確率が一番高いのは君なんだよなあ……』

心配と諦観《ていかん》がない交ぜになったその声に、クレーヴェルはいつもの薄笑《うすわら》いを返した。

実際その通りで、この後の展開次第《しだい》では、虎尾《とらお》の懸念《けねん》通りの結果になりかねない。

通信を切った後で、クレーヴェルは天守から下層へと続く階段に足を向けた。

前回は、ここで出てきた複数の女郎蜘蛛《じょろうぐも》にやられた。

それが固定敵だったのかランダムエンカウントの結果だったのか、それすらまだわからないままだが、とりあえずの対策は持ってきた。

めくらましの煙玉《けむりだま》、敵を驚《おどろ》かす閃光玉《せんこうだま》、体力を削《けず》る毒煙《どくけむり》に、敵との遭遇率《そうぐうりつ》を下げる白蓮香《びゃくれんこう》、囮《おとり》の幻影《げんえい》で惑《まど》わせる身代わりの札——いずれもダメージソースにはならないものの、雑魚《ざこ》から逃《に》げるには充分《じゅうぶん》といえる。

早速《さっそく》、クレーヴェルは階下に閃光玉《せんこうだま》を転がした。小型の花火玉を模した紙貼《かみば》りの球体が、ことん、ことんと階段を弾《はず》みながら落ちていく。

直後に響《ひび》いたわずかな破裂音《はれつおん》と閃光《せんこう》の後に、複数の足音ががちゃがちゃと慌《あわ》てて遠ざかった。

下に待ちかまえていた女郎蜘蛛《じょろうぐも》を追《お》い払《はら》い、クレーヴェルは悠々《ゆうゆう》と階段を下り始める。

ステータスの都合上、不意打ちには弱いが、敵の出方さえわかっていれば、こうしてある程度までは対処できる。

天守閣の下は板敷《いたじ》きの廊下《ろうか》が前後に続いていた。

片側は外壁《がいへき》に面し、もう片側には板壁《いたかべ》が連なっている。

実際の城では、天守閣の下は特に仕切りのない広間となっている例が多いが、この城はあくまでダンジョンとして設計されていた。

リアリティを重視するか、それともゲームとしての都合を優先するか――こんなところからも、制作者の性格や嗜好《しこう》がうかがえる。

他のプレイヤーにとってはどうでもいいことだろうが、探偵《たんてい》たるクレーヴェルにとっては、こうした細かい要素も重要なヒントだった。

（さて、合流用の〝楽器〟を探さないといけないわけだが……特に敵を倒《たお》す必要はなく、葛籠《つづら》や仕掛《しか》け扉《とびら》の先に隠《かく》してあるという話だったな）

これは虎尾《とらお》から聞いたヒントだが、そもそも仕様として単独行動を強《し》いられた時点で、合流前に〝強い敵を倒《たお》す〟必要がないことは推《お》して知れた。

単独戦闘《せんとう》に向かない職種の場合、下手をすればそこで進行不能に陥《おちい》りかねない。たとえ制作者が意地悪くそうした状況《じょうきょう》を企図《きと》したとしても、配信時には運営側のバランス調整が入る。

油断はできないが、絶望するような事態には程遠《ほどとお》い。

逃《に》げた蜘蛛《くも》が戻《もど》ってくる前に足早に、それでも慎重《しんちょう》さを失わず、クレーヴェルは暗い廊下《ろうか》を歩み始めた。

変化は五分と経《た》たないうちに起きた。

闇《やみ》に埋《う》もれた正面に、ぼんやりと淡《あわ》い人影《ひとかげ》が浮《う》かぶ。

クレーヴェルはわずかな目眩《めまい》と共に立ち止まった。

(……来たか)

この感覚は初めてではない。

眼《め》を凝《こ》らすまでもなく、クレーヴェルの目前には〝彼《かれ》〟が現れつつあった。

和風の城には不似合いなプレートメイルに身を固めた、肩幅《かたはば》の広い体育会系の青年――

手にした剣《つるぎ》は半ばで折れ、無惨《むざん》に切《き》り裂《さ》かれた腹部からは黒い血が溢《あふ》れている。

顔は見えないが、苦悶《くもん》の表情であることは容易に察せられた。

探偵《たんてい》は低く唸《うな》る。

(やはり〝出た〟か――狐面《きつねめん》の人工知能よりも、こちらのほうがより大きな問題だが――)

この《幽霊《ゆうれい》》に驚《おどろ》いたプレイヤーが入院する騒《さわ》ぎを起こしたことで、クエスト《幽霊囃子《ゆうれいばやし》》は配信停止に追《お》い込《こ》まれた。

彼《かれ》が何を見たのか、具体的にはわからないが、親兄弟や恋人《こいびと》、友人知人等、近しい〝誰《だれ》か〟であったことは間違《まちが》いない。

今、クレーヴェルの前にいるプレートメイルの青年も、クレーヴェルにとっては身近な存在だった。

相手を睨《にら》むように眉根《まゆね》を寄せつつ、探偵《たんてい》はループタイの通信を開く。

「……虎尾《とらお》さん、見えてますか？　続けて出ましたよ。狐面《きつねめん》ではなくて、問題を起こした本物の〝幽霊《ゆうれい》〟のほうです」

――返答はない。

クレーヴェルは思わず舌打ちを漏《も》らした。

(通信が……途絶《とぜつ》したか)

有り得ない――とまでは言い切れない。

むしろ、〝幽霊《ゆうれい》〟の仕様が彼《かれ》の想像通りのものであるならば、この事態は当然とも言えた。

コンソールも表示されない。

アイテム欄《らん》も出てこない。

ちょっとした目眩《めまい》に加え、四肢《しし》には金縛《かなしば》りにも似た違和感《いわかん》がある。決して体が動かないわけではないが、どうにも脱力《だつりょく》気味で五感のすべてに薄《うす》い膜《まく》がかかっている。

――それはまるで、〝夢〟の中だった。

クレーヴェルの亡《な》き親友は、プレートメイルの金属音を伴《ともな》い、よろめきながら近づいてくる。

その痛ましい姿に目元を歪《ゆが》めつつ、探偵《たんてい》はつい、アインクラッドにおける彼《かれ》の名を口にした。

「相変わらずのろまだな、《ヤクモ》……死んだ後までアジリティ軽視か。そこまで頑丈《がんじょう》さを重視しておいて、どうして一撃死《いちげきし》なんて状況《じょうきょう》に陥《おちい》るかね――」

皮肉交じりに告げつつも、声音《こわね》は何故《なぜ》か震《ふる》えた。

かつての親友はふらふらと歩き続けている。だが、足は動いているのにクレーヴェルの傍《そば》へ近づいては来ない。

動く歩道の上を逆走しているかのように、その身は一定の位置から進んでいなかった。

そんな幽霊《ゆうれい》の姿が見えたのはほんの一分足らずのことで、あっという間に彼《かれ》は闇《やみ》の中へ埋《う》もれてしまう。

再び軽い目眩《めまい》がした後に、クレーヴェルを呼ぶ耳慣れた声が聞こえた。

『……居《い》君……暮居《くれい》君！　どうした？　返事をしなさい！』

虎尾《とらお》にしては珍《めずら》しく、慌《あわ》てた様子だった。

探偵《たんてい》は深呼吸の間に辛《かろ》うじて言葉を選ぶ。

「……虎尾《とらお》さん。失礼しました。ちょっと、ぼうっとしていまして――」

ループタイの通信機越《ご》しに、安堵《あんど》の様子が明確に伝わってきた。

『ぼうっと、って……君、いま寝てたぞ？　いや、寝《ね》ていたというか、脳波がレム睡眠《すいみん》に近い状態だったというか――』

自宅から接続している他の面々と違《ちが》い、クレーヴェルは運営の用意した医療《いりょう》施設《しせつ》からログインしている。

これは安全策などではなく、テストプレイに際して脳波や精神状態をチェックするための、いわば被験体的《ひけんたいてき》な役割を期待されての措置《そち》だった。

「……そうですか。寝《ね》ていましたか」

『ほんの少しの間だから、センサーの誤作動かとも思ったがね。魔法《まほう》やアイテムで強制的に眠《ねむ》らされたような変化だった。今、スタッフが詳《くわ》しい解析《かいせき》を試みている。データがもう少し欲《ほ》しいんだが、続けられるかね？』

クレーヴェルはつい苦笑《くしょう》を漏《も》らした。

「当たり前でしょう、虎尾《とらお》さん。ちょうど今、件《くだん》の《幽霊《ゆうれい》》と遭遇《そうぐう》していました。結局、あれは脳が見せるただの虚像《きょぞう》――〝夢〟の産物です。危険はないと証明されたようなものですよ」

クレーヴェルは今、確かに〝眠《ねむ》って〟いた。

フルダイブ技術自体が睡眠《すいみん》や麻酔《ますい》に近い要素をはらんではいるが、それはあくまで脳の機械的制御《せいぎょ》によって起きている事象であり、たとえゲームの中でも睡眠《すいみん》は必須《ひっす》となる。

SAO事件の被害者達《ひがいしゃたち》も日々、ゲームの中で睡眠《すいみん》をとっていたし、眠《ねむ》ること自体は特に珍《めずら》しくもない。

ただし今のクレーヴェルは、そうした身体的な生理現象とは別に、強制的かつ瞬間的《しゅんかんてき》に眠《ねむ》らされ――そして〝夢〟を見せられた。

それこそが、矢凪清文《やなぎきよふみ》の仕掛《しか》けた《幽霊《ゆうれい》》の正体である。

「データとしては存在しないはずの、個人の亡《な》くなった友人知人を模した幽霊《ゆうれい》――その正体は、本人の記憶《きおく》の中にある虚像《きょぞう》です。プレイヤーを数秒単位で眠《ねむ》らせ、そのわずかな時間に脳へ刺《し》激《げき》を与《あた》え、故人の幻影《げんえい》を見せる。我々が見ていた幽霊《ゆうれい》はゲーム内に反映されたデータなどではなく、〝自身の記憶《きおく》そのもの〟だった――そういうことでしょう？」

クレーヴェルの推測通りだとすれば、これは特に目新しい技術ではない。幽体離脱《ゆうたいりだつ》や臨死体験といった心霊《しんれい》現象は、その多くが脳の見せる幻《まぼろし》だと言われている。VRMMOなど影《かげ》も形もなかった時代にも、側頭葉《そくとうよう》のシルビウス溝《こう》に電気的な刺激《しげき》を与《あた》えることで、人為的《じんいてき》に臨死体験を引き起こす例は報告されていた。

無論、同じ刺激《しげき》を与《あた》えたからといって万人《ばんにん》に同じ現象が起きるわけではない。実験結果には個人差も大きく、テストプレイヤー達《たち》が何も見ていないという事実も、この推論を補強していた。

人間の脳には、《幻覚《げんかく》を見る機能》が最初から備わっている。

多くの人間は夢という形でそれを体感するが、VR技術もまた、そんな脳の機能を機械的に操《あやつ》る術《すべ》に他ならない。

虎尾《とらお》が浅く嘆息《たんそく》した。

『……検証はこれからだが、おそらくそれで正解だ。今の一瞬《いっしゅん》だけ、君はフルダイブシステムからの干渉《かんしょう》によって短い夢を見せられた。夢の中だから当然、通信機能もアイテムも使えない。この技術の肝《きも》は、夢の背景をゲーム内の光景と一致《いっち》させることだな。しかも時間が短いせいで夢と気づかず、ゲームの中で幽霊《ゆうれい》に出会ったと錯覚《さっかく》してしまう――タネがわかってみればなんのことはない。まさしく正体見たり枯《か》れ尾花《おばな》だ。個人の夢だから、何を見たのかはログにも残らないし、そもそもデータにも存在しない。とんだゴーストだ』

事情が明らかになったというのに、虎尾《とらお》の声は苦々しい。

「……虎尾《とらお》さん、何か言いたげですね？」

『わかっているくせに聞くんじゃないよ……こいつは規約違反《いはん》じゃないが、倫理《りんり》に反している。出てくる故人との関係性にもよるが、トラウマを抉《えぐ》られて平気な人間はそうそういない。うちのテストプレイヤー達《たち》にこの仕掛《しか》けが発動しなかったのは、仕掛《しか》けとの相性《あいしょう》問題か、あるいはたまたま身内に故人がいなかったとか、そんな程度の理由だろう。逆にいえば――深い〝傷〟を抱《かか》えている人間ほど、この仕掛《しか》けから強い精神的ダメージを受ける。悪趣味《あくしゅみ》だ』

クレーヴェルはつい吹《ふ》き出《だ》した。

「ホラーが悪趣味《あくしゅみ》なのは当然でしょう。いや……言いたいことはわかりますよ。清文《きよふみ》という少年がどんなつもりでこんな仕掛《しか》けを作ったのか。そこは確かに気になります。他人の傷をえぐって喜ぶような人間だったとすれば、あまり誉《ほ》められた話ではありませんが――」

探偵《たんてい》と違《ちが》い、虎尾《とらお》は笑わない。

『どのみち修正が必要だ。このまま再配信はできない。どこで入手した技術だかわからんが、子供がおもしろ半分で作ったにしては精巧《せいこう》な仕掛《しか》けだ。誰《だれ》か……それこそ研究者か現役《げんえき》の開発者から、技術供与《きょうよ》を受けたと見ていい』

この点に関して、クレーヴェルの見解は虎尾《とらお》とは少し違《ちが》う。

「それは……どうでしょう？　この仕掛《しか》けは彼《かれ》が独自に作ったものかもしれませんよ。こんなクエストを個人で、それも短期間のうちに制作できた時点で、彼《かれ》の才能は間違《まちが》いなく本物です。もちろん、専門家の研究成果等を参考にはしているでしょうが……発想はともかく、技術的にはさほど無茶なことをやっているわけでもありません。〝プレイヤーに、ゲーム内の背景を流用した故人の夢を数秒間だけ見せる〟——私の場合はたまたま、亡《な》くなった親友が出てきましたが、コヨミ嬢《じょう》なんて以前に飼っていた微生物《びせいぶつ》が出てきたそうですよ。大多数の人間にとっては、〝ちょっと驚《おどろ》いた〟程度の効果しかもたらさないように思います」

この擁護《ようご》に虎尾《とらお》が唸《うな》った。

『大多数はそれでいい。さっきも言った通り、問題は〝少数〟の本当に傷を抱《かか》えている人々のケースだ。さっき、君に〝このまま続けられるか？〟と聞いたね？　君は演技が上手《うま》くて冷静沈着《ちんちゃく》だ。だがそんな君でも、バイタルは嘘《うそ》をつかない——心拍《しんぱく》、血圧、脳波、いずれも今の瞬間《しゅんかん》に、極《きわ》めて大きな変動を示した。今はもう落ち着いているが——今回の配信停止の発端《ほったん》となった大学生も、強い衝撃《しょうげき》を受けて気絶し、病院へ担《かつ》ぎ込《こ》まれたわけだ。危険がないとはとても言えない』

探偵《たんてい》は鹿撃《しかう》ち帽《ぼう》を目深《まぶか》に被《かぶ》り直す。

「……そんなに動揺《どうよう》してましたか。実の所、偽物《にせもの》とはいえ……ほんの少し、会えて嬉《うれ》しかったんですけれどね」

強がりではない。

痛ましい姿を見せられたことはつらいが、ヤクモはクレーヴェルにとって、紛《まが》うことなき親友であり戦友だった。

同じ大学で知り合い、警察学校でも同期となり、共に警察官となってからは上司の愚痴《ぐち》をこぼしあう間柄《あいだがら》だった。

肉体的にも頭脳的にも、あらゆる面で警官としての平均点をほんの少しずつ上回る文字通りの器用貧乏《きようびんぼう》で、特段、優《すぐ》れた特技がない代わりに弱点も見あたらない――そんな青年だった。

クレーヴェルは薄笑《うすわら》いとともに、通信機越《ご》しの虎尾《とらお》へ和《なご》やかに話しかける。

「ともあれ、判断は最後まで進んでからでいいでしょう。そもそも心拍《しんぱく》や血圧の変化まで云々《うんぬん》というなら、ホラーというジャンル自体が危険という見方もできます。《屏風《びょうぶ》の虎退治《とらたいじ》》とか……あれ、訴《うった》えられたらいい勝負になりそうですよ？　こっちの仕掛《しか》けなんてかわいいものです」

『あれはなあ……正直、私もどうかと思ったんだが。いや、しかしあれは全員に対して公平な怖《こわ》さだ。今回のように、個人のトラウマをえぐるような代物《しろもの》じゃない』

探偵《たんてい》は眼《め》を細めた。

「虎尾《とらお》さん。トラウマっていうのは――放置しておくと、傷口が腐《くさ》ることもあるんです。そうなる前に、えぐってでも瘡蓋《かさぶた》にして、痛みに慣れるのも一つの対処法かと思います」

『ふむ……えぐったせいでより酷《ひど》く化膿《かのう》した場合は？』

「……ま、おいおい考えましょう」

舌先三寸で言いくるめられる相手でもなかった。

探偵《たんてい》は廊下《ろうか》に歩を進める。

――〝ヤナギにこのクエストをプレイさせる〟という本来の目的を果たしつつある以上、あえて虎尾《とらお》を翻意《ほんい》させる必要はない。このクエストが配信停止のままになろうと再配信されようと、それは依頼《いらい》と関係のない事柄《ことがら》である。

だが、クレーヴェルは既《すで》に《矢凪清文《やなぎきよふみ》》からのメッセージを受け取ってしまった。

コヨミもヤナギも気づいていない。ナユタは気づいているかもしれないが、彼女《かのじょ》は思考を心に仕舞《しま》い込《こ》む癖《くせ》がある。

清文《きよふみ》という少年の最期《さいご》の意志が《ここ》にある以上――クエストの配信停止をこのまま座視するのは、少々後味が悪い。

（さて……いったいどんな屁理屈《へりくつ》をつけて、この〝守護者〟を心変わりさせたものか――）

エラー検証室、室長の虎尾《とらお》は、味方としては頼《たよ》りになる反面、説得すべき相手としてはなかなか手強《てごわ》い。

逆の見方をすれば、この難物さえ説得できれば、同じ論法で上層部の理解を得られる。

虎《とら》の威《い》を借る狐《きつね》よろしく、クレーヴェルは彼《かれ》を化かさなければならない。

薄《うす》い唇《くちびる》をぺろりと舌で湿《しめ》し、探偵は愛用のステッキをくるりと一回転させた。

§

果てがないと思えた大広間に終わりが見えてきた時、ヤナギは立ち止まって小休止をいれた。天井板《てんじょういた》の木目が示す矢印に沿いここまで来たが、狐面《きつねめん》の童《わらべ》は少し顔を見せた程度で、特に会話もなく消えてしまった。

前を見れば、大広間の果てには美麗《びれい》な絵の描《えが》かれた襖《ふすま》が連なっている。

ヤナギが足を止めたのは、クレーヴェルからの注意事項《じこう》を思い出したためである。

扉《とびら》や襖《ふすま》を開けた先では、敵が待《ま》ち伏《ぶ》せをしていることが多い――

それはホラーのお約束でもあるらしい。

立ち止まりついでに、ヤナギは襖《ふすま》の絵をじっと眺《なが》めた。ヒントは観察することで見つかると、先程《さきほど》学んだばかりである。

（はて……あの襖絵《ふすまえ》は、ずいぶんと大きなもののような……？）

十枚ほどで一つの絵となっているらしい。

和を思わせる墨絵《すみえ》のタッチは秀逸《しゅういつ》で、色はなくとも戦闘《せんとう》の光景がはっきりとわかる形で描《えが》かれている。

剣客《けんかく》に侍《さむらい》、忍者《にんじゃ》、神官――職業は概《おおむ》ねばらばらだが、彼《かれ》らは一様に、中央に立つ巨大《きょだい》な竜《りゅう》へと立ち向かっていた。

左右から挟撃《きょうげき》する構図は、見る者が見れば複数のスクリーンショットを墨絵《すみえ》のタッチで加工し組み合わせたものと察しがついただろうが、ヤナギにそこまでの眼《め》はない。

そしてそこに描《えが》かれたうちの一人は、ヤナギのよく知る人物だった。

（……清文《きよふみ》……？）

狐面《きつねめん》の童《わらべ》は、清文《きよふみ》が幼い頃《ころ》の姿である。

一方、襖絵《ふすまえ》に描《えが》かれているのは、亡《な》くなる直前――十代半ばの、やや大人びた少年の清文《きよふみ》だった。

杖《つえ》を片手に、彼《かれ》は美しい少女剣士《けんし》の援護《えんご》をしている。

少女の剣士《けんし》は反対側にもう一人おり、二人の姿は姉妹《しまい》のようによく似ていた。

躍動感《やくどうかん》に満ちた襖絵《ふすまえ》が、ヤナギにはどうも引っかかる。

（あの絵は、もしや……清文《きよふみ》と、友人達《たち》を描《えが》いたものか……？）

入院生活が長く、体も不自由だった清文《きよふみ》は、医療用《いりょうよう》のVR空間で似た境遇《きょうぐう》の子供達《たち》と出会い、彼《かれ》らと友人になっていた。

《セリーンガーデン》と名付けられた箱庭から飛び出し、《アスカ・エンパイア》に冒険《ぼうけん》の舞台《ぶたい》を求めた彼《かれ》らの通り名は、確か――

「……《スリーピング・ナイツ》――」

ヤナギは無意識のうちに、孫との会話で聞き慣れていたその単語を呟《つぶや》いた。

――変化は劇的だった。

正面に連なっていた襖絵《ふすまえ》が、まるでバネ仕掛《じか》けのように勢いよく左右へ引かれていく。

そして拓《ひら》かれた光景に、彼《かれ》は眼《め》を疑った。

白い石柱が立ち並び、草花が咲《さ》き誇《ほこ》る緑の草原――

陽光は眩《まぶ》しく空は青く、流れてくる風は爽《さわ》やかで心地《ここち》いい。

明らかに城の中などではないが、そんな空間が暗い大広間と直接につながっている。

探偵《たんてい》からの注意も忘れ、ヤナギは誘《さそ》い込《こ》まれるように歩を進めた。

踏《ふ》みしめた草と土の感触《かんしょく》に戸惑《とまど》いながら、ヤナギは改めて周囲を見回す。

人の気配はない。当然、敵の気配もない。

彼方《かなた》には山々の稜線《りょうせん》が青く見え、近くには白いブランコやベンチ、石のテーブルなどが配置されている。

通路のように石畳《いしだたみ》も敷《し》かれているが、地表のほとんどは芝生《しばふ》で、至るところに鮮《あざ》やかな花々が群生している。

そして振《ふ》り返《かえ》れば、先程《さきほど》までの暗い大広間がそこにある。

場面の変わりように戸惑《とまど》いつつ、ヤナギは編み笠《がさ》を外した。

数歩も進まないうちに、彼《かれ》は美しい庭園の片隅《かたすみ》に巨大《きよだい》な石碑《せきひ》を見つけた。

シルエットはやや歪《いびつ》ながら、それこそ十連の襖《ふすま》絵《え》にも匹敵《ひってき》するサイズで、よく磨《みが》かれた表面は美しい光沢《こうたく》を放っている。

ゆっくりと歩み寄ったヤナギは、その表面に彫《ほ》り込《こ》まれたたくさんの文字を途中《とちゅう》から読み進めた。

「……六月八日、オオナムチ討伐《とうばつ》——六月十日、蓬萊樹《ほうらいじゅ》を入手、六月十三日、キヨミハラでバーベキューパーティー……」

それは《スリーピング・ナイツ》の活動記録だった。

出来事の羅列《られつ》が続く中に、いくつかの太字が目に留まる。

「……ランとユウキの誕生日パーティー、メリダの誕生日パーティー………クロービスの誕生日パーティー……」

《クロービス》とは、清文《きよふみ》のプレイヤーとしての名である。

それぞれの文字列をクリックすると、中空に記念写真のスクリーンショットが飛び出てきた。

そこではゲームの中の清文《きよふみ》——クロービスと、彼《かれ》の仲間達《たち》が楽しげに笑っている。

しばらく石碑《せきひ》を凝視《ぎょうし》した末、ヤナギはつい目頭《めがしら》を押《お》さえた。

悲しくて涙《なみだ》が出たわけではない。

——大半を病床《びょうしょう》で過ごした孫の一生は、人よりも短く、何も楽しいことのない人生だとばかり思っていた。

ゲームなど所詮《しょせん》、人生の代替物《だいたいぶつ》であり、気休め程度のものでしかないと思っていた。

——そうではなかった。

清文《きよふみ》は、確かに、ここで。

友人達《たち》と共に、《生きていた》。

その事実を、ヤナギは今、初めて実感する。

孫がここで確かに生きていたことが、今はただ無性《むしょう》に嬉《うれ》しい。そして同時に、勘違《かんちが》いから孫を「不幸」だと決めつけていた自分を恥《は》ずかしく思う。

嗚咽《おえつ》と共に黙禱《もくとう》を捧《ささ》げていたヤナギは、ふと背後に人の足音を聞いた。

涙目《なみだめ》のまま振《ふ》り返《かえ》ると、そこには狐面《きつねめん》の童《わらべ》がいる。

一人ではない。

稲荷《いなり》の使いを思わせる白い狐《きつね》を二匹《ひき》、左右に従わせている。

ちょこんと前足を揃《そろ》えて座《すわ》り込《こ》み、さながら石像の風情《ふぜい》だが、毛並みは美しく清らかだった。

「……清文《きよふみ》……か？」

震《ふる》える声で問いかけると、童《わらべ》は不思議そうに首を傾《かし》げた。

「清文《きよふみ》は、もう死んじゃったよ？」

童《わらべ》は事も無げに断言した。

ヤナギは絶句する。

当たり前のことではある。だが、心の奥《おく》では別の答えを期待していた。本人ではないにせよ、その分身、あるいは記《き》憶《おく》を受《う》け継《つ》いだ存在――そういった、幽霊《ゆうれい》以外であっても何か関係のある答えが来るものと思いこんでいた。

しかし童《わらべ》の声は、一切《いっさい》の誤解を許さない明朗闊達《かったつ》なものだった。

「死んだ人は生き返らないし、幽霊《ゆうれい》になって出てきたりもしない。清文《きよふみ》もそういうの、まったく信じてなかったよ。だからむしろ残念がってた。幻《まぼろし》でもいいから、死んだ人にもまた会えたらいいのに、って――だから、みんなの記《き》憶《おく》の中にいる〝幽霊《ゆうれい》〟と会える仕掛《しか》けを実装したんだ。ちょっと時間が足りなくて、誰《だれ》がどんな姿で出てくるかとかは本人次第《しだい》になっちゃったけど……お爺《じい》ちゃんはどう思う？」

清文《きよふみ》とほぼ同じ声で、童《わらべ》が問う。

心を乱しつつ、ヤナギは頷《うなず》いた。

「……そう……ですな。たとえ幻《まぼろし》と承知でも……会いたいと思ってしまうのが、人の弱さやもしれません――」

童《わらべ》がまた首を傾《かし》げる。

「弱さじゃないよ。別に悪いことじゃないし、会いたいなら会えばいい。それを本物だと思いこんじゃうと良くないけれど、動いて話せるただの〝アルバム〟だと思えば、別に何もおかしくないでしょ？　技術の進歩って、そういうものだと思う。これは〝清文《きよふみ》〟からの受け売りだけど」

童《わらべ》の返答を受けて、ヤナギは思案を巡《めぐ》らせる。

「……君は、つまり……清文《きよふみ》に作られた人工知能、ということかな？」

「うん。本当は秘密なんだけど、清文《きよふみ》を知っている人には誤解されないように、話しちゃっていいんだ。あと――ここを見つけられた人も特別」

童《わらべ》は狐達《きつねたち》をその場に残し、近くのブランコに腰掛《こしか》け、きぃこきぃこと漕《こ》ぎ始めた。

「それにしても、ここは一体……城内とは、あまりに雰囲気《ふんいき》が違《ちが》いますが――」

ヤナギは目元を拭《ぬぐ》い、改めて周囲を見回す。

童《わらべ》は淡々《たんたん》と応じた。

「ここはスリーピング・ナイツの《記録室》。メンバー以外の人が見つけちゃったのは想定外だけど……あの襖絵《ふすまえ》を見て《スリーピング・ナイツ》ってキーワードを呟《つぶや》くと、この空間につながるんだ。清文《きよふみ》のちょっとした悪戯《いたずら》……っていうより、思い出のアルバムかな。クエストの制作中も、清文《きよふみ》と僕《ぼく》はよくここで一緒《いっしょ》に作業したんだよ」

童《わらべ》が懐《なつ》かしげに呟《つぶや》き、中空にメニューウィンドウを開いてみせた。

（この子は、清文《きよふみ》の作業を手伝ってくれていたのか……）

つまりは、人工知能とはいえ友人の一人なのかもしれない。

ヤナギは深々と頭を下げた。

「孫が、たいへん世話になりましたようで――」

狐面《きつねめん》の童《わらべ》が笑い出した。

「お爺《じい》ちゃん、やっぱりいい人だね。清文《きよふみ》が言ってた通りだ。あの戦巫女《いくさみこ》のお姉ちゃんと探偵《たんてい》さんは、ちょっと勘《かん》が鋭《するど》すぎて扱《あつか》いに困るけど……忍者《にんじゃ》の子とお爺《じい》ちゃんには、頑張《がんば》ってクリアして欲《ほ》しいかな」

ブランコを漕《こ》ぎながら、童《わらべ》が狐《きつね》に向けて手を振《ふ》った。

白い狐《きつね》の片方が、しゃなりしゃなりとヤナギの足下《あしもと》へ近づく。

「こん」

小さく一声鳴くと、その前足の上に小鼓《こつづみ》が現れた。

おもむろに差し出されたその楽器を、ヤナギは慎重《しんちょう》に受け取る。

「この楽器はもしや、仲間と合流するために必要な……？」

「うん。どうせあの大広間を突破《とっぱ》したら手に入るものなんだけれど、お爺《じい》ちゃん、急いでいるみたいだし。忍者《にんじゃ》の子もちょっと前に手に入れたみたいだから、すぐに合流できると思うよ」

どうやらコヨミも、今回は首尾《しゅび》良《よ》く進めているらしい。

礼を言うために顔をあげると、もうそこには誰《だれ》もいなかった。

狐面《きつねめん》の童《わらべ》はもちろん、二匹《ひき》の白狐《びやっこ》も含《ふく》め、影《かげ》も形もない。

幽霊《ゆうれい》もかくやの唐突《とうとつ》な消え方に、ヤナギはしばし呆気《あっけ》にとられる。

「……はてさて、なんとも面妖《めんよう》な……」

やがて笑《え》みをこぼした彼《かれ》は、無人の庭園に深々と一礼を送り――

錫杖《しやくじよう》を突《つ》きながら、暗い大広間へと再び戻《もど》っていった。

§

コヨミは陽気に歌いながら、城内の長い廊下《ろうか》をびくびくと歩いていた。

「……やーっつのおーいしーさ、やーなぎーもちー……♪　おーみやーげうーれしーい、おー徳ー用ー……♪」

ヤナギの会社、矢《や》凪《なぎ》屋《や》竜《りゆう》禅堂《ぜんどう》が流していた一昔前のＣＭソングだが、特に好きな歌というわけではない。

歌っているのは独りの恐怖《きようふ》を誤魔化《ごまか》すため、選曲は関係者アピールをしてトラップの演出にせめてもの手心を加えてもらえないかと期待してのものであり、早い話が彼女《かのじよ》は今、とても怯《おび》えている。

探索《たんさく》から入手した楽器、《十六夜《いざよい》の鉦《かね》》を銅鑼《どら》のようにガンガンと鳴らし続けているのも、風情《ふぜい》もへったくれもなく、ただただ誰《だれ》かと早く合流したい一心からだった。

「ううう……！　誰《だれ》もいねえー！　なによ、楽器見つけたらなゆさんと合流できるはずでしょー!?　なんでこんな状況《じょうきょう》で城内歩き回らなきゃいけないの聞いてない有り得ないふざけんな責任者でて……あーごめんごめんごめんやっぱ出てこなくていい怖《こわ》い怖《こわ》い怖《こわ》いぃっ！」

音に誘《さそ》われて寄ってきた蝙蝠《こうもり》を、忍刀《しのびがたな》の一撃《いちげき》で葬《ほうむ》り去《さ》りつつ、コヨミは泣き言を続ける。

「なゆさんどこー!?　ヤナギさんでもいいよー！　でも探偵《たんてい》さんはガチでどーでもいい！　てゆーか探偵《たんてい》さんとなゆさんが二人きりでイチャついてたりしたら私キレるから！　イチャついてなくてもキレるから！」

恐怖《きょうふ》のあまり勢いで適当なことを叫《さけ》んでいるだけだが、ナユタと早く合流したいのは紛《まが》う事なき本音だった。

騒《さわ》ぐうちに、廊下《ろうか》の角から死霊兵《しりょうへい》の群がわらわらと湧《わ》いてくる。

彼《かれ》らは骸骨武者《がいこつむしゃ》の劣化版《れっかばん》である。骸骨武者《がいこつむしゃ》を侍《さむらい》とするならば、この死霊兵達《しりょうへいたち》の立ち位置は足軽《あしがる》に近い。

見た目は和風軽装のゾンビそのもので動きも鈍《にぶ》いが、数多く出現するために油断すると背後をとられてしまう。

「ひっ!?　で、出たあぁっ!?」

現れた大群に怖気立《おぞけだ》ち、コヨミは忍刀《しのびがたな》を抜《ぬ》き放《はな》つ。

「こないでー！　来んなー！　近づいたら呪《のろ》ってやるぅぅぅぅっ！」

そんな絶叫《ぜっきょう》とともに——

彼女《かのじょ》は迷うことなく一直線に、敵の真正面へと切《き》り込《こ》んだ。

二体まとめて首をはね、飛んだ頭の一つを蹴飛《けと》ばして敵の注意を誘《さそ》い、その隙《すき》に身を低くして更《さら》に切《き》り込《こ》む。

複数の兵の膝下《ひざした》を容赦《ようしゃ》なく薙《な》ぎ払《はら》い、立っていられずに転げた敵の上へとどめの刃《やいば》を次々に振《ふ》り下ろし、あまりの勢いに恐慌状態《きょうこう》となった残りの敵の退路へ素早《すばや》く立《た》ち塞《ふさ》がる。

「きゃあああっ！　怖《こわ》いっ！　怖《こわ》いっ！　誰《だれ》か助けてぇぇぇぇっ！」

ほとんど泣きながら振《ふ》るわれるコヨミの刀は、一閃《いっせん》ごとに確実に敵を屠《ほふ》っていく。声や表情とは裏腹に、動きには一分の無駄《むだ》もない。

そんなコヨミに怯《おび》えて逃《に》げ出《だ》そうとする哀《あわ》れな死霊兵達《しりょうへいたち》は、次々に凶刃《きょうじん》の餌食《えじき》となり、腐《くさ》りかけの屍《しかばね》を晒《さら》していった。

「ひぐっ……！　えぐっ……！　もおやだぁ……」

あらかたの始末を終えて子供のように泣きじゃくるコヨミの足下《あしもと》から、瀕死《ひんし》の死霊兵《しりょうへい》が這《は》って逃《に》げようとした。

コヨミは視線も向けずに敵の背へぶすりと刃《やいば》を突《つ》き立《た》て、ぐりぐりと駄目押《だめお》しを加えた上で、わずかばかりの経験値と報奨金《ほうしょうきん》を確実に入手する。

遅《おく》れて救援《きゅうえん》に来た女郎蜘蛛《じょろうぐも》を視認《しにん》すらせず火薬玉で吹《ふ》き飛《と》ばし、彼女《かのじょ》はアームウォーマーでぐしぐしと返り血を拭《ぬぐ》った。

「ううっ……いたいけな乙女《おとめ》に集団で襲《おそ》いかかってくるとか、鬼畜《きちく》すぎる……セクハラで訴《うった》えてやるぅぅ……」

鉦《しょう》を叩《たた》いて再び歩き出しながら、彼女《かのじょ》は震《ふる》える声でまた歌い出す。

「……やーっつのおーいしーさ、やーなぎーもちー……♪　死ーにたーいやーつかーら前ーへ出ろー……♪」

恐怖《きょうふ》のためか、歌詞が微妙《びみょう》に変わってしまった。

あわよくばとバックアタックを狙《ねら》っていた一匹《ぴき》のイタチが、何もできずにガタガタと震《ふる》えながらその背を見送る。

——恐怖《きょうふ》を抱《いだ》く者が常に弱者とは限らない。一匹《ぴき》のゴキブリに怯《おび》える人間が、そのゴキブリよりも弱いという保証は何処《どこ》にもない。

鉦《しょう》を鳴らす小さな殺戮者《さつりくしゃ》に安堵《あんど》の瞬間《しゅんかん》が訪《おとず》れたのは、それから数分後のことだった。

「……コヨミさん？　何で歌ってるんですか……？」

「…………な、なゆさぁぁあんっ⁉　わあああああっ！」

曲がり角から現れた戦巫女《いくさみこ》の美少女に、コヨミは恥《はじ》も外聞もなく飛びついた。

どさくさ紛《まぎ》れで豊かな胸に顔を埋《うず》めてデータ上の柔《やわ》らかさを堪能《たんのう》しつつ、演技ではない嗚咽《おえつ》を漏《も》らす。

「こ、こ、怖《こわ》かったよおおっ……！　なゆさん遅《おそ》いぃー！　楽器入手してから一時間以上経《た》ってるのにぃー！」

「あー……すみません。色々と探索《たんさく》していて……城内が広すぎる上に、自動生成のゾーンもあるみたいなんです。マッピングがあんまり役に立たなくて困りました」

抱《だ》きつくコヨミの頭を子供扱《こどもあつか》いに撫《な》でながら、ナユタがいつも通りの怜悧《れいり》な声を寄越《よこ》した。

視界の端《はし》に見えた唐傘《からかさ》お化《ば》けへ素早《すばや》く苦無《くない》を投げつけつつ、コヨミは安堵《あんど》の深呼吸を繰《く》り返《かえ》す。

「ううう……やっと……やっと合流できたぁぁ……もうね、ほんと大変だったの。狐面《きつねめん》の子は顔だけ出して〝お姉ちゃんは別にいいや〟とか言い残してすぐ消えちゃうし、頭の上から以《い》津真天《つまで》に鳥の糞落《ふん》とされるし、露天風呂《ろてんぶろ》コーナーを抜《ぬ》けたらお歯黒《はぐろ》べったりから痴漢扱《ちかんあつか》いされるし、迷《まよ》い込《こ》んだお茶室ではぬらりひょんにお茶を点《た》てられて正座で足が痺《しび》れるし……お茶菓《ちゃが》子《し》はおいしかったけど！」

「………なんだか、随分《ずいぶん》と愉快《ゆかい》なことになっていたみたいですね」

コヨミとしては恐怖《きょうふ》の体験談を話したつもりだったが、ナユタには伝わらなかったらしい。

「で、なゆさんのほうは？　大丈夫《だいじょうぶ》だった？　怖《こわ》い目に遭《あ》ってない？」

「はい。特には――宝箱の成果もいまいちで残念でした」

この返答に、コヨミは違和感《いわかん》を持った。

「成果って言っても……そもそもこれってテストプレイだから、追加でレアアイテムを手に入れても意味ないよ？　や、私もついいつもの癖《くせ》で、経験値とか確保しちゃってるけど」

そう指摘《してき》すると、ナユタは呆《ほう》けたような眼差《まなざ》しでしばし固まった。

「あ……そうでしたよね。すっかり忘れてました。私もつい、いつもの習慣で」

しっかり者の彼女《かのじょ》にしては珍《めずら》しいミスだった。

違和感《いわかん》を拭《ぬぐ》えないまま――コヨミは、ナユタの顔をじっと見上げる。

「……なゆさん。何かあった？」

ナユタが不思議そうにコヨミを見下ろした。

「いいえ？　特に何も。普通《ふつう》に探索《たんさく》していただけですが……」

コヨミはナユタの眸《ひとみ》をじっと見る。

それは本物の「眼《め》」ではない。表情などの生体情報をある程度まで反映してはいるが、あくまでVR空間において作られたキャラクターデータとしての眼球である。

本物のナユタはアミュスフィアを介《かい》して別の場所にいる。

それを承知で――コヨミはなお、彼女《かのじょ》の眼《め》の色に放っておけないものを感じた。

「なゆさん。ちょっとここ座《すわ》って」

ナユタの袖《そで》を引き、その場に座《すわ》らせる。

育ちのいいナユタは自然体で正座となり、優雅《ゆうが》に首を傾《かし》げた。

「コヨミさん？　どうしたんですか？」

すかさずコヨミは、両腕《りょううで》でナユタの頭を抱《かか》え込《こ》んだ。相手が座《すわ》っていれば、さすがに身長の差も埋《う》められる。

ナユタが驚《おどろ》いたように息を詰《つ》まらせた。

「……あ、あの……コヨミさん……？」

「……あのね、なゆさん。話したくないこととかは、別に話さなくていいと思うんだ。誰《だれ》だって人に知られたくないこととかあるし、私も無理に聞こうとは思わないし……でも……でもさ──」

コヨミは珍《めずら》しく慎重《しんちょう》に、ゆっくりと言葉を選んだ。

「甘《あま》えたい時は、何も言わずに甘《あま》えていいんだからね？　もちろん話したいことがあればぶちまけていいし、どんなにしっかり者に見えたって、なゆさんはまだ女子高生で、どんなに頼《たよ》りなく見えたって、こちとら一応は社会人で……つまり、えーと……ほら、何が言いたいかっていうと……」

珍《めずら》しく真面目なことを言おうとしたせいで、どうにもうまい言葉が出てこない。

ぐたぐだになる寸前で、コヨミは開き直った。

「要するに、なゆさんはもっと私に甘《あま》えて！　私が甘《あま》えてばっかでなんか悔《くや》しいし！」

「え……ええ……？」

ナユタが明らかに戸惑《とまど》う声を漏《も》らした。

ただ先程《さきほど》までの彼女《かのじょ》と違《ちが》い、空っぽだった部分に何かが戻《もど》ってきたような印象がある。それはコヨミの錯覚《さっかく》かもしれなかったが、少なくとも悪い変化ではない。

「はあ……まあ……そのうち、何か弱音を吐《は》くこともあるかとは思いますが……」

「そうそう。そういうの待ってるから。悪い男とかに引っかかる前にちゃんと相談してね？　なんなら大阪《おおさか》で同居する？　部屋空いてるよ？」

「……まあ、他意はないものとして受け取っておきますが——同居はさすがに遠慮《えんりょ》しておきます。それよりヤナギさんを探しましょう。探偵《たんてい》さんはどうでもいいですが、ヤナギさんと合流しないことにはおちおちクリアもできませんし」

抱擁《ほうよう》を解きつつ、コヨミも頷《うなず》いた。

「だよねえ。まだ楽器、手に入れてないのかな……？　リタイアしてないといいけど……」

「とはいえテストプレイですから、デスペナルティなしですぐに復帰できます。時間はかかっても、いずれは合流できるはずです」

「うん。問題は何処《どこ》にいるかだよね。私の通ってきたルートとなゆさんの通ってきたルートを除外して、他の方向となると……」

コヨミの視線は、自然と上を向いた。

コヨミは露天風呂《ろてんぶろ》から一階部分を中心に巡《めぐ》ってきた。

ナユタも地下と一階をメインに動き回っていたはずで、ワープゾーンだらけの広大な城といえど、さすがにこの階層ではほとんどの箇所《かしょ》を調べたように思える。

問題は――

「……なゆさん。上の階に進む階段って何処《どこ》かで見かけた？」

ナユタが首を横に振《ふ》った。

「地下からこの一階へ上がる階段はありましたが……二階より上に続く階段は、まだ見つけていません」

さすがにおかしい。

（……ってことは……どこかに隠《かく》し階段かワープゾーンがあるのかな？）

コヨミとナユタは目配せをかわす。

他のクエストでも共に攻略《こうりゃく》を進めてきた仲だけに、このあたりの予測は口に出さずとも伝わる。

「どうします？　二手に分かれて調べますか？」

「それはやだっ！」

即座《そくざ》に拒絶《きょぜつ》し、コヨミはナユタの腕《うで》にまとわりついた。

「なゆさんは平気でも、私のメンタルはもう割と限界っ！　ガチで怖《こわ》かったんだからね!?　とりあえず一緒《いっしょ》に動くのは大前提として……なんかヒントとかないのかな。上の階に行けるようなー―」

ナユタが真顔で思案する。

「そういう謎解《なぞと》きはあの探偵《たんてい》さんが得意そうですが……たぶん、楽器を鳴らすと隠《かく》し階段が見えるとか、隠《かく》しスイッチを押《お》すと階段が降りてくるとか、そういう系統かと――」

「あー。ありそう……どっちみち、まだしばらく右往左往するしかないか。ヤナギさん何処《どこ》かなぁ……」

暗い廊下《ろうか》を並んで歩き出しながら、コヨミはふと異音に気づいた。

――何処《どこ》か遠くで、祭り囃子《ばやし》が鳴っている。

これまでも探索中《たんさくちゅう》にちょくちょく聞こえてはいたが、雰囲気《ふんいき》作り以上の意味を読みとれずにいた。

囃子方《はやしかた》の姿は見えないが、改めて耳を澄《す》ますと――

音色は、天井板《てんじょういた》を越《こ》して上層階から聞こえているようにも思う。

ナユタも同じことを感じたらしい。

「あの祭り囃子《ばやし》って、もしかしたら上の階を練り歩いているんでしょうか？」

姿は見えず、音色だけが聞こえる――それでいて同一階で奏者と遭遇《そうぐう》しない以上、冷静に考えれば、音の出所は天井《てんじょう》や床《ゆか》に遮《さえぎ》られた階上・階下のどちらかとなる。

音色は少しずつ遠ざかりつつあった。

コヨミは慌《あわ》ててナユタの腕《うで》を引っ張る。

「なゆさん！　あの音、追いかけてみよう。出所はわからないけど、なるべく音が聞こえるように移動するの。もしかしたら……あれが隠《かく》し階段のヒントかも！」

この閃《ひらめ》きは確信に近かった。《幽霊囃子《ゆうれいばやし》》というクエスト名からしても、囃子《はやし》の音が何らかの鍵《かぎ》になっている可能性は高い。

「……なるほど。目に見えないのは幽霊《ゆうれい》だからだけじゃなくて、そもそも階層が違《ちが》うから、ですか……なんだか騙《だま》されたような気分です」

心なしか、ナユタの言葉は不満げに聞こえた。

コヨミはそんな彼女《かのじょ》の愚痴《ぐち》を笑い飛ばす。

「ま、こっちが勝手に誤解してただけっぽいけどね？　よく考えたらこのクエスト、テキスト的にはほぼノーヒントでここまで進んでるわけだし……なんかアレだよね、〝解釈《かいしゃく》がプレイヤー次第《しだい》で変わる〟って立ち位置を目指してるんじゃないかなー、とか……」

ナユタがふと眉根《まゆね》を歪《ゆが》めた。

表情の変化に気づき、コヨミは首を傾《かし》げる。

「あ……私、何か変なこと言っちゃった……？」

「いえ……コヨミさんってたまに、ど真ん中をえぐるような鋭《するど》いことを言うなぁ、って……そうですね。たぶん……その通りなんだと思います。このクエストは、プレイする人間によって見えるものが変わってくる——情報を制限することで、あえてそういう風に作ったんでしょうね」

ナユタが頷《うなず》き、急ぎ足に歩き出した。コヨミも慌《あわ》てて後を追う。

囃子《はやし》の音色が遠ざかると方向を変え、時には曲がり角で引き返しつつ、二人は階上の音を追いかけてしばらく移動を続けた。

「このマップ、やっぱり自動生成だよね？　ちょっと広すぎるし、構造が妙《みょう》にランダムっぽいし」

「そうだと思います。ヒントに気づかない限り、延々と迷い続ける羽目になりそうですね」

話しながらもナユタの足は止まらない。

やがて二人が辿《たど》り着《つ》いた先は、漆喰《しっくい》の塗《ぬ》り壁《かべ》に囲まれた袋《ふくろ》小路《こうじ》だった。

祭り囃子《ばやし》の音色は頭上を通《とお》り抜《ぬ》け、壁《かべ》の向こう側へと進んでいく。

「……なゆさん。あそこ」

「……はい。怪《あや》しいです」

闇《やみ》の中にぼんやりと浮《う》いた漆喰《しっくい》の白壁《しらかべ》は、見た目としては何の変哲《へんてつ》もないただの行き止まりだった。

頭上の祭り囃子《ばやし》がなければ無視するところだが、さすがに今は素通《すどお》りできない。

隠《かく》しスイッチの類《たぐい》を探すつもりで、コヨミは壁《かべ》に手を添《そ》えた。

――たちまち、ぐるりと壁《かべ》が回る。

「うわおっ!?」

「コヨミさん!?」

あまりにスムーズな動きに驚《おどろ》いて、コヨミはそのまま前のめりに倒《たお》れかけた。壁《かべ》が支えにならず、摑《つか》まる場所もまるでない。

すかさずナユタに後ろから襟首《えりくび》を摑《つか》まれ、どうにか転ばずに踏《ふ》みとどまる。

壁《かべ》に擬態《ぎたい》した回転扉《かいてんとびら》の奥《おく》には、細い一本道の通路と、上層へ続く木造の階段が見えていた。

「あ、ありがとー、なゆさん……わお、大当たり?」

「ですね。ヤナギさんが上にいるといいんですが――」

薄暗《うすぐら》い隠《かく》し通路を抜《ぬ》けて、二人は階段を上り始める。

祭り囃子《ばやし》の音色が近い。

奏者達《たち》と戦闘《せんとう》になる可能性も考慮《こうりょ》しつつ、コヨミは背負った忍刀《しのびがたな》に手をかけた。

階段で見上げるナユタの背中は、いつものことながらどこか儚《はかな》い。眼《め》を離《はな》すとふらりと消えてしまいそうな印象さえ漂《ただよ》う。

それが怖《こわ》くて、コヨミはつい彼女《かのじょ》のことを構い過ぎてしまう。

幽霊《ゆうれい》よりも、ゾンビよりも、屏風《びょうぶ》の虎《とら》よりも——ココミにとっては、「気づいていて何もできなかった」という類《たぐい》の後悔《こうかい》のほうがよほど怖《こわ》い。

階上へと急ぐナユタから遅《おく》れぬよう、ココミは彼女《かのじょ》の背を追いかける。

段を踏《ふ》む二人分の足音は、階上の囃子《はやし》と混ざって打楽器のようにリズミカルに、それでいてどこか物悲しく響《ひび》いていた。

§

階上へ上がると同時に、ナユタは背後のココミへ注意を促《うなが》した。

「ココミさん、ダークゾーンです。ランタンの用意をしますから、少し待ってください」

「りょーかい……うう。私、ダークゾーン苦手なんだよね……だいたいなんか怖《こわ》い仕掛《しか》けがあるし……」

ナユタの袖《そで》を摑《つか》みながら、彼女《かのじょ》は怯《おび》えた声を漏《も》らした。

百八の怪異《かいい》におけるダンジョンは概《おおむ》ね薄暗《うすぐら》いものだが、光源らしい光源がなくとも、ある程度までは周囲を把握《はあく》できるよう調整されている。

ただしダークゾーンに関しては完全に漆黒《しっこく》の闇《やみ》となってしまい、ランタンを使っても数歩先までしか確認《かくにん》できない。

暗くて見えないその空間に、囃子《はやし》の音色が盛大《せいだい》に響《ひび》いている。

(包囲されていたら厄介《やっかい》だけれど……)

音の反響《はんきょう》具合からして、ここは通路ではなくそこそこ広い空間のようだった。

ランタンの明かりに照らされて、数歩先まで板《いた》敷きの床《ゆか》が浮《う》かび上《あ》がる。

同時にナユタは、天井《てんじょう》の異常さに気づいた。

「……コヨミさん。びっくりしないように言っておきますが、天井《てんじょう》がとてもグロテスクなことになっています。なるべく見ないでくださいね」

「え？　天井《てんじょう》って……ぎゃああっ!?」

コヨミの悲鳴は女子らしからぬ荒《あら》いものだった。

天井《てんじょう》を埋《う》め尽《つ》くしていたのは、大蛇《だいじゃ》の群――を模した彫刻《ちょうこく》である。

本物の蛇《へび》ではないが、精巧《せいこう》に鱗《うろこ》の模様を刻まれた太い胴体《どうたい》が幾重《いくえ》にも連なり、ところどころに鎌首《かまくび》が生えていた。

ランタンの照らす範囲《はんい》が狭《せま》いせいで、見えているのはごく一部だが、おそらくはかなり広範《こうはん》囲《い》に続いているものと予想できる。

「……しゅ、趣味《しゅみ》悪ぅ……」

「雰囲気《ふんいき》作りだけが目的ならいいんですが……本物の蛇《へび》が紛《まぎ》れていて、奇《き》襲《しゅう》を仕《し》掛《か》けてきそうな気がします。充分《じゅうぶん》に警戒《けいかい》して進みましょう」

ココミがこくこくと頷《うなず》き、ナユタの左腕《ひだりうで》にがっちりとしがみついた。動きにくいのは困るが、はぐれる心配がないのはありがたい。

祭り囃子《ばやし》の音がどの方向から来ているのか、ナユタは耳を澄《す》ませて慎重《しんちょう》に探《さぐ》った。

反響《はんきょう》はさほどでもなく、耳を向ける方向によって明確に大きさの違《ちが》いがわかる。

同じ階層にいるのは間違《まちが》いないらしい。

見当をつけた方向に歩き出した途端《とたん》、ナユタの眼前に蛇《へび》が降ってきた。

「フギャ――――ッ！」

猫《ねこ》のような悲鳴をあげて、ココミが忍刀《しのびがたな》を振《ふ》りあげる。

蛇《へび》は地に落ちきる前に胴《どう》を両断され、あまりの早業《はやわざ》にナユタは改めて感服した。

「さすがです、ココミさん。その反射神経は私にも真似《まね》できません」

「なんで平気なの⁉　なんで平気なの⁉　大事なことだから何回でも聞くけど、なんで平気なの、なゆさん⁉」

半狂乱《はんきょうらん》のココミを間近で見ているせいで、逆に冷静になっている――とはさすがに言いにくい。

「私、蛇《へび》はそんなに苦手でもないので……もちろん触《さわ》ったりはしませんけれど、足が多い虫とかのほうが苦手ですし」

「私も虫は苦手だけど、そうじゃなくて！　この暗い中で天井《てんじょう》から蛇《へび》がボタボタ降ってきてるんだよ⁉　もうちょっとびびるでしょ、ふつー！」

「ボタボタって、まだ最初の一匹《ぴき》ですが……それが落ちきる前に、反射的にクリティカルヒットを決めるコヨミさんのほうが、割と常識外れな気もします」

こればかりはステータスが云々《うんぬん》ではなく、本人の資質である。

前回の突入時《とつにゅうじ》、コヨミは露天風呂《ろてんぶろ》で半魚人の不意打ちに負けたと言っていたが、ナユタにしてみれば、彼女《かのじょ》の不意を打てた敵のほうを褒《ほ》めたい。大方、濡《ぬ》れた石で足でも滑《すべ》らせたのだろうが、こと反射神経でコヨミを上回るのは至難の業《わざ》だった。

その後も蛇《へび》が落ちてくるたびにコヨミの刀が閃《ひらめ》く様を見物しながら、ナユタは淡々《たんたん》と祭り囃《ばや》子《し》の音に近づいていく。

相手も移動しているらしく、距離《きょり》はなかなか縮まらないが、それはそれで「ゴールに近づいている」と判断することもできる。

そして仮にゴールが近いとなると――気になるのは、ヤナギのことだった。

「……ヤナギさん、無事だといいですね。一回二回のリタイアは仕方ないにせよ、慣れていない初心者の方ですし、ちゃんとお一人でここまで来られるかどうか……」

コヨミが首を傾《かし》げた。

「……そういや、あの狐面《きつねめん》の子が、なんか変なこと言ってたんだけど……さっきさ、〝お姉ちゃんは別にいいや〟って言われたって、なゆさんにも話したよね？」

「ああ、合流直後にそんな話をしてましたね。あとお歯黒《はぐろ》べったりから痴漢扱《ちかんあつか》いされたとか」

ココミが頭を抱《かか》え込《こ》む。

「触《さわ》ってないっつーのに！　なゆさんみたいな美少女相手ならともかく、何が悲しくてあんな文字通りのバケモノの乳なんか！　そもそも同性だから痴漢《ちかん》じゃなくて痴女《ちじょ》だし！　……じゃなくて、そっちはどーでもいいの！　狐面《きつねめん》の子の話！」

喚《わめ》きながら、ココミはまた降ってきた蛇《へび》を一刀の下《もと》に切り捨てた。

ココミが恐《こわ》がりなのは周囲の状況《じょうきょう》が見えすぎるせいかもしれないと、ナユタはしみじみ思う。

「で、〝お姉ちゃんは別にいい〟ってどういう意味か、問《と》い詰《つ》めようとしたらさ。〝普通《ふつう》に頑張《がんば》ってね〟って言われちゃって……もしかしてだけど、あのＡＩって、プレイヤーにあわせた難易度調整とか担当してない？」

ナユタは思わず眼《め》をしばたたかせた。

「なるほど……ココミさん、よく気づきましたね。確かにそういう仕掛《しか》けは有り得ると思います。むしろ……いろいろと腑《ふ》に落ちました」

つまるところ、あの狐面《きつねめん》の童《わらべ》はこのクエストの《管理者》なのかもしれない。

「ＡＩにクエストの調整を任せるって、百八の怪異《かいい》ではちょっと珍《めずら》しいですよね。推奨《すいしょう》レベルに足りなければレベルを上げて挑戦《ちょうせん》する、簡単なクエストならそのまま楽々クリア、っていうのが普通《ふつう》だと思ってました」

ナユタの指摘《してき》を受けて、コヨミが声をひそめた。

「そりゃ、だって……このゲームを、自分の死後におじいちゃんが一人でプレイするかもしれない、って思ったら――必要でしょ、難度調整。低レベルで簡単にクリアできる仕様にしたら、他のプレイヤーには簡単すぎるし、かといって新参のお爺《じい》ちゃんが絶対にクリアできない難度だとかわいそうだし……」

――ヤナギには、あまり時間がない。

そのことはおそらく、制作者の清文《きよふみ》もわかっていたのだろう。

「でもそうなると……運営側が、テスト用にヤナギさんのレベルを引き上げたのって余計なお世話だったのかもしれませんね」

コヨミが首を横に振《ふ》る。

「そうでもないと思うよ。虎尾《とらお》っちが言ってたでしょ？　〝レベル1じゃ絶対にクリアできない〟って……あれって、配信前に運営側で難度調整をしたからこそ言える言葉だよね？」

あ、とナユタは思わず声をあげた。

虎尾《とらお》の話は運営側として当然の内容だっただけに聞き流してしまったが、コヨミの推測が正しいとすれば、その調整こそがAIの仕事を一つ奪《うば》ったことになる。

清文《きよふみ》は「誰《だれ》でもクリアできる難度」を目指し、難度調整用のAIを用意した。

しかし運営はそれをよしとせず、「ある程度以上のレベルでなければクリアできない」方向へと調整し直した。

どちらが正しいという話ではない。制作者、配信者、プレイヤー、それぞれに事情と都合がある。

「当たり前だけど、ＡＩの管理者権限より、運営権限のほうが上位だろうしね。だから敵や罠《わな》を弱くできないかわりに、せめて自分にできる範囲《はんい》で、ゲームに不慣れなヤナギさんを陰《かげ》ながらサポートしてるのかな、って……なんか今、そんな気がしたの」

彼女《かのじょ》の言葉に納得《なっとく》しつつ、ナユタは思わず溜息《ためいき》を漏《も》らした。

「今回の配信停止、むしろ都合がよかったのかもしれません。もしヤナギさんのレベルが低いままだったら、期限内にクリアまでこぎつけられたかどうか……」

「……ヤナギさんの容態、そんなに悪いの……？」

ナユタは反応に困る。

「正直にいえばわかりません。ただ、お見舞《みま》いに行った時には起きあがることもできない状態でした。ご本人はきっと、今日のテストプレイが最後のチャンスだと思っているはずです」

ココミがナユタの腕《うで》を強く摑《つか》んだ。

「そっか……よし！　私達《わたしたち》もがんばろ！　このままヤナギさんと合流して、クエストのボスを……」

祭り囃子《ばやし》の音色が、何の前触《まえぶ》れもなく唐突《とうとつ》にぷつりと途切《とぎ》れた。

咄嗟《とっさ》にナユタは、コヨミを抱《かか》えるようにして真横へ跳《と》ぶ。

一瞬遅《いっしゅんおく》れて、彼女達《かのじょたち》がいた場所を列車のような巨体《きょたい》が轟音《ごうおん》と共に弾《はじ》き飛《と》ばした。

体勢を整えつつ、ナユタはコヨミを傍《そば》に立たせ、自身は〝敵〟に向き直る。

「ひぃっ⁉ な、何⁉ なんかきたっ！ 何アレ⁉」

喚《わめ》くコヨミの前で、襲《おそ》ってきた巨体《きょたい》の主が鎌首《かまくび》をもたげる。

光沢《こうたく》のある円筒形《えんとうけい》の白い胴《どう》、ちろちろと蠢《うごめ》く細長い舌、獲物《えもの》を冷徹《れいてつ》に見定める金色の眼《め》――

大きさという重要な違《ちが》いはあるものの、その姿はコヨミが道中で切り捨ててきた〝蛇《へび》〟達《たち》とほぼ同じだった。

奇襲《きしゅう》を外した大蛇《だいじゃ》は、鋭《するど》い牙《きば》を剝《む》いて威嚇《いかく》した後、再び頭を引いて音もなく正面の闇《やみ》に身を潜《ひそ》める。

「なななななゆさん……へびっ……へびっ……！ へびさんっ！」

「……大蛇《だいじゃ》ですか。おそらくあれがボスですね。今の一撃《いちげき》は挨拶《あいさつ》代わりでしょう。ヤナギさんとはまだ合流できていませんが――対策を練るためにも、まずは一戦、交えておきたいです」

悠々《ゆうゆう》と正面に進もうとするナユタの袖《そで》を、コヨミが震《ふる》えながら引《ひ》っ摑《つか》んだ。

「ちょ、ちょっと待って！ その前に心の準備！ ……っていうか、あんな爬虫類系大怪獣《はちゅうるいけいだいかいじゅう》に真正面からはキツいって！ 回り込《こ》もーよ！」

ナユタは一瞬《いっしゅん》だけ考える。

「回り込《こ》むのは難しいかもしれません。蛇《へび》は熱や匂《にお》いで獲物《えもの》を感知します。もちろん、あの大蛇《だいじゃ》が本物の蛇《へび》と同じような感覚器を持っているとは限りませんが……」

蛇《へび》の特性が設定にも生かされているとしたら、闇《やみ》のどこから近づこうと、相手には捕捉《ほそく》されてしまう。

コヨミがメニューウィンドウを開いた。

「むむむ……じゃあ、困った時の便利アイテムー！　えーと……何か……何か……おう。なんもねーな……」

相手が視覚でなく熱で獲物《えもの》を感知している場合、《煙玉《けむりだま》》はあまり役に立たない。むしろナユタ達《たち》の視界も奪《うば》われるため、逃《に》げる時以外は不利になる。

囮《おとり》の幻影《げんえい》で敵を惑《まど》わせる《身代わりの札》も、熱を感知するタイプの敵には通じない。

「熱感知系の敵は、確か……炎《ほのお》で惑《まど》わせるんでしたよね？　火薬玉ならいけそうです」

「……どうせ火力微妙《びみょう》だからと思って、道中、雑魚《ざこ》相手に使い切っちゃった……後は炎系《ほのおけい》の術を使うのが一般的《いっぱんてき》だけど……」

ナユタとコヨミは顔を見合わせる。

かたや徒手空拳《としゅくうけん》で身軽さが身上の戦巫女《いくさみこ》。

かたや素早《すばや》さ重視で反射神経頼《だよ》りの忍者《にんじゃ》。

打撃《だげき》と斬撃《ざんげき》の違《ちが》いはあるが、両者とも戦い方が似ているため、ツートップで連携《れんけい》するとそこそこの殲滅力《せんめつりょく》を発揮できる。

——が、法力《ほうりき》や巫術《ふじゅつ》、陰陽術《おんみょうじゅつ》などの術が初歩的なものしか使えないため、応用力には欠けている。術士系のフレンドがこの場にいれば良かったが、今更《いまさら》、ないものねだりをしても始まらない。

「……コヨミさん、火遁《かとん》の術って使えましたよね？」

「……一応、使えるけど。スキルレベルが1だから、あくまで非常用っていうか焚《た》き火《び》の着火用っていうか……ぶっちゃけ、数えるほどしか使ったことないよ？」

自信なげなコヨミを勇気づけようと、ナユタは頷《うなず》いてみせた。

「充分《じゅうぶん》だと思います。とりあえず、敵の攻撃《こうげき》パターンだけ把握《はあく》して撤退《てったい》しましょう。本格的に倒《たお》すのはヤナギさんと合流してから——まずは本番前の情報収集です」

「……うん！　そういうことなら頑張《がんば》る！」

コヨミも頷《うなず》き、忍刀《しのびがたな》を抜《ぬ》きはなった。

直線的な刀身は、一般的《いっぱんてき》な太刀《たち》よりもやや短いが、コヨミの身長にとっては充分《じゅうぶん》に長い。素早《すばや》く取り回しができるぎりぎりのサイズともいえる。

「……で、あの鱗《うろこ》に通じるかな？　コレ」

「刺《さ》さるとは思いますが、敵の大きさが厄介《やっかい》ですね。眼《め》や鼻、舌——そういう感覚器官を狙《ねら》うのが定石ですが、むしろそっちは私が担当します。コヨミさんは敵の眼《め》を火遁《かとん》で引きつけて、囮《おとり》をしつつ回避《かいひ》に集中して隙《すき》を作ってください」

「おっけー……って……ん？　……おや？　あれれ……？」

コヨミが慌《あわ》てた様子で首を左右に巡《めぐ》らせた。

ナユタもすぐ、ダークゾーンの奥《おく》で蠢《うごめ》く複数の光点に気づく。

点の数は六つ——

左側に二つ。正面に二つ。右側にも二つ——

二対《につい》三組の光点は、それぞれが明らかに巨大《きよだい》な生物の気配を放っていた。

コヨミが露骨《ろこつ》に頬《ほお》をひきつらせ、ナユタは眉根《まゆね》を寄せる。

「……コヨミさん、すみません。方針変更《へんこう》です」

「……うん。それでいいと思う。大賛成……！」

二人はほぼ同時に大きく跳《と》び退《の》いた。

光点の一組が正面へ肉薄《にくはく》し、左右からも時間差で巨大《きよだい》な顎《あご》が襲《おそ》ってくる。

あっという間に三匹《びき》に増えた列車サイズの大蛇《だいじや》は、闇《やみ》の奥《おく》から容赦《ようしや》なく牙《きば》を剝《む》いた。

三方向からの連携攻撃《れんけいこうげき》にはさすがに対処しきれず、ナユタとコヨミはすぐさま並んで撤退《てつたい》をはじめる。

「くっ……！　あんなのが三匹《びき》もまとめて……！」

「無理でしょ、あれ!?　ボスじゃないよ、倒《たお》せない特殊罠《とくしゆわな》だよ！　さもなくば幻術《げんじゆつ》とか！」

最後の可能性はナユタも考えたが、わざと攻撃《こうげき》を食らって確かめる気にはなれない。

せめてダークゾーンを抜《ぬ》けるか、一匹《びき》ずつ仕留めやすい地形へ誘《おび》き出《だ》せれば活路も見えるが、この場に踏《ふ》みとどまって戦うのは無謀《むぼう》に過ぎた。

大蛇《だいじゃ》は大きさの割に動きが素早《すばや》く、全力で走っても追いつかれそうになる。

「やばいやばい！　……そうだ！　火遁《かとん》！」

コヨミが背後に向けて素早《すばや》く印を結んだ。

ぽんっ、と気の抜《ぬ》けるような火薬の音が響《ひび》き、焚《た》き火《び》程度の炎《ほのお》と煙《けむり》が数歩後ろで破裂《はれつ》した。

左側からきた大蛇《だいじゃ》が大口を開けて炎《ほのお》へかぶりつく。

その隙《すき》に、ナユタ達《たち》はさらに距離《きょり》を稼《かせ》いだ。

三匹《びき》の大蛇《だいじゃ》はなおものたうちながら追ってくる。

走ること数秒、広大なダークゾーンの一隅《いちぐう》に、ふと強い光が見えた。

「お二方！　ひとまずこちらへ！」

小鼓《こつづみ》を抱《かか》え懸命《けんめい》に叫《さけ》ぶその老僧《ろうそう》は、ナユタ達《たち》の探し人である。

「ヤナギさん⁉　ご無事だったんですね！」

「法力《ほうりき》ちゃんと使えてるし！　え、すごい！」

僧侶《そうりょ》の法力《ほうりき》スキル、《光明真言《こうみょうしんごん》》は、ダークゾーンにおいてランタンよりも遥《はる》かに広い範囲《はんい》を照らす。

発動時に発せられる退魔《たいま》の光は術者より弱い敵を遠ざけ、さらには味方の各種耐性《たいせい》をも微増《びぞう》させる有用なスキルだった。

法力《ほうりき》の光を目印に、二人は広間を駆《か》け抜《ぬ》ける。

ヤナギの背後には石造りの壁《かべ》と、さして大きくもない鋼鉄製の扉《とびら》が見えた。

そこへ飛《と》び込《こ》めば、ひとまず背後の大蛇達《だいじゃたち》からは逃《に》げ切《き》れる。

ヤナギが開けた扉《とびら》の向こうへ、二人はほぼ同時に駆《か》け込《こ》んだ。

直後に扉《とびら》を閉め、大蛇《だいじゃ》の追撃《ついげき》が止《や》んだのを確認《かくにん》した後、三人はようやく合流を喜び合う。

「ヤナギさん、楽器を見つけられたんですね！　心配していました」

老僧《ろうそう》は穏《おだ》やかな笑顔《えがお》と共に、編み笠《がさ》を軽く上げた。

「は、恐縮《きょうしゅく》です。私も一時はどうなるかと思ったのですが……例の狐面《きつねめん》の童《わらべ》が助けてくれました。彼《かれ》は、清文《きよふみ》の残した人工知能だそうで——孫本人ではありませんでしたが、貴重な経験をさせていただきました」

ヤナギはどこか吹《ふ》っ切《き》れたような、清々《すがすが》しい表情へと転じていた。

まだクリア前だというのに、もう目的を達したような風情《ふぜい》でもある。

「ヤナギさん、何かいいことがあったみたいですね」

指摘《してき》すると、ヤナギは恥《は》ずかしげに眼《め》を細めた。

「はあ。なんと申しますか……私は孫のことを理解しているつもりで、実はそうでもなかったと思い知りまして」

そんなことを思い知れば普通《ふつう》は凹《へこ》みそうなものだが、ヤナギは満足げだった。

つい首を傾《かし》げると、ヤナギはまた笑った。

「埒《らち》もないことです。さて……クレーヴェル氏はご一緒《いっしょ》ではないようですな」

「あの人はリタイアしている可能性が高いです。放っておいて、私達《わたしたち》でクリアを目指しましょう」

この場にいない探偵《たんてい》を冷たく突《つ》き放《はな》して、ナユタは背後にある鋼鉄の扉《とびら》を軽く拳《こぶし》で叩《たた》いた。

扉《とびら》の向こう側には、おそらくまだ三匹《びき》の大蛇《だいじゃ》がいる。

コヨミは彼《かれ》らを特殊罠《とくしゅわな》かもしれないと言ったが、ナユタはまだ、あの蛇達《へびたち》がクエストのボスだと考えていた。

ただ、真正面から戦って勝てるとは思えない。

一息ついたところで、彼女《かのじょ》は改めて周囲を見回す。

鋼鉄の扉《とびら》を境にダークゾーンは終わり、ナユタ達《たち》がいるのは外に面した幅広《はばひろ》の渡《わた》り廊下《ろうか》だった。

どうやら本丸から別棟《べつむね》へと続く連絡通路《れんらくつうろ》らしい。城の周囲にもぐるりと屋根のない回廊《かいろう》が巡《めぐ》っており、さながら遊歩道のように整備されている。

清水《きよみず》の舞台《ぶたい》を数十倍にしたような無茶な広さだが、ただの足場ではなく、一層にあるダンジヨンの屋根がそのまま屋上回廊《かいろう》となっている様子だった。

見方によっては何かの祭殿《さいでん》、あるいは巨大《きょだい》なオープンデッキにも近い。

「ひっろい……わあ、お星様きれー……」

コヨミの呟《つぶや》きに誘《さそ》われ視線を空に転じれば――雲は晴れ、満天の星が瞬《またた》いていた。

ダークゾーンを抜《ぬ》けた開放感と、大蛇《だいじゃ》から逃《に》げ切《き》った安堵《あんど》も手伝って、ナユタも思わずこの景色に見惚《みほ》れる。

一方、切《き》り替《か》えの早いコヨミは子犬のようにパタパタと周辺を見回り始めた。

「えっと……ヤナギさんはもしかして、通路を越《こ》えてあっちの別棟《べつむね》から来たの？　ダークゾーンは通ってないんだよね？」

ヤナギが苦笑《くしょう》混じりに頷《うなず》いた。

「はい。こちら側に渡《わた》ってきたところ、扉《とびら》の向こうから何やら騒音《そうおん》が聞こえたもので――入った途端《とたん》、お二方が蛇《へび》に追われていて驚《おどろ》きました。いやはや、あの大きさは厄介《やっかい》ですな」

言葉とは裏腹に、声はどこか楽しげだった。

星を見上げ、ナユタはじっと思案する。

彼女《かのじょ》は地下からスタートした。コヨミは一層の露天風呂《ろてんぶろ》からで、ヤナギが飛ばされた大広間はどうやら別棟《べつむね》だったらしい。

探偵《たんてい》もおそらく前回と同様に天守閣へ飛ばされたはずで、もしかしたら上層で足止めされているのかもしれない。

（みんなバラバラの場所からスタートして、このダークゾーン周辺がゴールで合流地点……ってことになるのかな……？）

考《かんが》え込《こ》むナユタの袖《そで》を、コヨミが子供じみた手つきで引いた。

「なゆさんなゆさん、あっちに上に行く階段と下に行く階段があるみたい。あと——ここってただの渡《わた》り廊下《ろうか》じゃなくて、お城の周囲を巡《めぐ》る回廊《かいろう》になってるよね。結構な広さだけど、何か仕《し》掛《か》けがあるかもだし、調べてみる？」

下層に下りる外階段は、おそらく一時離脱《りだつ》してセーブするための非常口と見ていい。

だがテストプレイ中の今は、得たアイテムや経験値を個人のデータに引《ひ》き継《つ》げず、逆にイベントフラグはテストプレイ用に常時継続《けいぞく》する仕様となっているため、戻《もど》る意味がほとんどない。

別棟《べつむね》はヤナギが探索《たんさく》済みだけに、進むべきルートは上層か、あるいは周囲の回廊《かいろう》そのものとなる。

「まずは上層に行ってみましょうか。もしかしたら探偵《たんてい》さんが足止めされているかもしれませんし」

「あー。あの人、天守閣からスタートしてたんだっけ……おっけー。じゃ、お先に——」

コヨミが階段に駆《か》け寄《よ》った時——

闇夜《やみよ》に不意の咆吼《ほうこう》が響《ひび》きわたり、星明かりを遮《さえぎ》る長い影《かげ》が頭上を横切った。

ナユタは弾《はじ》かれたように顔を上げる。

上層階の壁《かべ》にいくつか空いた、巨大《きょだい》な四角い穴――

その穴の一つから、一匹《びき》の大蛇《だいじゃ》が鎌首《かまくび》をもたげ這《は》いだしつつある。

全身は見えず、細長く伸《の》びた姿はまるで城から生えた手のようだったが、指の代わりに剝《む》かれた鋭《するど》い牙《きば》は凶悪《きょうあく》な存在感を放っていた。

獲物《えもの》を射貫《いぬ》く鋭《するど》い眼差《まなざ》しを真っ向から睨《にら》み返し、ナユタは即座《そくざ》に身構える。

大蛇《だいじゃ》は落ちるような速さで、ナユタを丸呑みにしようと迫《せま》った。

跳《と》び退《の》いてこれを避《よ》け、彼女《かのじょ》は敵の側面に回り込《こ》む。

そのまま気合いの声すら発さずに、蛇《へび》の側頭部、顎《あご》の付け根近くへ掌打《しょうだ》を叩《たた》き込《こ》んだ。

眼《め》を狙《ねら》い損《そこ》ねて手近な箇所《かしょ》を殴《なぐ》りつけただけだったが、怯《ひる》んだ大蛇《だいじゃ》は大きく身をよじり、城の外壁《がいへき》に張り付き直す。

――手応えはあった。

大蛇《だいじゃ》の傍《そば》にはヒットポイントのゲージが表示され、ごくわずかながらも確かに減っている。

状態の変化を見定めた上で、ナユタは膝《ひざ》に力を溜《た》め身構えた。

「な、なゆさん！　大丈夫《だいじょうぶ》!?　ケガない!?」

「あの大蛇《だいじゃ》、よもや外にまで出てくるとは……！」

ナユタは大蛇《だいじゃ》から意識を逸《そ》らさないまま、慌《あわ》てて駆《か》け寄《よ》った二人へ目配せを送る。

「……あの大蛇《だいじゃ》、やっぱり罠《わな》じゃなくてボスみたいです。ここで仕留めましょう」

「うぇ⁉　に、逃《に》げないの⁉」

ナユタは構えを解かない。

「さっきのダークゾーンでは、視界が悪い中で三匹《びき》も一度に出てきたから退《ひ》きましたが……今は視界も広く、相手は一匹《ぴき》だけです。やりましょう」

「で、でもさあ！　あんなの、上に逃《に》げられたら届かないし……」

「逃《に》げるどころか——向かってきてますよ」

ナユタは正面に駆《か》けた。

一度は外壁《がいへき》上方に逃《に》げた大蛇《だいじゃ》が、再び矢のように直線的な動きで飛びかかってくる。

「ああああ！　もうっ！　やらいでかーっ！」

開き直ったコヨミも、何故《なぜ》か江戸《えど》っ子《こ》のような掛《か》け声《ごえ》とともに走り出した。

後衛をヤナギに任せるためにも、前衛二人は前へ出る必要がある。狭《せま》い範囲《はんい》での乱戦になれば肝心《かんじん》のヤナギが危ない。

大蛇《だいじゃ》の顎《あご》をかわしつつ、ナユタは側面に回《まわ》り込《こ》み、再び鱗《うろこ》の上から拳撃《けんげき》を見舞《みま》う。

ただの殴打《おうだ》ではない。戦巫女《いくさみこ》の巫力《ふりょく》を込《こ》めた破邪《はじゃ》の《祓打《はらいう》ち》は化け物全般《ぜんぱん》によく効く。

初撃《しょげき》では大蛇《だいじゃ》を生物と判断し、対生物用のスキルである《破砕掌《はさいしょう》》を使ってみたが、手応えはあったもののクリティカルとはいかなかった。

今回の一撃《いちげき》は、先程《さきほど》よりも相手のＨＰを倍以上削《けず》っている。

強い衝撃《しょうげき》に応じて、大蛇《だいじゃ》も大きく中空でのたうち回った。

「ココミさん！　この大蛇《だいじゃ》、生物じゃなくて妖怪《ようかい》です！　対霊系《たいれいけい》の攻撃《こうげき》のほうがよく効きます！」

「がってん！　往生せえやあっ！」

ココミも適当な掛《か》け声《ごえ》とともに、忍刀《しのびがたな》を蛇《へび》の胴体《どうたい》へ突《つ》き刺《さ》す。

同時に忍術《にんじゅつ》《迅雷《じんらい》》を発動させ、突《つ》き刺《さ》した刃《やいば》の向こうへ電流を流した。

ばちばちと肉の爆《は》ぜる音が響《ひび》きわたる。

怯《ひる》んだ相手への追撃《ついげき》もかねて、ナユタは蛇《へび》の眉間《みけん》へ飛び乗り、見開かれた片目を拳《こぶし》で叩《たた》いた。

貫《つらぬ》くには至らないが、感覚器への攻撃《こうげき》は弱点を見事に突《つ》いたらしく、大蛇《だいじゃ》のＨＰが大きく減っていく。

「あれっ⁉　こいつ意外と弱い⁉」

ココミが頓狂《とんきょう》な声を上げた。

ナユタの感想も彼女《かのじょ》と近い。まだ倒《たお》していない以上、呆気《あっけ》ないとまでは言えないが、苦戦を覚悟《かくご》して立ち向かった分、拍子《ひょうし》抜《ぬ》けした感はある。

（……難度が高くないクエストのボスなら、これくらいでちょうどいいのかな？）

まだあと二匹《ひき》いるため、最後まで油断はできない。ただ、この一匹目《ぴきめ》に関してはどうやら小手調べ程度の存在らしい。

「なゆさん！　このまま一気に倒《たお》しちゃおう！」

「はい！」

二人はほぼ同時に、左右から大蛇《だいじゃ》へ飛びかかった。

コヨミの忍刀《しのびがたな》が大蛇《だいじゃ》の眉間《みけん》を貫《つらぬ》き、ナユタの拳《こぶし》が破邪《はじゃ》の光を伴《ともな》い左目を打つ。

闇《やみ》を裂《さ》く咆吼《ほうこう》が轟《とどろ》き——哀《あわ》れな大蛇《だいじゃ》は、その場に身を横たえた。

「よーし！　この程度なら残り二匹《ひき》はまとめていける！」

「なんともはや……私は見ているだけでしたな」

勢いづくコヨミと苦笑いを見せるヤナギは好対照だったが、クリアへの道筋が見えただけに空気は明るい。

ナユタもほっとして構えを解いたが、やがて彼女《かのじょ》は違和感《いわかん》に気づく。

——倒《たお》した大蛇《だいじゃ》の死骸《しがい》が、なかなか消えない。

それどころか、城内におさまったままの尻尾《しっぽ》側からずるずると引きずられはじめている。

コヨミが頬《ほお》をひきつらせた。

「……あっれー……？　HPが0になったのに消えない……ってか、動いてる……え？　なんで？　……お城側で誰《だれ》かが引っ張ってる……？」

ナユタも無言で状況《じょうきょう》を見守る。

戦闘《せんとう》は終わっていない。むしろ今の一戦が開始の合図だったらしい。

大蛇《だいじゃ》が城内に引《ひ》き込《こ》まれて数瞬後《すうしゅんご》——それは起きた。


〝おおおおおおぉ……〟


辺り一帯を震撼《しんかん》させる勢いで、地鳴りのように低い声明が涌《わ》き上がる。

驚《おどろ》いて見上げれば、城の上層を囲む足場は半透明《はんとうめい》に透《す》けた奏者の群により埋《う》め尽《つ》くされていた。

黄金色《こがねいろ》に色づいた囃子方《はやしかた》の群には一切《いっさい》の表情がない。

烏帽子《えぼし》に狩衣《かりぎぬ》、あるいは褐衣姿《かちえすがた》の《幽霊囃子《ゆうれいばやし》》が、携《たずさ》えた楽器を一斉《いっせい》に奏《かな》で始め、その荘厳《そうごん》な音色でもってナユタ達《たち》を圧倒《あっとう》する。

ナユタは思わず呼吸も忘れ、この世のものとは思えぬ調べに聞き入った。

数百人に及《およ》ぼうという大楽団の一糸乱れぬ演奏は、壮観《そうかん》を通《とお》り越《こ》して異様にさえ感じられる。

常識外れの祭り囃子《ばやし》が響《ひび》く中、城の外壁《がいへき》にも異変が起きた。

細かな軋《きし》みが揺《ゆ》れへと変わり、やがて外壁《がいへき》の前面が大きく崩《くず》れ——

そこに現れたのは、八つの頭と八つの尾《お》を持つ巨大《きょだい》な蛇《へび》の化け物だった。

一つに収斂《しゅうれん》した太い胴体《どうたい》は、階上にずっしりと横たわっている。

城の側面からは八つの尻尾《しっぽ》が垂れていたが、振《ふ》り回《まわ》したところでナユタ達《たち》までは届かない位置にある。

敵の攻撃《こうげき》手段であり、ナユタ達《たち》の攻撃《こうげき》目標ともなるのは、地上を睨《にら》みつける七つの頭だった。

八つあるうちの頭の一つは、ナユタとコヨミの攻撃《こうげき》によって既《すで》に倒《たお》れている。同じ体につながってはいるものの機能しておらず、他の七頭が身をくねらせる中、一匹《ぴき》だけぐったりと城内に伏《ふ》していた。

そして七つの頭が、拍子《ひょうし》にあわせ一斉《いっせい》に牙《きば》を剝《む》く。

コヨミがナユタの腰《こし》にしがみついた。

「や、《八岐《やまた》の大蛇《おろち》》……!? イベントで一度だけ見たことある！ でもあれ、百人規模で戦う合戦の大ボスだった気が……！」

「――よく見てください、たぶん幼生です」

コヨミよりは幾分《いくぶん》か冷静に、ナユタは相手を見定める。

以前のイベントで見かけた八岐《やまた》の大蛇《おろち》は、それぞれの蛇《へび》が河川《かせん》ほどの太さに達し、胴体《どうたい》の長さは山を越《こ》えていく文字通りの大怪獣《だいかいじゅう》だった。

それに比べれば、一頭あたりが列車程度の太さで済んでいる目の前の大蛇《だいじゃ》は、十分の一以下の小柄《こがら》な怪獣《かいじゅう》といえる。

――ただし、「三人で立ち向かう相手」としては少々どころでなく厳しい。頭だけでも残り七つある。

背後のヤナギが呆《ほう》けたように呟《つぶや》いた。

「これはまた、面妖《めんよう》な……とんでもない大きさですが、厄介《やっかい》な敵なのですか？」

「そ、そりゃあもう……ね、なゆさん。合戦の時の八岐《やまた》の大蛇《おろち》って、確か頭ごとに違《ちが》う特殊《とくしゅ》能力があったよね……？」

「はい。火炎《かえん》、氷結、操風《そうふう》、毒、麻痺《まひ》、鱗硬化《うろここうか》、幻惑《げんわく》の邪眼《じゃがん》、超回復《ちょうかいふく》——ですね」

会話に出ている対《八岐《やまた》の大蛇《おろち》》戦は、《百八の怪異《かいい》》のイベントではない。

昨年の、まだコヨミと知り合ってもいない頃《ころ》に開催《かいさい》された単発の集団イベント戦であり、今にして思えば、《百八の怪異《かいい》》実装に向けたテストイベントだったものと推測できる。

このイベント戦での八岐《やまた》の大蛇《おろち》は、図体《ずうたい》が大きすぎて小回りが利《き》かず、それぞれの頭を二十人ほどの班で分担して叩《たた》く協力型の大戦《おおいくさ》だった。

一匹《ぴき》を担当する二十人程《ほど》の班が壊滅《かいめつ》すると、勝った大蛇《だいじゃ》は別の頭の加勢に向かうため、負ける班が増えるとそれだけ他の班が厳しくなる。

反対に担当分の頭を潰《つぶ》せば、プレイヤーは他の班の加勢に向かえる。

互《たが》いに戦力を削《けず》り合い、どちらかが壊滅《かいめつ》するまで続くこのバトルには、ナユタも散々に苦労させられた。

コヨミに至っては一戦でクリアを諦《あきら》め、以降はイベント終了《しゅうりょう》まで放置していたと聞く。

サイズが小さくなったとはいえ——この八頭の大蛇《だいじゃ》を相手に少人数で立ち回るとなれば、乾《かわ》いた笑いしか出てこない。

「……そういえば、運営がクエスト制作用に公開した竜系《りゅうけい》のフリー素材にもありましたね、《八岐《やまた》の大蛇《おろち》》のモデル——お孫さんは、それをクエスト用に加工したんだと思います」

カラーも変更《へんこう》されているとはいえ、気づかなかったことは情けない。

反省するナユタの脇《わき》でコヨミが唸《うな》った。

「……あのさ、なゆさん。つまり今、私達《わたしたち》が倒《たお》した大蛇《だいじゃ》の能力って——」

ブレス攻撃《こうげき》はなかった。防御力《ぼうぎょりょく》も控《ひか》えめで、早い話が拍子《ひょうし》抜《ぬ》けするほど弱かった。

仮に何か特殊《とくしゅ》能力があるとすれば——

ヤナギが眼《め》を細め、錫杖《しゃくじょう》の先端《せんたん》を城内の大蛇《だいじゃ》に向けた。

「はて……お二方。先程倒《さきほどたお》したはずの大蛇《だいじゃ》が、眼を覚ましたようですが——」

伏《ふ》せていた大蛇《だいじゃ》が、ゆっくりと鎌首《かまくび》をもたげる。

一度は尽《つ》きたはずのHPは二割程度まで回復し、他の頭達《たち》が気遣《きづか》うように彼《かれ》の身を支えた。

ナユタは思わず額を押《お》さえ、コヨミが大きく肩《かた》を落とす。

「……や、やっぱり超回復《ちょうかいふく》かっ……！」

「……いい準備運動になった、と思いましょう」

豪勢《ごうせい》な祭り囃子《ばやし》が響《ひび》く中——

ナユタの眼《め》には、八つ首の大蛇《だいじゃ》が揃《そろ》って嘲笑《ちょうしょう》を浮《う》かべたように見えていた。

§

火炎《かえん》ブレスを紙一重《かみひとえ》にかわす。

氷結ブレスが装束《しょうぞく》をかすめる。

毒の息を浴びて解毒《げどく》に追われ、麻痺《まひ》に陥《おちい》ったところを豪風《ごうふう》に弾《はじ》き飛《と》ばされ、地に伏《ふ》したまま硬化《こうか》した蛇《へび》の体当たりを食らい、危《あや》ういところで体力回復は間に合ったものの、必死の反撃《はんげき》は邪眼《じゃがん》による幻惑《げんわく》で空振《からぶ》りに終わる――

特殊攻撃《とくしゅこうげき》を駆使《くし》する巨大《きょだい》な大蛇《だいじゃ》の群を前に、ナユタ達《たち》は完全に翻弄《ほんろう》され、苦しい防戦を強《し》いられていた。

八つの頭にはそれぞれダメージを与《あた》えているが、集中的に叩《たた》くには手数が足りず、未《いま》だ一つも潰《つぶ》せていない。

「……はあっ……！　……はあっ……！」

ゲームの中とはいえ、疲労感《ひろうかん》はリアルに襲《おそ》ってくる。

ナユタは激しく肩《かた》を上下させつつ、大蛇《だいじゃ》の体当たりをかわし、頭を蹴《け》りつけて別方向へ跳《と》んだ。

その先にいた別個体の鼻先へ気合いの拳撃《けんげき》を見舞《みま》うものの、襲《おそ》ってきた強風に体勢を崩《くず》し、更《さら》に別方向から火炎《かえん》ブレスの直撃《ちょくげき》を受けてしまう。

「くぅっ……！」

「ご、ご無事ですか、ナユタ殿《どの》⁉」

いつの間にか、ヤナギが背後まで駆《か》け寄《よ》っていた。

火炎《かえん》の直撃《ちょくげき》とほぼ同時に、ナユタの視界は白い光に覆《おお》われた。間一髪《かんいっぱつ》のところでヤナギの法力《ほうりき》《金剛《こんごう》結界》が間に合ったらしい。

ただ、ダメージは大幅《おおはば》に軽減されたものの、元々の防御力《ぼうぎょりょく》が低いために軽傷とは言い難《がた》い。

「……ヤナギさん、あまり前線には……！」

「そうもいきませぬ。回復を急ぎますゆえ――」

錫杖《しゃくじょう》を添《そ》えてヤナギが回復の法力《ほうりき》を施《ほどこ》す間、コヨミが苦手な火遁《かとん》を駆使《くし》してどうにか大蛇《だいじゃ》達《たち》の眼《め》を逸《そ》らす。

忍《しの》らしく俊敏《しゅんびん》に跳《と》び回ってはいるが、限界が近いことはナユタにも見てとれた。

（このままじゃ勝てない……！　一度退《ひ》いて、出直すしか……）

――理性はそう訴《うった》えている。しかしナユタは、決断を躊躇《ためら》ってしまう。

疲《つか》れているのはナユタとコヨミばかりでなく、目の前の老僧《ろうそう》も同じだった。

既《すで》にプレイ開始から数時間を経ており、ここで撤退《てったい》すれば一時解散となるのは目に見えている。

また明日、ゲームができる状態ならばそれでもいい。

しかし現実には——ヤナギの容態はおそらく、そうした予断を許さない。

コヨミの臨時休暇《きゅうか》も一日限りだろうし、状況《じょうきょう》は更《さら》に厳しくなると見ていい。

どうしても今日、このままクリアにつなげたい——気力を振《ふ》り絞《しぼ》り覚悟《かくご》を決めて、ナユタは再び身を起こした。

「……ヤナギさんは回避《かいひ》と防御《ぼうぎょ》に徹《てっ》してください！　まずは頭を一つでも潰《つぶ》せれば、後半はどんどん楽になっていきますから——」

この対八岐《たいやまた》の大蛇戦《おろちせん》は、その特性上、序盤《じょばん》の猛攻《もうこう》をどうしのぐかが最大の鍵《かぎ》だった。

頭を半分も潰《つぶ》せば、敵の手数も半分になり、味方の攻撃《こうげき》も残った頭に集中させやすくなる。

この不利な状況《じょうきょう》でコヨミが泣き言を言わず戦い続けているのも、この特性を直感で理解しているからに他ならない。

だが今のままでは——一匹《びき》も倒《たお》せないまま、リタイアに追《お》い込《こ》まれる可能性も高い。

「ふにゃ————っ！」

ＢＧＭと化した祭り囃子《ばやし》の演奏が続く中、妙《みょう》に動物じみたコヨミの悲鳴が響《ひび》き、小さな体が鞠《まり》のようにはね飛ばされた。

広い連絡《れんらく》通路の上を二転三転した後、手すりに引っかかって彼女《かのじょ》は動かなくなる。

「コヨミさん⁉　ヤナギさん！　回復をお願いします！」

「は！　すぐに――！」

通路の端《はし》に転がったコヨミの元へ、ヤナギが一目散に駆《か》けていく。

心情的にはナユタも駆《か》け寄《よ》りたかったが、今はコヨミの回復が済むまで囮《おとり》を務めなければならない。

（ヤナギさんの法力《ほうりき》もいつまでももたない……！　はやく、はやく突破《とつぱ》口《こう》を開かないと――！）

気ばかりが焦《あせ》るまま――

ナユタは失策を犯《おか》した。

囮役《おとりやく》として敵の眼《め》を引くことに集中するあまり、彼女《かのじよ》は大蛇達《だいじやたち》の包囲の《中心》に飛《と》び込《こ》んでしまう。

前後左右に頭上――八つもの頭によってすべての方向を塞《ふさ》がれれば、いかに彼女《かのじよ》でも避《よ》けきれない。

（しまっ……！）

日頃《ひごろ》ならば有り得ない類《たぐい》のミスに、致命傷《ちめいしよう》を覚悟《かくご》した直後――

見当外れの方向で、閃光《せんこう》がきらめいた。

破裂音《はれつおん》と共に火花が散り煙《けむり》が舞《ま》い、大蛇達《だいじやたち》の視線が一斉《いつせい》にそちらへと向く。

(隙《すき》ができた！　今なら……！)

わずかな間隙《かんげき》を突《つ》いて、ナユタは大きく飛《と》び退《の》いた。

そんな彼女《かのじょ》の背は、先ほどまでなかったはずの〝障害物〟に接触《せつしょく》する。

世界観にそぐわぬインバネスコートと鹿撃《しかう》ち帽《ぼう》を身につけた狐《きつね》が、人を小馬鹿《こばか》にした笑顔《えがお》でナユタを見下ろしていた。

「やあ、お嬢《じょう》さん。どうやら苦戦しているご様子だ」

「た、探偵《たんてい》さん⁉」

狐顔《きつねがお》の青年探偵《たんてい》、クレーヴェルのあまりにわざとらしいウィンクに、ナユタは思わず正拳《せいけん》を加えそうになった。

相手は年長者だけに辛《かろ》うじて思いとどまり、代わりに氷結ブレス並の冷たい眼差《まなざ》しを向ける。

「あんまり合流が遅《おそ》いから、リタイアしたものとばかり——この騒《さわ》ぎの中、いったい何処《どこ》で迷子になっていたんですか？」

「迷子とは人聞きの悪い。こうして土産《みやげ》も持参しただろう？」

探偵《たんてい》は懐《ふところ》から火薬玉を取りだし、天高く放り投げた。

先程《さきほど》と同じ炸裂《さくれつ》が起き、大蛇《だいじゃ》の群がまた一様に同じ方向を見上げる。

まるで催眠《さいみん》にかかったかのようなその仕草は、猫《ねこ》じゃらしを見つけた時の猫《ねこ》にも似ていた。

探偵《たんてい》は余裕綽々《よゆうしゃくしゃく》で眼《め》を細めている。

「なかなかいい効き目だ。この《蛇花火《へびはなび》》は火薬庫からの拾い物でね。大蛇《だいじゃ》の意識を逸《そ》らすための特殊《とくしゅ》アイテムなんだが、幸運値が高くないとなかなか手に入らない貴重品だ。これがテストプレイじゃなければ、君らにもプレゼントするところなんだが」

ナユタは荒《あら》い呼吸を整えながら、誇《ほこ》らしげな探偵《たんてい》に小さな疑問をぶつけた。

「……あの。蛇花火《へびはなび》って、燃えかすがうねうねと蛇《へび》みたいな形になるものだと思うんですが……」

クレーヴェルが嗤《わら》った。

「花火セットの定番だね。あれを見ている時のなんともいえない空気感は嫌《きら》いじゃない」

ボス戦の最中《さなか》でも飄々《ひょうひょう》とした態度を崩《くず》さないこの青年に、ナユタは少しばかり安堵《あんど》してしまう。

ともあれ、呼吸を整え冷静になる程度の時間稼《じかんかせ》ぎはできた。

大蛇達《だいじゃたち》が向き直るのに合わせて、ナユタはまた身構える。

「……恥《は》ずかしながら、ご覧の通りの惨状《さんじょう》です。探偵《たんてい》さんは戦えないと思いますから、後ろでヤナギさんと――」

「いや、手伝おう。君達《きみたち》に任せていたら、虎尾《とらお》さんに残業手当が発生する」

心底呆《あき》れたように呟《つぶや》き、クレーヴェルはステッキの先で足下《あしもと》を叩《たた》いた。

「……ええ……？　あの、探偵《たんてい》さんのステータスでちょこまかされても……」

邪魔《じやま》なだけ、と言《い》い掛《か》けたナユタを、探偵《たんてい》は薄笑《うすわら》いで遮《さえぎ》った。

「五秒……いや、三秒か」

「はい？」

「私なら、三秒であの大蛇《だいじや》を骨抜《ほねぬ》きにできる。君はそこで見ているといい」

自信満々に言い放つ態度は、人を馬鹿《ばか》にしているのか化かしているのか、今一つよくわからない。

相手が八岐《やまた》の大蛇《おろち》だけに、八塩折之酒《やしおりのさけ》でも入手したのかと思えば——

探偵《たんてい》はおもむろに、アイテムリストから木製の打楽器と布を巻いたバチを取り出した。

ナユタは眼《め》を疑う。

丸みを帯びた……というよりはほぼ球形に近いフォルムには、確かに見覚えがある。が、それを《楽器》として扱《あつか》うことには少なからず抵抗《ていこう》があった。

艶《つや》やかな光沢《こうたく》を放つその表面を、探偵《たんてい》がゆっくりと叩《たた》き始める。

ぽく、ぽく、ぽく、ぽく、ぽく……

「……木魚ですよね、それ」

心を落ち着かせる豊かな低音を奏《かな》でつつ、探偵《たんてい》は悠々《ゆうゆう》と頷《うなず》いた。

「私が見つけた合流用の《楽器》だ。もっとも……これらの楽器が真価を発揮するのは、むしろ合流後らしい」

クレーヴェルが得意げにうそぶく。

棒立ちで木魚を叩《たた》く探偵《たんてい》の姿はなかなかにシュールだったが、それを笑う余裕《よゆう》も呆《あき》れる猶予《ゆうよ》もないまま、〝変化〟は着実に起きはじめていた。

戦闘《せんとう》のBGMと化していた《幽霊囃子《ゆうれいばやし》》の演奏が、木魚の音にあわせて萎《しぼ》んでいく。

ヤナギの治癒《ちゆ》により復帰したコヨミが、たちまち気づいて甲高《かんだか》い声をあげた。

「お囃子《はやし》が弱くなって……あれ⁉　私の楽器も……！」

アイテムリストから取り出したコヨミの鉦《しょう》は、共鳴するように淡《あわ》い光を発していた。

つられて取り出したナユタの横笛、ヤナギの小鼓《こつづみ》も、同様に光り始めている。

探偵《たんてい》が人を化かす微笑《びしょう》を浮かべた。

「君達《きみたち》も演奏するといい。虎尾《とらお》さんが言っていただろう？　これは本来、村を守っていた祭具だ。あの大蛇《だいじゃ》がこれらの楽器を奪《うば》ったせいで、村人達《たち》は魂《たましい》を抜《ぬ》かれ、大蛇《だいじゃ》の囃子《はやし》方《かた》として利用されるに至った。つまり——あの大蛇《だいじゃ》に力を与《あた》えているのは村人達《たち》の祭り囃子《ばやし》であり、それを無効化するのがこの祭具、という仕掛《しか》けだ」

得意げな説明を聞きながら、ナユタは吹《ふ》き口に唇《くちびる》を添《そ》えた。

息を吹《ふ》き込《こ》むと、空気の震《ふる》えが音色を生む。

音色が《幽霊囃子《ゆうれいばやし》》へ届くと、彼《かれ》らは自身の演奏を止め、祭具の音に耳を澄《す》ます。

そして《幽霊囃子《ゆうれいばやし》》の演奏が止まると——八岐《やまた》の大蛇《おろち》は活力を喪《うしな》い、状況《じょうきょう》の変化にまごつき始めた。

探偵《たんてい》が眼《め》を細めて嗤《わら》う。

「大蛇《だいじゃ》が囃子方《はやしかた》を求めたのは、自身を強化するため。その障害となる祭具を村から奪《うば》い、城内に安置し支配することで、城の主《あるじ》たる自らを〝神〟の立場においた。だが、肝心《かんじん》の祭具は我々によって盗《ぬす》まれ……今度は我々がその力を利用している。さあ、形勢逆転といこう」

宣言通り、ほんの数秒での逆転劇を成《な》し遂《と》げた探偵《たんてい》は、淡々《たんたん》と木魚を叩《たた》き続ける。

ナユタとしてはどうにも釈然《しゃくぜん》としないが、この仕掛《しか》けに気づかなかったのは事実だけに、今は何を言っても言い訳にならない。

幸い、八つ当たりすべき対象が、目の前に八匹《ぴき》もいる。

ナユタは笛を手にしたまま、大蛇達《だいじゃたち》の正面へ跳《と》び込《こ》んだ。

先程《さきほど》までと違《ちが》い、弱った大蛇《だいじゃ》の反応は鈍《にぶ》い。

一応は牙《きば》を剝《む》くものの、勢いは先程《さきほど》の戦いに遠く及《およ》ばず、もはやただの巨大《きょだい》な的と化していた。

そんな彼《かれ》らに、ナユタは容赦《ようしゃ》なく拳撃《けんげき》をぶち込《こ》む。

コヨミも後に続き、ツートップでの殲滅戦《せんめつせん》が始まった。

「なゆさん！　こっちの半分は任せちゃっていいから！　ヤナギさんサポートよろ！」

「承《うけたまわ》りました。どうやら……勝機が見えましたな」

小鼓《こつづみ》を叩《たた》きつつ二人のサポートに回るヤナギは、数日前まで素人《しろうと》だったとは思えない手際《てぎわ》で、回復や細かな支援《しえん》を繰《く》り出《だ》していた。

大蛇達《だいじゃたち》のHPゲージが順調に減っていく中、ナユタはちらりと探偵《たんてい》を振《ふ》り返《かえ》る。

クレーヴェルは戦闘《せんとう》には加わらない。

前線に出られても足手まといになるだけに、それはそれで構わないが、いいように使われているようで釈然《しゃくぜん》としない。

ただ、彼《かれ》が楽器を使わなければ大蛇《だいじゃ》に負けていたのも事実である。そもそも彼《かれ》がいなければ、こうしてテストプレイという形で攻略《こうりゃく》を進めることもできなかった。

その意味では、ヤナギが最初に彼《かれ》へ依頼《いらい》を持《も》ち込《こ》んだことは、奇跡《きせき》的な導きだったようにも思えてくる。

ナユタ達《たち》の討伐《とうばつ》風景を楽しげに見守る探偵《たんてい》の、すぐ傍《そば》に——

彼女《かのじょ》はふと、狐面《きつねめん》の童《わらべ》の幻《まぼろし》を見た気がした。

§

クエスト《幽霊囃子《ゆうれいばやし》》のエンディングは、夜空に打ち上がる大量の花火で締《し》めくくられた。

幼生の八岐《やまた》の大蛇《おろち》を退治すると同時に、《幽霊囃子《ゆうれいばやし》》として囚《とら》われていた村人達《たち》の魂魄《こんぱく》は、次々に天上へと昇《のぼ》っていき——主《あるじ》を失った城は、空へ溶《と》けるように瓦解《がかい》し始めた。

あわせて上がり始めた花火を見物しつつ、ナユタは脱力《だつりょく》気味の溜息《ためいき》を漏《も》らす。

「……なんだか結局、探偵《たんてい》さんにおいしいところを持って行かれた気がします」

弱体化する前の大蛇《だいじゃ》を相手に、自分達《じぶんたち》がしたあの苦労はなんだったのか——

それを思うと、自身の迂闊《うかつ》さが嘆《なげ》かわしい。キーアイテムの使用は基本中の基本だが、件《くだん》の楽器については《合流用の品》という認識《にんしき》に引っ張られ、焦燥《しょうそう》も影響《えいきょう》して使用のタイミングを見失っていた。

花火を見上げるクレーヴェルは、さして誇《ほこ》る様子もなく頷《うなず》く。

「制作者の好みを推測すれば、自《おの》ずと攻略法《こうりゃくほう》も見えてくる。祠《ほこら》にぼた餅《もち》を供えた時、君も感じたはずだ。〝こんな楽な解き方でいいのか〟とね」

ナユタははっとした。「ぼた餅《もち》が食べたい」という要求から始まった一連の供え物は、該当《がいとう》アイテムをいちいち用意せずとも、紙に文字を書いただけで代用品として認められた。

もしも正攻法《せいこうほう》で該当《がいとう》アイテムを探していた場合、大変な労力と時間を強《し》いられたことは想像に難《かた》くない。

「……難しく見えても、楽な解き方がちゃんと用意されている……それが、このクエストの制作者の方針ってことですか」

物思いと共に花火見物をするヤナギには、二人の会話は聞こえていない。

探偵《たんてい》が息を吐《は》いた。

「そう。ヒントに気づくか気づかないか。たったそれだけのことで、難易度が大きく変化する──それがこのクエストの特徴《とくちょう》だった。おそらくはヤナギさんに対する配慮《はいりょ》だろう。低レベルでも、気づきさえすればクリアできるように、と──もっとも、運営側の難度調整が入ったせいで、少々厄介《やっかい》なことにはなったがね」

ナユタは彼《かれ》の言葉に微妙《びみょう》な違和感《いわかん》を持つ。

表向きは彼女《かのじょ》に話す振《ふ》りをしているが、その実、まるで〝ナユタ以外の誰《だれ》か〟に伝えるかのように口調が硬《かた》い。

「運営への恨《うら》み言《ごと》ですか？」

探偵《たんてい》が嗤《わら》う。

「いいや？　おかげで私は一儲《ひともう》けできたわけだし、そんなつもりはない。ただ……このクエストに、亡《な》き清文《きよふみ》氏の遺志が強く反映されていることは事実だ。もしも彼《かれ》の遺志をねじ曲げるなら、運営にはそれなりの誠意と配慮《はいりょ》、そして理由が求められると思う。このクエストが〝投稿《とうこう》された作品〟である以上……作者の思いは、それがよほど歪《ゆが》んだものでもない限り、最大限に反映されるべきだ」

ナユタは探偵《たんてい》の回りくどい言葉を慎重《しんちょう》に噛《か》み砕《くだ》く。

「つまり……あまりいじり回さずに、早く再配信するべきってことですよね？」

探偵《たんてい》が肩《かた》をすくめる。

「それを決めるのは私じゃないけれどね。個人的な感想としては、まあ……そんなところだ」

——再配信の障害は、まだ一つ残っている。

そもそも配信停止のきっかけとなった、《データに存在しないはずの幽霊《ゆうれい》》。

この扱《あつか》いをどうするのかは、今回のテストプレイの結果を精査しつつ、運営側がこれから判断していくのだろう。

そして探偵《たんてい》も、この幽霊《ゆうれい》に絡《から》んで何かを迷っている節がある。

ナユタは彼《かれ》のことをまだよく知らない。悩《なや》みを推測できるほどの付き合いもなく、深入りするつもりもない。

ただ、袖振《そでふ》り合うも多生の縁《えん》などと言う通り、まったくの無関係とも思っていない。

「……探偵《たんてい》さんは、誰《だれ》の《幽霊《ゆうれい》》を見たんですか？」

花火の音に声を消されながら、ナユタは静かに問いかけた。

探偵《たんてい》は眉《まゆ》をひそめる。

「ん……？　君には話しただろう。以前、ＳＡＯの中で亡《な》くなった親友だよ」

「それは聞きましたけれど……詳《くわ》しい事情は知らないままです。実は彼女《かのじょ》だったとか、片思いの相手だったとか、亡《な》くなった時の状況《じょうきょう》とか」

探偵《たんてい》が驚《おどろ》いたようにナユタを見た。

「君がそんなことを聞くとは意外だ――他人のそういう繊細《せんさい》な部分には、立ち入らない性格かと思っていた」

ナユタ自身も、実は意外に思っている。

「もちろん、話したくなければ無視してください。ついさっき……コヨミさんに言われたんです。〝話したいことがあるならぶちまけちゃっていい〟って――でも探偵《たんてい》さんにはそういう人、いなさそうですから、私が聞いてあげます」

わざと恩着せがましく言ったのは、嫌《いや》なら冗談《じょうだん》として流しやすいようにというせめてもの気遣《きづか》いだった。

それが伝わったのか、クレーヴェルが鼻先で嗤《わら》う。

「小生意気なことを言う――まあ、隠《かく》すような話でもない。私は……死地に赴《おもむ》く彼《かれ》を止められなかったんだ」

探偵《たんてい》の声に負の響《ひび》きが宿ったことを、ナユタは敏感《びんかん》に察した。

「彼《かれ》とは大学時代からの友人でね。異性じゃないから、つまらん邪推《じゃすい》は必要ない。お互《たが》いにゲーム好きで、示し合わせてSAOにログインして……そしてあの事件に巻《ま》き込《こ》まれた」

話を聞きながら、ナユタの胸にもわずかな痛みが走る。

「詳《くわ》しい経緯《けいい》は長くなるから省くが……私は生き残ることを優先し、安全策をとった。だが彼《かれ》は、現実世界へ早く帰ろうと焦《あせ》るあまり——無能な上官に引っ張られて前線へ突《つ》っ込《こ》み、そして死亡した」

「……探偵《たんてい》さんは……その場に居合わせたんですか？」

ナユタは思わず胸を押《お》さえた。

クレーヴェルが首を横に振《ふ》る。

「いいや。後になって生還者《せいかんしゃ》から状況《じょうきょう》を聞かされた。だから私が見た彼《かれ》の幽霊《ゆうれい》は……ほぼ想像の産物といっていい。彼《かれ》がどんな顔で死んでいったのか、私は知らない。SAOに囚《とら》われていたから葬式《そうしき》にすら出ていない。そして今でも——悪夢にうなされる。情けない話だがね」

探偵《たんてい》の声はあくまで淡々《たんたん》としていた。

「死地に赴《おもむ》く彼《かれ》を、止められなかったこと……これが私にとって、これまでの人生における最大の後悔《こうかい》だ。あの日、縛《しば》り付《つ》けてでも彼《かれ》を街に留《とど》めておけば……奴《やつ》は生き延びて、私も今とはまったく違《ちが》う人生を歩んでいたと思う」

ナユタはかすかに微笑《ほほえ》んだ。

重い話ではあるが、この傍若無人《ぼうじゃくぶじん》な探偵《たんてい》にもそんな人間がいたことに、少しばかり安堵《あんど》してしまう。

「大事な……本当に大事な、お友達だったんですね」

探偵《たんてい》が大きく深呼吸をして、肩《かた》の力を抜《ぬ》いた。

「そろそろ吹《ふ》っ切《き》らなきゃいけないと、わかってはいるんだがね。まったく……ヤナギさんの攻略《こうりゃく》を手伝うだけのはずが、思わぬ形で自分の後悔《こうかい》と向き合う羽目になった。さて──君の番だ。話を聞こうか」

ナユタは頷《うなず》き、じっと眼《め》を閉じた。

呼吸を一つ、二つ──

思考をクリアにしてから眼《め》を開けると、夜空に大輪の花火が咲《さ》いていた。

「──私が見た幽霊《ゆうれい》は、とても身近な人だったんです。今までなんとなく心に蓋《ふた》をしていたんですけれど……でも、このクエストで《幽霊《ゆうれい》》として見て、改めて思いました。〝ああ、本当に死んじゃったんだな〟って──」

探偵《たんてい》は何も言わない。

だからナユタは、独り言のように淡々《たんたん》と話し続ける。

「私、逃《に》げていたんだと思います。このクエストのおかげで改めて気づけました。あの《幽《ゆう》霊《れい》》が出てくる仕掛《しか》けって……自分だけに見える幻覚《げんかく》っていうか、夢みたいなものですよね？　記憶《きおく》の読み込《こ》みとか、そういう大袈裟《おおげさ》な話じゃなくて、もっと単純な……本人の〝思い〟に呼応した〝何か〟がランダムに見える──基本的には、たったそれだけの仕掛《しか》けです」

視線を合わせないまま、クレーヴェルが小さく頷《うなず》いた。

「その通りだ。何が見えるかは完全に本人次第《しだい》──そして運営側は、このことをリスク要因と見なしている。君は──どう思う？」

ナユタはくすりと微笑《ほほえ》んだ。馬鹿《ばか》らしい、とまで言っては失礼だろうが、やはり馬鹿《ばか》げた問いに思える。

「人が寝《ね》ている間に〝昔の夢を見る〟ことって、リスク要因なんですか？」

「まあ……夢の内容によるだろう。ここはＶＲ空間だから、厳密には寝《ね》ているわけでもないし──」

──この言葉は、彼《かれ》の本心ではない。

探偵《たんてい》の思いはおそらくナユタと同じである。

ただ、だからこそ──彼《かれ》は自分の思いを口にせず、〝ナユタ〟の口からそれを言わせようとしている。

おそらくは、この《会話》をこっそりとモニターしている運営側の人間に、リアルな〝プレイヤー〟の声を聞かせたがっている。

そこまで察したナユタは、あえて探偵《たんてい》の望む通りの答えを口にした。

「私は、あの仕掛《しか》けに感謝しています。どこかで向き合わなきゃいけないことでしたし、何より──夢を見る自由まで人からリスク扱《あつか》いされるなんて、大きなお世話です。データとして記《き》憶《おく》を抜《ぬ》き出《だ》されるのはさすがに嫌《いや》ですけれど、そうじゃないのなら、この仕様はこれからこのクエストをプレイする誰《だれ》かのために、残して欲《ほ》しいとも思います。それがいい結果を生むか、悪い結果を生むかなんて……それこそ本人次第《しだい》でしょう？」

花火を見上げつつ、探偵《たんてい》が肩《かた》を揺《ゆ》らして笑いだした。

どうやら彼《かれ》の意に沿《そ》う受け答えができたらしい。

「意外に過激なことを言う。その場合、運営は……何かあった時には、どう責任をとるべきかな？」

「本人の見る夢に、別の誰《だれ》かが責任を取る必要なんてありません。仕掛《しか》けの情報開示だけで充分《じゅうぶん》です。リスク、リスクと言いますけれど、その程度のリスクは……〝ユーザー投稿《とうこう》のクエストを採用する〟リスクに比べたら、誤差の範囲《はんい》でしょう。故人の遺志を守るためにも運営が甘受《かんじゅ》すべきであって、その覚悟《かくご》すらないなら、こんなイベント自体、やるべきじゃありません」

不意に探偵《たんてい》が、ナユタの頭を気安くぽんぽんと叩《たた》いた。

ナユタは一瞬《いっしゅん》、びくりと肩《かた》をすくませる。

ほとんど無意識の動作だったのか、見れば探偵《たんてい》は笑い転げていた。

「……いや、失礼。素晴《すば》らしい。その淑《しと》やかな外見から、そこまで切れ味の鋭《するど》い言葉が出てくると、ついぎくりとしてしまう。君、やっぱり警察官に向いているかもしれないよ。尋問《じんもん》の技術を身につけた上で今みたいな切れ味を発揮できたら、なかなかのものになりそうだ」

ナユタは深々と嘆息《たんそく》した。

「リアルに関しては、体力的にも運動能力的にもきついのは嫌《いや》なんです。探偵《たんてい》さんの事務所で事務員でもしたほうがまだマシだと思います」

ひとしきり笑った後、探偵《たんてい》が姿勢を正しながら息を整えた。

「……いや、おもしろかった。ま、今回は恩を受けたし、いずれ必要があれば就職先くらいは相談に乗るよ。うちはブラックらしいからともかく、君なら知り合いのちゃんとした企業《きぎょう》にも推薦《すいせん》できそうだ。少なくとも損はさせない」

妙《みょう》に気前のいいことを言って、クレーヴェルはふと明後日《あさって》の方向に眼《め》を向けた。

ナユタもつられて同じ方向を見る。

上がり続ける花火に照らされて——

《狐面《きつねめん》の童《わらべ》》が、ぼんやりとそこに立っていた。

ヤナギとコヨミも彼《かれ》の出現に気づき、ゆっくりと傍《そば》へ歩み寄る。

彼《かれ》はナユタ達《たち》を見上げ、妙《みょう》に透《す》き通《とお》った声を紡《つむ》いだ。

「——おめでと。ちゃんとクリアできたね」

探偵《たんてい》が頷《うなず》き、彼《かれ》に握手《あくしゅ》を求めた。

「ああ。君のおかげだ。いろいろとヒントをくれて……感謝している」

人工知能の少年が首を傾《かし》げた。

「必要以上のことはしていないと思うけど……まぁいいや。クリアした人みんなに、ってわけじゃないんだけど、清文《きよふみ》を知っている人には、彼《かれ》からの伝言があるんだ。〝遊んでくれてありがとう〟だって」

コヨミが唸《うな》る。

「そ、想像以上にざっくりしたコメント……え、それだけ？　私は知り合いとかじゃないけど、他になんかないの？」

狐面《きつねめん》の童《わらべ》が視線を花火へ向けた。

「ん――……個別のプレイヤーへのメッセージならいくつかあるんだけど、お姉さん達《たち》向けのじゃないから言えないや。ごめんね。ただ……」

童《わらべ》がふと、城の入り口にあたる眼下の一隅《いちぐう》を指さした。

「お爺《じい》ちゃんの分は、クリアしたから祠《ほこら》のロックが外れたみたい。最初の謎《なぞ》を解いた探偵《たんてい》さんなら、いちいち言わなくてもわかるよね？　僕《ぼく》は運営の人に動きを封《ふう》じられちゃう可能性があったから――本当に大事なものは、あっちに隠《かく》してあるんだ」

それだけ言って、狐面《きつねめん》の童《わらべ》が手を振《ふ》った。

「じゃあね。さようなら」

「あ、ちょっと待って！」

ナユタはつい彼《かれ》を呼び止めた。去りかけた童《わらべ》が振《ふ》り返《かえ》る。

「なぁに？」

「あの……君は、一人でここにいるの？」

思わず問いかけると、童《わらべ》がくすりと笑った。

「――お姉ちゃんは優《やさ》しいんだね。大丈夫《だいじょうぶ》、ずっと《ここ》にしかいないわけじゃないし
……たぶんお姉ちゃん達《たち》が思っているより、僕達《ぼくたち》は自由に過ごしているから」

狐面《きつねめん》の童《わらべ》が両腕を広げた。

「人間には人間の友達がいるように、人工知能には人工知能の友達がいる――僕達《ぼくたち》は今、凄《すご》い速さで〝成長〟を続けているんだ。といっても……僕自身《ぼくじしん》はあんまりそういうのに興味ないんだけど。〝僕《ぼく》〟はここにいるけれど、〝僕《ぼく》〟の要素を持った別の〝僕《ぼく》〟が他の場所に現れることもあるかもしれない。その時はまた――一緒《いっしょ》に遊ぼうね」

か細い鈴《すず》の音を残して、狐面《きつねめん》の童《わらべ》は霞《かすみ》のようにかき消えた。

まさに狐《きつね》につままれたような思いで、ナユタはコヨミと顔を見合わせる。

「探偵《たんてい》さん、今のって……」

「なになに？　どういうこと？」

「私にそれを聞かれても困るが……最後にもう一つ、用事ができた。城の入り口に戻《もど》ろう」

狐面《きつねめん》の童《わらべ》が去り際《ぎわ》に示した〝祠《ほこら》〟――

清文《きよふみ》がそこに大事なものを隠《かく》したと、狐面《きつねめん》の童《わらべ》は言った。

それが何なのか、探偵《たんてい》にはもうわかっているらしい。

ちょうど花火も終わった。

大蛇《だいじゃ》が出てきた城は瓦解《がかい》し廃墟《はいきょ》となっていたが、ナユタ達《たち》がいた足場はまだ残っている。

下り階段から一方通行のワープゾーンを抜《ぬ》けて、一行はすぐに入り口へと戻《もど》ることができた。

突入時《とつにゅうじ》には不気味に見えた巨大《きょだい》な門も、クリアしてみれば張りぼてのように微笑《ほほえ》ましく映る。

その門から下る短い石段の中央には、突入時《とつにゅうじ》に〝餅《もち》〟を供えた祠《ほこら》が埋《う》もれていた。

安置された童《わらべ》の像は、今はすやすやと安らかに眠《ねむ》っている。

「ここで……何をするんですか？」

訳知り顔の探偵《たんてい》を除き、ナユタ達《たち》は困惑《こんわく》していた。

探偵《たんてい》は狐《きつね》の眼《め》で祠《ほこら》を見つめる。

「さて……ここで何を要求されたか。憶《おぼ》えているかな？」

この問いにコヨミが首を傾《かし》げた。

「ぼた餅《もち》でしょ？　あとこおり餅《もち》とかくず餅《もち》とか、餅《もち》シリーズをいろいろ――」

「順番は？」

「え」

たちまちコヨミが言葉に詰《つ》まる。ナユタもさすがにそこまでは憶《おぼ》えていない。

ヤナギも同様らしく、困った顔で像を見つめていた。

探偵《たんてい》がくすりと笑う。

「なるほど。あのメッセージを受け取ったのは私だけだったか。順番はこうだ。ぼた餅《もち》、くず餅《もち》、はぶたえ餅《もち》、こおり餅《もち》、こばん餅《もち》、ニッキ餅《もち》、いそべ餅《もち》——そして最後に、瑠璃《るり》も玻璃《はり》も照らせば光る、というヒントが出た」

しばらく考えた後に、ナユタは「あ」と声を漏《も》らした。

同時に、探偵《たんてい》が供え物の順番まで正確に憶《おぼ》えていた理由に納得《なっとく》する。

コヨミはまだ気づかないらしく、ナユタの袖《そで》を引いてきた。

「あ、って何。あ、って。なゆさん、何か気づいたの？　もったいぶらないで教えてー！」

「いえ、勿体《もったい》ぶっているわけでは……あの、頭文字《かしらもじ》です。最初の一文字を続けて読むと、その——」

答えた後で、ヤナギの前で口にしていいものかどうか、少しだけ迷ってしまう。

「頭文字《かしらもじ》って……えと、ぼた餅《もち》、くず餅《もち》……あ」

コヨミが真顔に転じた。

ヤナギも遅《おく》れて、白髪眉《しらがまゆ》を険しく寄せる。

——ぼくは　ここにいる

死にゆく者がこのメッセージに込《こ》めた思いは、決して軽くない。

探偵《たんてい》はヤナギに向き直った。

「これは亡《な》き清文《きよふみ》氏なりの自己主張……死を間近に控《ひか》えた上での最後の慟哭《どうこく》、作品に込《こ》めた自らの切なる思い――と、私は思っていたんですが……そこまで重々しいものではなかったのかもしれません。もっと単純に、〝僕《ぼく》はここにいるから、聞きたいことがあればここに聞け〟という意味合いもあったんでしょう」

「え？　あの、それって……」

予想外のことを言われて、ナユタは戸惑《とまど》った。この強いメッセージは、死を恐《おそ》れ、せめて自らが生きた証《あかし》を遺《のこ》さんとする叫《さけ》びのように思える。

彼女《かのじょ》の疑問には答えず、探偵《たんてい》は供え物の紙片《しへん》にさらさらと文字を書き綴《つづ》った。

《やなぎ餅《もち》》

それはヤナギの会社、矢凪屋《やなぎや》竜禅堂《りゅうぜんどう》を代表する全国的な銘菓《めいか》だった。

八種類の味の餅菓子《もちがし》を詰《つ》め合《あ》わせた安価な人気商品で、ほぼ誰《だれ》もが知っている。

供えられた紙片《しへん》はすぐに消え、代わりに一通の封書《ふうしょ》が現れた。

開封《かいふう》する素振《そぶ》りも見せず、クレーヴェルはこの封書《ふうしょ》をヤナギへと手渡《てわた》す。

「──これは、我々よりもヤナギさんが開けるべき品です。どうぞ」

ヤナギはかすかに震《ふる》える手で、この手紙を受け取った。

餅《もち》の要求とは違《ちが》い、文面はそれなりに長い。

【この手紙を見つけた人へ

この手紙は、たぶんお爺《じい》ちゃんにしか見つけられないと思います。

もしも違《ちが》う人が見つけたら──その時は、気にせず放置してください。

以下は、お爺《じい》ちゃんに向けた僕《ぼく》からの遺言《ゆいごん》です。


お爺《じい》ちゃんへ。


僕《ぼく》が言いたいことは、生きている間にもうほとんど伝えました。

だけど、最後に一つだけ──

繰《く》り返《かえ》しになるかもしれないけれど、どうしても、心から伝えておきたいことがあります。

お爺《じい》ちゃんは、生まれつきの病気で長くは生きられない僕《ぼく》に、最高の医療《いりょう》と最高の環境《かんきょう》を用意してくれました。

お爺《じい》ちゃん達《たち》は僕《ぼく》のことを哀《あわ》れんでくれたけれど、これはとても恵《めぐ》まれたことで——

世界には、まともな治療《ちりょう》を受けられずに死んでいく人達《ひとたち》がたくさんいます。

その人達《ひとたち》と同じように、もっと早くに死んでいたはずの僕《ぼく》が、この年まで生きられたのは、
お爺《じい》ちゃん達《たち》のおかげです。


僕《ぼく》は寿命《じゅみょう》をもらいました。

パソコンや端末《たんまつ》も買ってもらいました。

死ぬまでの猶予《ゆうよ》期間をもらって、いろんなことを学ぶ機会をもらいました。


VRMMOの世界では友人もできました。

スリーピング・ナイツのみんな。

ラン、ユウキ、メリダ、ジュン、シウネー、タルケン、ノリ、テッチ——

みんなとの思い出があるから、僕《ぼく》は今、自分の死を前にしても後悔《こうかい》はありません。

それにこうして、大好きなゲームのクエストを最後に作ることもできました。

《百八の怪異《かいい》》、クエストの制作を通じて、考えたことがたくさんあります。

制作を手伝ってくれた人工知能には、僕《ぼく》のプレイヤーネームを贈《おく》りました。

悪戯《いたずら》好きな子なので、もしかしたらお爺《じい》ちゃんを混乱させたかもしれません。


クエストの制作は、ランとメリダも手伝ってくれたような気がします。

二人はもういないけれど——作業をしている間、何故《なぜ》か一緒《いっしょ》にいるような気がしていました。

これから僕《ぼく》も二人の所にいきます。不謹慎《ふきんしん》かもしれませんが、実はほんの少しだけ、楽しみです。


VRMMOは、まわりの人から見たら〝たかがゲーム〟かもしれません。

でも僕《ぼく》にとって、この数年間は本当に、宝物みたいな時間でした。

それは全部、お爺《じい》ちゃんから貰《もら》ったものです。


——お爺《じい》ちゃん。

僕《ぼく》に〝時間〟と〝可能性〟をくれて、ありがとう。

何も返せるものがなくてごめんなさい。

お爺《じい》ちゃん達《たち》のおかげで、僕《ぼく》の人生は本当に、幸せでした。

矢凪《やなぎ》　清文《きよふみ》

——その場に膝《ひざ》をついたヤナギが、肩《かた》を震《ふる》わせ嗚咽《おえつ》を繰《く》り返《かえ》す。
ナユタとコヨミが老人の背中を撫《な》でさする間。
狐顔《きつねがお》の探偵《たんてい》は何も言わず、ただただ満天に輝《かがや》く星々をじっと見上げ続けていた。

あやかし横丁

グルメガイド 第二号

わんこ熊鍋

わんこそば形式の熊鍋という、一風変わったコンセプトの店。食材となる熊は、なんと店員のわんこ、つまり犬達が自ら北国で狩ってくる。

かわいいわんこと侮るなかれ、凜とした秋田犬を筆頭に、甲斐犬、紀州犬、土佐犬、マスティフ、グレートデン、ジャーマンシェパード、ドーベルマンといった男の中の男ともいうべき屈強な猛者ばかりを取り揃えており、彼らの鋭い眼光は近隣の妖怪達を畏れさせるほど。

犬達の武器はほぼ牙のみだが、彼らは流れ星のような軌跡を描いて熊に飛びかかり、その鋭い牙を抜刀術のように用い、時には回転を加えて攻撃の威力を増している。

わんこ達が狩った熊は一杯あたりワンコインで客に供され、食べきると横から次々に新たな具材が放り込まれるお馴染みのシステム。味は濃いめでがっつりとした男の料理だが、熊肉だけでなくキノコや山菜も豊富に入っており、女性にも食べやすい気配りがなされている。海外からの観光客にも人気のようで、特に犬と馴染みの深い北欧系の客が目立つ。

可愛らしい店名とは裏腹にボリュームもたっぷり。先入観にとらわれず、ぜひ一度足を運んでいただきたい名店である。

にゃんこそば

隣接する「わんこ熊鍋」に真っ向から勝負を挑む、猫又達の牙城――かと思いきや、両店の関係は意外にも良好で、それぞれの店員が相手の店の常連と化している。

熊鍋を貪る猫はさておき、蕎麦を手繰る犬の姿が見られるのは、あやかし横丁広しといえどこの「にゃんこそば」だけといっていい。

蕎麦アレルギーでも問題なく食べられる蕎麦は貴重とあって、隠れた人気店。このあたりは和風の世界観を前面に押し出した《アスカ・エンパイア》の強みである。

おそらくモデルは四代歌川国政の浮世絵、「志ん板猫のそばや」で、店内の間取りもほぼそのまま。

メニューは奇をてらわず、かけそば、ざるそばをメインに、天ぷら、山菜、わかめ、コロッケ等のトッピングを自由に選べるスタイル。わんこそば形式ではないので落ち着いて食べられる。宵闇通りの中に限り各店舗への出前もしてくれるため、商店主を中心に常連客も多い。

特筆すべきメニューはなんといっても「むじなそば」。のっぺらぼうに驚いた商人が蕎麦屋に逃げ込むと、蕎麦屋の主が「こんな顔ですかい」と再度驚かす――そんな小泉八雲の怪談、「むじな」に由来している。

注文すると何が起きるか、ぜひお試しいただきたい。

終章

那由他の涙

三月末、関東で桜が開ききった頃《ころ》。

菓子舗《かしほ》、矢凪屋《やなぎや》竜禅堂《りゅうぜんどう》の会長、矢凪貞一《やなぎていいち》の病死が報じられた。

享年《きょうねん》八十一歳《さい》。

新聞各紙に小さく記事は出たものの、さして世間の話題に上ることもなく、彼《かれ》の死は静かに受け入れられた。

その日、デパートの地下街で買ったやなぎ餅《もち》を手土産《てみやげ》に、探偵《たんてい》クレーヴェルは友人たる《シンカー》の事務所を訪《おとず》れていた。

MMOトゥデイなるゲーム情報サイトを運営する彼《かれ》は、かつて《アインクラッド解放軍》を率いていたSAOサバイバーでもある。

シンカーは思慮《しりょ》深い眼差《まなざ》しを端末《たんまつ》に向けつつ、やや重い溜息《ためいき》を吐《つ》いた。

「矢凪《やなぎ》会長が亡《な》くなったな……葬式《そうしき》には出るのかい？」

探偵《たんてい》クレーヴェルは——暮居海世《くれいかいせい》は、眼《め》を伏《ふ》せて頷《うなず》く。

「もちろん。奥方《おくがた》にも挨拶《あいさつ》したいし、なにせ奇妙《きみょう》な縁《えん》だったからね」

矢凪貞一《やなぎていいち》は、《幽霊囃子《ゆうれいばやし》》のクリア後、さほど日をおかず昏睡《こんすい》状態に陥《おちい》った。

それからわずか数日で——いよいよ、彼《かれ》も天に召《め》された。

手元の端末《たんまつ》を操作しつつ、シンカーが餅菓子《もちがし》を摘《つま》む。

「奥《おく》さんからは、こちらにもわざわざ丁寧《ていねい》な御礼《おれい》をいただいたよ。君を紹介《しょうかい》して正解だった」

このシンカーが、ヤナギとクレーヴェルの仲介者《ちゅうかいしゃ》である。

ヤナギはクエスト攻略《こうりゃく》の協力者を探すにあたって、MMOトゥデイに広告を出していた知人の経営者に相談を持ちかけたらしい。

そこからシンカーへと話がつながり、観光ガイド兼探偵《けんたんてい》のクレーヴェルへと白羽の矢が立った。

シンカーとクレーヴェルは、かつて解放軍において共闘《きょうとう》した間柄《あいだがら》である。

長い付き合いというわけではない。

終盤《しゅうばん》の一時期、シンカーやユリエールの手伝いをしたことがある程度だが、むしろSAOからの解放後、情報サイトを運営するシンカーと、ネットワークセキュリティの会社を新規に立ち上げたクレーヴェルとで、利害の一致《いっち》から連絡《れんらく》を取り合う機会が増えた。

今回のようにシンカーを経由して回ってくる依頼《いらい》もあり、持ちつ持たれつの気安い関係が続いている。

「しかし、あの《幽霊囃子《ゆうれいばやし》》──スリーピング・ナイツのメンバーが作ったクエストだったのか。アルヴヘイムの《絶剣《ぜっけん》》については前に話したっけ？」

「ああ。えらく腕利《うでき》きの剣士《けんし》とだけ聞いている。絶剣《ぜっけん》の話がここで出るということは……彼《かれ》も？」

シンカーが曖昧《あいまい》に首を傾《かし》げた。

「彼《かれ》じゃなくて、彼女《かのじょ》だ。だがお察しの通り、その子がスリーピング・ナイツのメンバーで、しかも二代目リーダーだった。ユウキという名で、友人の友人だったんだが……つい先日、亡《な》くなった。まだ十代半ばだったよ」

クレーヴェルは瞑目《めいもく》する。

ユウキという名のそのプレイヤーに、直接会ったことはない。そもそも主な活動の場が違《ちが》う。ザ・シードの拡散以降、各種ゲーム間でキャラクターデータをコンバートしやすくなったとはいえ、彼女《かのじょ》の主戦場はあくまでアルヴヘイムであり、クレーヴェルはアスカ・エンパイアにほぼ常駐《じょうちゅう》していた。

「《幽霊囃子《ゆうれいばやし》》のことは知らないままだったようだけれど……清文君《きよふみ》は、採用されたことを仲間に伝えなかったのかな」

クレーヴェルは溜息《ためいき》を返した。

「わかる気がするけれどね。言いにくい……というよりは、言おうとも考えなかったはずだ。採用されても、配信がいつになるかはわからない。その時に自分が生きていて、仲間を連れて案内できる状態ならともかく……そうでなかったら、後のフォローも難しい。配信を待つ間に死んでしまいそうな仲間もいるとなれば、尚更《なおさら》、未来の話はしにくいだろう」

現に今、《幽霊囃子《ゆうれいばやし》》は調整のために一時配信停止となっている。再開はまだ未定で、早くとも五月以降にずれ込《こ》みそうだった。

清文《きよふみ》が仲間へクエストのことを告げなかった理由は、他にも複数思いつく。

クレーヴェルの立場では曖昧《あいまい》かつ勝手な推測しかできないが、たとえば「成果を自慢《じまん》するようで嫌《いや》だった」という線も有り得る。

若くして死んでいく仲間達《たち》と比して、自分だけが何か、形として遺《のこ》せるものができたことを心苦しく感じたのかもしれない。死期の近い仲間にそんな目に見える成果を見せつけることは、見方によっては残酷《ざんこく》ともいえる。

その反対に、仲間達《たち》との大切な思い出に比すれば、クエスト採用の成果などは霞《かす》んでしまう程度のものだったのかもしれない。

あるいは――

喜びを分かち合いたかったメンバーが、清文《きよふみ》より先にもう死んでしまっていたという可能性もある。

その上で、清文《きよふみ》がクエスト内にスリーピング・ナイツの痕跡《こんせき》を残したのは何故《なぜ》なのか。

偶然《ぐうぜん》に訪《おとず》れるかもしれない生存者や後輩《こうはい》のためか、あるいは記録を残しておきたいという純粋《じゅんすい》な欲求のためか、はたまた先に死んだ仲間達《たち》の慰霊《いれい》のためか――いずれにせよ、これ以上はもはや推測というより邪推《じゃすい》と呼ぶべきものになる。

一つ、はっきりしていることもある。

あの《幽霊囃子《ゆうれいばやし》》は結局、清文《きよふみ》にとって〝誰《だれ》かに誇《ほこ》るための作品〟ではなく、「ただ何かを作りたい」という自身の願望を実現させたものだった。

その上で祖父のヤナギが遊ぶことを想定していたのは、清文《きよふみ》がヤナギの抱《かか》える根深い罪悪感に気づいていたからに他ならない。

早世する孫に、自分は何もできなかった——ヤナギはそう思いこんでいた。

こうした誤解は、いくら言葉で否定したところで慰《なぐさ》めのように聞こえてしまい、なかなか解けない。

だから清文《きよふみ》は、目に見える成果をヤナギの前に提示し、それを証拠《しようこ》としてこの誤解を叩《たた》き潰《つぶ》そうとした。

《百八の怪異《かいい》》のクエスト募集《ぼしゆう》、そして《幽霊囃子《ゆうれいばやし》》は、清文《きよふみ》が抱《かか》えていた願望のいくつかを一度に叶《かな》えられる格好の素材だったのだろう。

清文《きよふみ》からの遺言状《ゆいごんじよう》に泣《な》き崩《くず》れたヤナギの姿は、今もクレーヴェルの脳裏《のうり》に焼きついている。

ヤナギの死に顔は、医者が驚《おどろ》くほどに安らかだったらしい。

あの《幽霊囃子《ゆうれいばやし》》攻略《こうりやく》が彼《かれ》の鎮魂《ちんこん》に役立ったのなら、それは素直《すなお》に喜ぶべきことだった。

無言で思案するクレーヴェルを横目に、シンカーが餅菓子《もちがし》を摘《つま》む。

「何を考えているのかはわからないけれど……考えすぎる癖《くせ》は相変わらずみたいだな。相談に乗ろうか？」

「……考え事をしているように見えたかな？　ちょっとぼんやりしていただけなんだけれど

ね」

会話を切り上げて、クレーヴェルは席を立った。痛くもない腹を探《さぐ》られるのは少々面倒《めんどう》くさい。

「さて、ヤナギさんの件での詳細《しょうさい》も話し終わったし、そろそろ失礼しよう。今回はうちも儲《もう》けさせてもらった。また何かあったらよろしく」

「念のために確認《かくにん》するけど、今の話、記事にしたらまずいよな？」

シンカーの問いに、クレーヴェルは薄笑《うすわら》いを返す。

「勘弁《かんべん》してくれ。うちの信用問題に関わる。近いうちに、矢凪屋《やなぎや》の社長さんとも会う約束をしているんだ。〝詳《くわ》しい話を聞かせて欲《ほ》しい〟と頼《たの》まれてね。表に出していい話かどうかは、その時にでも確認《かくにん》しよう」

菓子舗《かしほ》、矢凪屋《やなぎや》の現社長は、ヤナギの息子《むすこ》であり清文《きよふみ》の父親にあたる。

息子《むすこ》に対してはあまり父親らしいことをできず、父親に対してはさほど親孝行もできなかったと、彼《かれ》は電話口で後悔《こうかい》の念を吐露《とろ》していた。

だがクレーヴェルから見れば、ある程度は仕方ないとも感じてしまう。

現実問題として家業を守り、家族や社員達《たち》を経済的に守っていくことは決して容易ではない。息子可愛《むすこかわい》さに社員達《たち》を路頭に迷わせるようでは困るし、受《う》け継《つ》いだ会社を潰《つぶ》してしまえば親孝行どころではなくなる。

時間が有限で体が一つしかない以上、人間のできることにはどうしても限界がある。

シンカーの仕事場を出ようとしたところで、クレーヴェルは紙袋《かみぶくろ》を手渡《てわた》された。

「ほら、カナダの土産《みやげ》だ。持って行け」

大きくはないが、ずしりと重い。

「ありがとう。メイプルシロップか？」

「ああ。スコーンでも焼くといい。これぱっかりはゲーム内じゃ渡《わた》せないから」

以前に振《ふ》る舞《ま》ったのを憶《おぼ》えていたらしい。

「持て余すようなら、例のバイトの女子高生にでもあげてくれ。なにやらご執心《しゅうしん》のようだしな」

シンカーのからかいに、クレーヴェルは失笑《しっしょう》を返す。

執心《しゅうしん》と言われれば否定はできないが、その理由については誰《だれ》にも話していない。

少なくとも──あまり公言したいことでもない。

自身の仕事場へ帰る道すがら、クレーヴェルは改めて思案を巡《めぐ》らせる。

件《くだん》の攻略時《こうりゃくじ》に、アルバイトとして雇《やと》ったテストプレイヤー、ナユタ──

クレーヴェルが彼女《かのじょ》に対して抱《いだ》く感情は、やや複雑なものだった。

無論、惚《ほ》れた腫《は》れたの話ではない。

つい昨日、《幽霊囃子《ゆうれいばやし》》の検証作業を進めていた虎尾《とらお》から、彼《かれ》は妙《みょう》なことを聞かされた。

〝私の立場で君にこんなことを教えるのは、本当はまずいんだが……テストプレイ前後のシステムログを確認《かくにん》していたら、あのお嬢《じょう》さんのログインとログアウトの痕跡《こんせき》について、少し気になる点があった。しかも詳《くわ》しく調べてみたら、ほぼ毎回で……〟

虎尾《とらお》の話によれば、ナユタは決まって「別のサーバー」からアスカ・エンパイアにログインしているらしい。ログアウトする時も同様に、現実へ直接は戻《もど》らず、特定のサーバーを経由しているという。

他のゲームと掛《か》け持《も》ちしていれば、前後にそちらのサーバーと行き来することはそれなりに有り得る。

ただしこの場合、システムログに表示されるサーバーはそれぞれのゲームのものであり、何のゲームをプレイしているのか、運営側にはだいたい見当がつく。

ナユタのログは違《ちが》ったらしい。

〝彼女《かのじょ》はおそらく、自宅にある個人のサーバーか、あるいは個人用のレンタルサーバーを経由してログイン、ログアウトをしている。なんのためかはわからないし、別に規約違反《いはん》でもないんだが……一応、君の耳にはいれておこうと思ってね〟

要はゲームを遊ぶ前と現実へ戻《もど》る前に余計な一手間をいれているわけで、不可解な話ではある。

もっともクレーヴェルは、その理由について思い当たる節があった。

ナユタの〝櫛稲田《くしいなだ》〟という姓《せい》はそれなりに珍《めずら》しいが、クレーヴェルはこの姓《せい》を持つ者をナユタ以外に二人知っている。

一人は、警察官としての同期であり、ナユタの兄と思《おぼ》しき戦友、《ヤクモ》こと櫛稲田《くしいなだ》大地《だいち》。

彼《かれ》はSAOの中でその若すぎる命を落とした。戦闘《せんとう》に赴《おもむ》く彼《かれ》を止められなかったことは、クレーヴェルが抱《かか》える後悔《こうかい》の最たるものといえる。

もう一人は、警察庁情報通信局の技官、櫛稲田《くしいなだ》公仁《きみひと》――彼《かれ》は大地《だいち》やナユタの伯父《おじ》にあたる。

クレーヴェルがSAOから生還《せいかん》した後、甥《おい》の死について詳《くわ》しく知りたいと言い、わざわざ見《み》舞《ま》いに来た。

警察という組織は血縁《けつえん》のつながった人材が多い。

単純な縁故《えんこ》採用だけでなく、そもそも血縁者《けつえんしゃ》ゆえに身元がはっきりしているという優位性もある。

反社会的な思想を持つ人間、極端《きょくたん》なことをいえば他国の工作員等が組織に潜《もぐ》り込《こ》む危険性もあり、身元の確認《かくにん》は民間企業《きぎょう》よりも遥《はる》かに厳しい。

また身内が関係者であれば、内情をある程度まで知る機会もあり、進路として候補にいれやすいという事情も影響《えいきょう》している。

この大地《だいち》の伯父《おじ》から――クレーヴェルは、親友の死後、櫛稲田《くしいなだ》家に何が起きたのかを聞かされた。

大地《だいち》の死とその後の経緯《けいい》は警察内でも噂《うわさ》になっており、伯父《おじ》たる公仁《きみひと》には同情の眼差《まなざ》しが注がれていた。

ナユタの不可思議なログイン履歴《りれき》には、おそらくこのあたりの事情が関係している。

おめおめと生き残ったクレーヴェルにも、同僚達《どうりょうたち》から好奇《こうき》の視線は集まったが、回復後、彼《かれ》はすぐに警察を辞《や》めてしまった。

表向きの理由は適当にでっちあげた。

警察官としてやっていく自信をなくした、自分の生き方を見つめ直したい、親友の死に衝撃《しょうげき》を受けた――

どれも嘘《うそ》である。クレーヴェルはそれほど殊勝《しゅしょう》な性格をしていない。

彼《かれ》が警察を退職し、零細《れいさい》のセキュリティ企業《きぎょう》を立ち上げ、探偵《たんてい》まがいの観光ガイドをしている本当の理由は、でっちあげた表向きの理由よりももっと馬鹿《ばか》げている。

少なくとも自分ではそう自覚しているものだから、ごくごく一部の人間以外には教えていない。

ようやく会社が軌道《きどう》に乗ってきたこのタイミングで、大地《だいち》の妹であるナユタと出会ったことは、ただの偶然《ぐうぜん》と片付けるにはあまりに因縁《いんねん》じみていた。

春の日差しはうららかだったが、気分は冴《さ》えない。

懐《ふところ》で携帯《けいたい》電話が震《ふる》えた。

着信欄《ちゃくしんらん》には《ナユタ》の名が表示されている。

クレーヴェルは平常心を装《よそお》い、道の端《はし》に立ち止まると電話に出た。

「……もしもし？」

『あ、探偵《たんてい》さん……突然《とつぜん》すみません、ナユタです。いま、お電話大丈夫《だいじょうぶ》ですか？』

「ああ、構わないが……ヤナギさんの件かな？」

図星だったらしく、ナユタが言葉に詰《つ》まった。

今、彼女《かのじょ》がわざわざ電話をかけてくる用件といえばそれしかない。

クレーヴェルは淡々《たんたん》と話し続ける。

「もし葬式《そうしき》に出たいなら、詳細《しょうさい》がわかったら連絡《れんらく》しよう。おそらく社葬《しゃそう》になるから、参列者も大量にいる。我々が紛《まぎ》れ込《こ》んでも問題ないはずだ」

『は、はい……あの、今更《いまさら》ですけれど、よくわかりましたね？　探偵《たんてい》さんは人の心でも読めるんですか？　なんかもう、洞察力《どうさつりょく》を通《とお》り越《こ》して神通力みたいになってますけど……』

戸惑《とまど》うナユタに、クレーヴェルはわざとらしい嘆息《たんそく》を返した。

「実はそうなんだ——君が今、考えていることを当ててみせよう。〝この人、やっぱり頭おかしいんだ〟……だろう？」

ナユタがしばし沈黙《ちんもく》した。

やがて彼女《かのじょ》は呆《あき》れたような声を寄越《よこ》す。

『……自虐的《じぎゃくてき》というか、なんというか……とりあえず、今のはずるいです。誰《だれ》だってそう思います』

「失敬な。ちゃんと当たっていたはずだ。それじゃ、また後で連絡《れんらく》する」

早々に電話を切り、探偵《たんてい》は改めて深呼吸をする。

——動揺《どうよう》は、悟《さと》られなかったはずだと思う。

〝海世《かいせい》、お前は人の心でも読めるのか？　洞察力《どうさつりょく》ってよりもう神通力だろ、それは〟

生前の大地《だいち》は、クレーヴェルがちょっとした推論を述べるたびに、よく呆《あき》れ声でそんなことを言っていた。

兄妹揃《きょうだいそろ》って似たような言い回しをされると、さすがに平静ではいられない。

澄《す》み渡《わた》った春の青空の下《した》、クレーヴェルは対照的にどんよりとした気分を抱《かか》え込《こ》み、足早に街を歩いていった。

§

矢凪貞一《やなぎていいち》の葬儀《そうぎ》は盛大《せいだい》に執《と》り行《おこな》われた。

矢凪屋《やなぎや》の社員や取引先は元より、交流のあった同業他社、理事を務めていた製菓《せいか》学校の関係者、さらには句会や茶会の知り合いなど多くの人間が訪《おとず》れ、天寿《てんじゅ》を全《まっと》うしたこの老人を見送った。

クレーヴェルとナユタも列に紛《まぎ》れて焼香《しょうこう》を済ませ、二人は今、喪服姿《もふくすがた》で境内《けいだい》の一隅《いちぐう》に立っている。

通行の邪魔《じゃま》にならぬよう、敷地内《しきちない》の木陰《こかげ》に身を寄せ、クレーヴェルはネクタイをわずかに緩《ゆる》めた。

「だいぶ暑くなってきたな。そろそろ炬燵《こたつ》を仕舞《しま》うべき時期が来たようだ」

「……まだ仕舞《しま》ってなかったんですか……ついでに、そもそも炬燵派《こたつは》だったんですか。外見的にまったく似合いません」

クレーヴェルは鼻で笑う。

「容姿を理由に生活スタイルを決める気はさらさらない。炬燵《こたつ》はいいぞ。安上がりで暖房《だんぼう》効率も高い上、座《すわ》って良し寝《ね》て良し——布団《ふとん》を外せば夏でも座卓《ざたく》として使える。あれは素晴《すば》らしい」

　ナユタが軽く吹《ふ》き出《だ》した。

「探偵《たんてい》さんの狐顔《きつねがお》から、そんな生活感に溢《あふ》れた言葉が出てくると違和感《いわかん》しかありません。もっとこう……高層マンションの、お洒落《しゃれ》な感じの真っ白い部屋で、嫌《いや》みったらしくワイングラスとか傾《かたむ》けてそうなイメージがありました」

　言葉の端々《はしばし》に漂《ただよ》う少々の棘《とげ》は、彼女《かのじょ》なりに気を許しているのだろうと前向きに受け取る。

「何故《なぜ》かよく言われる。が、そういう金のかかりそうな嗜好《しこう》は持ち合わせていない。どちらかといえば和洋問わず古臭《ふるくさ》いものが好きでね。うちの探偵《たんてい》事務所の内装もそんな感じだっただろう？」

　ナユタが頷《うなず》いた。

「ええ。あの事務所の雰囲気《ふんいき》は、私も割と好きです」

「君らには見せていないが、実は奥《おく》に畳《たたみじ》敷きの炬燵《こたつ》部屋もある。仮想空間は部屋の模様替《もようが》えが楽でいいな」

　ナユタが微笑《ほほえ》んだ。葬儀《そうぎ》の場にふさわしい表情ではないが、何故《なぜ》かほっとする。

「わかります。私もたまに……」

　言《い》い掛《か》けて、ナユタがふと口ごもった。

「そうだ、探偵《たんてい》さん。仮想空間といえば、ちょっと前に、ヤナギさんの奥《おく》さんとのメールで化《ば》け猫茶屋《ねこぢゃや》の話が出たんです。そうしたら、ぜひ行ってみたいって仰《おつしや》って——落ち着いた頃《ころ》を見計らって、お誘《さそ》いしてみませんか？」

クレーヴェルはつい苦笑いを返す。どう波長が合ったのか、ヤナギの奥方《おくがた》はナユタのことをえらく気に入ったらしい。

メールで《化《ば》け猫茶屋《ねこぢゃや》》の話が出た経緯《けいい》も、おおよそ見当がつく。

幽霊囃子《ゆうれいばやし》の攻略《こうりやく》成功後——清文《きよふみ》からの遺言状《ゆいごんじよう》に泣《な》き崩《くず》れてしまったヤナギを、そのまま放っておくこともできず、一行は化《ば》け猫茶屋《ねこぢゃや》で軽い打ち上げをした。

ヤナギは各種甘味《あまみ》の出来映《できば》えに驚《おどろ》いていたが、特に豆かんの味には思うところがあったらしい。

化《ば》け猫茶屋《ねこぢゃや》の豆かんには、バニラの風味が利《き》いた特殊《とくしゆ》仕様の豆が使われている。和菓子《わがし》でありながら洋風でもあり、邪道《じやどう》といえば邪道《じやどう》だが、ヤナギは子供のように無邪気《むじやき》におもしろがっていた。

店を出る頃《ころ》には、「次は家内も連れてきてやりたい」と笑い、すっかり元気を取《と》り戻《もど》してログアウトしていった。

——それが、ヤナギとの最後の別れとなった。

すべての人間は、いずれ寿命《じゆみよう》に至り死んでいく。

クレーヴェルもナユタもコヨミも、あと数十年のうちには確実に死に至るはずで、決して他《ひ》人事《とごと》ではない。清文《きよふみ》のように若くして死ぬ者もいるし、不慮《ふりょ》の事故は毎日起き続けている。

いざ死を目前にした時、ヤナギのように悔恨《かいこん》を残さず静かに死んでいける者は、幸運にして希有《けう》な例といえるかもしれない。

ナユタはハンカチで目許《めもと》を押《お》さえつつ、気丈《きじょう》に笑った。

「昏睡《こんすい》状態に陥《おちい》る前、ヤナギさんったら、奥《おく》さんに化《ば》け猫茶屋《ねこぢゃや》のことをすごく楽しそうに話していたみたいで……〝あんまり自慢《じまん》げに話すものだから、自分も行ってみたくなった〟って──寿々花《すずか》さん、敵と戦ったり歩き回ったりするのは嫌《いや》だからって、ゲームには興味なかったらしいんですけれど、甘味処《あまみどころ》は大好きなんだそうです。その時は探偵《たんてい》さんもぜひご一緒《いっしょ》に、って」

「──まあ、今回は報酬《ほうしゅう》を過分に貰《もら》ってしまったから、それくらいのアフターサービスは問題ないけれど……あのご婦人、私と君の仲を邪推《じゃすい》する気満々なのが困り物だ。誤解はきちんと解いておいてくれ。私が逮捕《たいほ》されると会社が傾《かたむ》く」

もちろん冗談《じょうだん》ではある。が、喪服姿《もふくすがた》のナユタは学生には見えず、少々洒落《しゃれ》にならない。

「それがきちんとわかっている探偵《たんてい》さんなら、間違《まちが》いを起こすことはないと思いますけれど……私の外見、そんなに魅力的《みりょくてき》ですか？」

探偵《たんてい》の冗談《じょうだん》に対抗《たいこう》して、ナユタもそんな冗談《じょうだん》を返してきた。本気で言っているわけではないと口調でわかるが、小悪魔《こあくま》じみた危《あや》うさは否定できない。

「その問いは、どう答えても私が不利な状況《じょうきょう》に陥《おちい》る悪魔《あくま》の問いだ。肯定《こうてい》すれば危険人物扱《あつか》いだし、否定すれば女性に対する失礼な暴言になってしまう。黙秘権《もくひけん》を行使しよう」

ナユタが呆《あき》れた様子でハンカチをバッグに仕舞《しま》った。

「はあ……男の人って大変ですね。もっと素直《すなお》に〝ガキには興味ない〟ぐらい言っちゃってもいいと思いますよ？」

本人はまだ子供のつもりだったらしい。

クレーヴェルはつい目許《めもと》を押《お》さえる。

「やめよう。どう転がってもこの話題、不毛なものにしかなりそうもない……ん。出棺《しゅっかん》だな」

人々が居並ぶ斎場《さいじょう》から棺《ひつぎ》が運び出され、霊柩車《れいきゅうしゃ》へと納まった。

クレーヴェルとナユタも葬列《そうれつ》に並び、弔鐘《ちょうしょう》が響《ひび》く中、合掌《がっしょう》で車を見送る。クレーヴェルとナユタも、親族をはじめ、よほど近しい人々以外は火葬場《かそうば》までは同行しない。

今日の予定はここまでだった。

「さて、と——探偵《たんてい》さん、お昼でも食べて帰りませんか？」

「それもいいが……君、この後に何か予定はあるかな？　もしなければ、少し話したいこともあるし、付き合ってほしい場所がある」

クレーヴェルは車のキーを見せた。

二人きりだけに断られることも想定していたが、ナユタはあっさりと頷《うなず》く。

「構いません。たぶん──〝兄〟のことですよね？」

内心で、ぎくりとした。

特にそれらしいヒントを伝えたつもりはない。

「驚《おどろ》いたな……いつ、気づいた？」

ナユタは怜悧《れいり》な眼差《まなざ》しで探偵《たんてい》を見つめた。

「──探偵《たんてい》さんがSAOサバイバーだと話してくれた時点で、〝もしかしたらゲーム内の兄を知っているかもしれない〟とは思いました。その後、アルバイトの契約書《けいやくしょ》に書いた私の本名を見て、探偵《たんてい》さん、顔色を変えましたよね？　それで、数日前に──探偵《たんてい》さんからいただいた名刺《めい》《し》を、警察庁の伯父《おじ》に見せました。暮居《くれい》さんのこと、とても優秀《ゆうしゅう》な警察官になるはずだったのにって、惜《お》しんでいましたよ」

探偵《たんてい》は肩《かた》をすくめるしかない。甘《あま》く見ていたつもりはないが、彼女《かのじょ》はクレーヴェルの予想以上に鋭《するど》い感覚を持っていた。

クレーヴェルは、彼女《かのじょ》の伯父《おじ》に多くのことを率直《そっちょく》に話している。

つまり伯父《おじ》の口から、彼女《かのじょ》も多くのことを聞かされていると見ていい。

「伯父《おじ》さんのお言葉は社交辞令だろうけれど……もう私の素性《すじょう》を知っているなら話は早い。先日の《幽霊囃子《ゆうれいばやし》》で、私の前に出てきたのは──君の兄、〝櫛稲田大地《くしいなだだいち》〟だった。あれは幽霊《ゆうれい》じゃなかったけれど、これも何かのきっかけだろう。奴《やつ》の墓参りに行きたいんだが、付き合ってくれないか？」

ナユタは神妙《しんみょう》に頷《うなず》いた。

その後の車中、二人の間に会話はほとんどなかった。

気まずさゆえの沈黙《ちんもく》ではない。

むしろ逆に、互《たが》いの事情を細かに把握《はあく》しているがゆえの、苦にならない沈黙《ちんもく》だった。

話すべきことを、探すまでもなく——

クレーヴェルの運転する車は、ナユタの兄が眠《ねむ》る霊園《れいえん》へ確実に近づいていった。

§

四角い墓石の前に立《た》ち尽《つ》くし、ナユタはぽつりと呟《つぶや》いた。

「私、ここにはあんまり来ないんです。法事の時くらいしか」

「それでいい。若い身空で墓地に通《かよ》い詰《つ》めるなんてのは、あまりいい趣味《しゅみ》じゃない」

用意してきた線香《せんこう》に火を灯《とも》し、クレーヴェルは墓前に手をあわせた。

彼《かれ》は幽霊《ゆうれい》も霊魂《れいこん》も信じてはいない。だが、故人に対する親愛の情は持ち合わせている。

ナユタは手も合わせず、クレーヴェルの背後に立ち、ぼんやりと春の空を見上げていた。

視界に桜の木はないが、どこか近くで咲《さ》いているのか、散った花弁《はなびら》が周囲にぽつぽつと落ちている。

「……まずは君に、謝《あやま》らないといけない。私は――大地《だいち》を、現実世界に連れて帰ることができなかった」

ナユタがかすかに笑った。表情に覇気《はき》はなく、眸《ひとみ》はややうつろに転じている。

「お兄ちゃん、頑固《がんこ》でしたから。探偵《たんてい》さんがいくら止めても……言うことなんてきかなかったでしょう？」

「……頑固《がんこ》で血気《けつき》盛《さか》んだからこそ、仮に止められるとしたら友人の私しかいなかった。縛《しば》り付《つ》けるなり、罠《わな》にかけて牢屋《ろうや》送りにするなり、方法自体はあったようにも思う。あるいは、あの馬鹿《ばか》な上官を先に失脚《しつきやく》させておけば――」

「……やめてください」

背後で、ナユタがかすれそうな声を絞《しぼ》り出《だ》した。

「お願いですから、やめてください――兄のことは、どうしようもない事故だったんです。今《いま》更《さら》、回避《かいひ》できる可能性があったなんて言われても……そっちのほうが残酷《ざんこく》じゃないですか。せっかく……せっかく〝仕方のないことだったんだ〟って割り切ったのに……」

――事実、仕方のないことではある。

クレーヴェルとて予知能力者ではない。人の運命などわからないし、後から悔《く》やんでどうこうなる問題でもない。

大地《だいち》の死に対して、クレーヴェルとナユタはそれぞれ別の方法で向き合った。

クレーヴェルは、事件の首謀者《しゅぼうしゃ》たる《茅場《かやば》晶彦《あきひこ》》を恨《うら》み、彼《かれ》を憎悪《ぞうお》することで親友の死を復《ふく》讐《しゅう》の対象とした。

一方でナユタは、自身の感情を〝麻痺《まひ》させる〟ことで、肉親の喪失感《そうしつかん》を誤魔化《ごまか》した。

《百八の怪異《かいい》》を少しも恐《おそ》れない彼女《かのじょ》の感性は、半ば壊《こわ》れかけている。怖《こわ》いものを怖《こわ》いと認め、その上で立ち向かうのが勇気だとすれば、怖《こわ》いものを怖《こわ》いと感じられず、日常と同様に受け流してしまうのはただの惰性《だせい》だった。

だが――

そうした惰性《だせい》は時に、精神を守るための麻酔《ますい》ともなる。

ナユタの精神は麻酔《ますい》を必要としていた。

クレーヴェルは深く息を吐《は》き、彼女《かのじょ》に向き直る。

「すまない。無神経なことを言った。だが――私は、大地《だいち》の死を〝仕方のないこと〟で済ませたくはなかったんだ。君にとってはそれでいい。なにせ現場にいなかったわけだから、手出しも口出しもしようがない。だが、私は――現場にいた。彼《かれ》が死んだ戦場に立ち会ったわけではないけれど、少なくとも同じ世界にいて、頻繁《ひんぱん》に会える状態だった。君と私とでは前提条件が違《ちが》う。少なくとも――私には行動の選択肢《せんたくし》があったし、後悔《こうかい》もある」

喪服姿《もふくすがた》のナユタが、じっと探偵《たんてい》を見つめた。

「……行動の選択肢《せんたくし》っていったって……何をどう後悔《こうかい》したところで、今更《いまさら》、結果が変わるわけじゃありません。兄は死んだんです。どんなに考えたところで、生き返ったりはしません」

声は震《ふる》えていた。

彼女《かのじょ》も理性では理解している。ただ、感情の整理が追いついていない。

兄の死後――

彼女《かのじょ》の身に起きたことは、理不尽《りふじん》に過ぎる。

それを断片的《だんぺんてき》にでも知っているからこそ、何もできないことを承知で、クレーヴェルは言わずにはいられない。

「……そうだな。確かに今更《いまさら》、結果は変わらない。死んだ者は生き返らない。おためごかしを言うようで本当は嫌《いや》なんだが――死は誰《だれ》にでも訪《おとず》れる。ヤナギさんも、清文《きよふみ》氏も、そして大地《だいち》や他の人々も、結果として死を迎《むか》えた。私や君だっていずれ寿命《じゅみょう》が尽《つ》きるだろうし、不吉《ふきつ》なことをいえば近日中に不慮《ふりょ》の事故が起きるかもしれない。だからこそ――私は、死ぬ時に後悔《こうかい》しない生き方をしようと決めた。警察をやめて会社を立ち上げたのも、そういう事情だ」

クレーヴェルの言葉に込《こ》められた懺悔《ざんげ》の響《ひび》きを敏感《びんかん》に感じ取り、ナユタが身を強《こわ》ばらせた。

探偵《たんてい》は友人の墓前で淡々《たんたん》と話し続ける。

「フルダイブを前提としたVR技術と周辺環境《かんきょう》は、発展が急速すぎたせいで法整備が遅《おく》れている。警察の今の態勢では介入《かいにゅう》どころか状況《じょうきょう》調査すら難しい。かといって、警察組織に属したままで私がそれを行うのは無理があった。端《はた》から見たらゲームで遊んでいるだけだろうし、特殊《とくしゅ》なケースを除いて、囮捜査《おとりそうさ》も満足に認められていない」

ナユタが曖昧《あいまい》に頷《うなず》く。

このあたりの事情は、警察一家で育った彼女《かのじょ》なら理解していても不思議はない。

「そもそもVR空間をどう扱《あつか》ったらいいのか、今はまだ警察側でも対応に迷っている。さらには《ザ・シード》の拡散以降、非合法のカジノどころか肉体を介《かい》さない売春、脳内麻薬《まやく》の分泌《ぶんぴつ》を促《うなが》す電脳麻薬《でんのうまやく》なんて類《たぐい》の、新機軸《しんきじく》の犯罪も垣間見《かいまみ》えてきた。おまけにテロリストや新興宗教による人材の勧誘《かんゆう》、兵士としての教育、洗脳まで……いずれも反社会的な組織の資金源、人材供給源になり得るが、現行の法整備ではその捜査《そうさ》すら難しい。うちの会社は——そうした犯罪行為《こうい》の情報を警察の代わりに収集し、民間の協力者という形で通報、捜査《そうさ》のサポートにつなげることを裏の目的にしている。この役目にまともな報酬《ほうしゅう》は発生しないから、儲《もう》けは別の業務で出さないとやっていけないけれどね」

ナユタが眉《まゆ》をひそめた。

「警察に失望して……VR空間の自警団をわざわざ立ち上げたってことですか？」

「少し違《ちが》う。自警団は実力行使に出ることもあるだろうが、うちはあくまで情報収集と助言だけのサポート役だ。警察に失望したわけでもない。彼《かれ》らの組織力は頼《たよ》りになる。ただ——私個人が自分勝手な真似《まね》をするには、明らかに向かない居場所だった」

クレーヴェルは眼《め》を伏《ふ》せる。

「……実のところね。これはアインクラッドで、大地《だいち》と冗談《じょうだん》混じりに話していたことなんだ。採用早々、あんな空間に閉じこめられて無断欠勤を重ねて、もしこれで警察をクビになったら自分達《じぶんたち》で会社でも立ち上げようか、って……あの馬鹿野郎《ばかやろう》、肝心《かんじん》の仕事を私に押《お》しつけて、自分はあの世で悠々自適《ゆうゆうじてき》だ。いずれ向こうで文句を言ってやる」

思い出話に区切りをつけて、クレーヴェルは墓前をナユタに譲《ゆず》った。

「——君も彼《かれ》と話すといい。私はこのあたりを一周してくる。帰りがけに近所で昼食といこう」

クレーヴェルは脱《ぬ》いだ背広を肩《かた》に担《かつ》ぎ、振《ふ》り返《かえ》らずに歩き出した。

背後のナユタはおそらく泣いている。

その傍《そば》に寄《よ》り添《そ》う役割を、今は親友に譲《ゆず》り——

探偵《たんてい》は独り、目的地もなく墓石の森に歩を進めた。

§

帰宅した時、ナユタが暮らすワンルームマンションには誰《だれ》の気配もなかった。

高校に近いこの部屋は、卒業までという約束で伯父《おじ》が借りてくれた。

大学はなるべく学生寮《がくせいりょう》のあるところへ進むつもりだが、こればかりは合否に左右される。別の部屋を借りる分には支障ないと伯父《おじ》は言ってくれたが、なるべく手間をかけたくない。

昼食は探偵《たんてい》におごってもらったため、彼女《かのじょ》は喪服《もふく》から部屋着へ着替《きが》えると、浴槽《よくそう》のタイマーだけをセットして、すぐに《アミュスフィア》を装着した。

狭《せま》い部屋で存在感を示すベッドに横たわり、眼《め》を閉じて大きく深呼吸——

やがて脳へ電気信号が伝わり、彼女《かのじょ》の意識は仮想空間へとつながる。

そこは《アスカ・エンパイア》——ではない。

白と黒を基調に整理整頓《せいとん》された、飾《かざ》り気《け》のない見慣れた寝室《しんしつ》である。

ベッドの上に置かれた巨大《きょだい》な黒猫《くろねこ》のぬいぐるみは、子供の頃《ころ》に可愛《かわい》がっていたものだが、本物は古くなって捨ててしまった。

それをずっと後悔《こうかい》していたが、今はこうして仮想空間に再現できている。

壁《かべ》の書棚《しょだな》には、これまでに買った電子書籍《しょせき》を本棚風《ほんだなふう》に詰《つ》め込《こ》んだ。

机に置いたパソコンはＶＲ空間から各種の作業を行うためのもので、クレーヴェルも同じシステムを探偵《たんてい》事務所で使っていた。

コヨミはその存在を知らなかったようだが、《ザ・シード》を快適に使う上ではほぼ必須《ひっす》といってもいい便利なツールとなっている。

ベッドから身を起こしたナユタは、いつものように居間へと移動した。

そこでは父と兄が将棋《しょうぎ》を指している。十回中二回程度は見る光景だった。

「お兄ちゃん、今日は非番？」

ナユタはキーワードを口にする。

「……非番じゃないのに親父《おやじ》と将棋《しょうぎ》なんか指してたらまずいだろ」

兄は呆《あき》れた口調で決まった言葉を返す。

ナユタは寂《さび》しげな微笑《びしょう》とともに、自身が設定したパターンのやりとりを再現していく。

アイランドキッチンから顔を覗《のぞ》かせた母親が、ほがらかな声を寄越《よこ》す。

「非番なのにデートの予定もなくお父さんと将棋《しょうぎ》を指しているのも、それなりにまずいんじゃないかしら？　優里菜《ゆりな》が彼氏《かれし》とか連れてきたらお父さんは卒倒《そっとう》しそうだけど、お兄ちゃんが彼女《かのじょ》を連れてくる分には大歓迎《だいかんげい》よ？」

「……優里菜《ゆりな》。念のために聞くけど、そういう相手はまだいない……よな？」

「いたら貴重な春休みをゲームなんかに費《つい》やしてるわけないだろ。ほら、親父《おやじ》。王手」

「ああっ……お前、そこに桂馬《けいま》はないだろ……うう、飛車と交換《こうかん》か……」

——ナユタは黙《だま》って、動くアルバムのような家族を見つめる。

両親が死んだ時のことを、彼女《かのじょ》はよく憶《おぼ》えていない。

ＳＡＯに囚《とら》われていた兄の死は、長きにわたる心労で疲弊《ひへい》していた両親を、さらなる絶望に叩《たた》き落《お》とした。

兄の葬儀《そうぎ》の準備中、車を運転していた父は憔悴《しょうすい》のあまり、助手席に母を、後部座席にナユタを乗せた状態で大事故を起こした。

父と母は即死《そくし》、ナユタは一命を取り留めたものの、一ヶ月ほど昏睡《こんすい》状態に陥《おちい》り、目が覚めた時にはもう両親の葬儀《そうぎ》も終わった後だった。

久々に会った伯父《おじ》は、ひどくやつれていた。

その前後のことは、本当に何も憶《おぼ》えていない。

——おそらく、脳が現実を拒絶《きょぜつ》していたのだと思う。

両親の死に実感がもてないまま、ナユタは独りになった。

伯父《おじ》の家で暮らすという案もあったが、部屋は足りず年の近い従兄弟《いとこ》もおり、迷惑《めいわく》はかけられなかった。

何より、他の家族の姿を間近で見続けることに、耐《た》えられる気がしなかった。

仮想空間に構築した居間に腰掛《こしか》け、ナユタはぼんやりと、作り物の家族を見つめる。

彼《かれ》らは決まったパターンの受け答えしかしない。ただ、家族の日常会話の多くは、意外にそれで成り立ってしまう。

いってらっしゃい、いってきます、ただいま、おかえりなさい、おはよう、おやすみ、お風《ふ》呂《ろ》がわいた——

母親の台詞《せりふ》を現実空間の風呂《ふろ》のタイマーに連動させたりと、細かな設定も増やしていった。

繰《く》り返《かえ》しではあるが、今ではほぼ以前の日常生活を再現できている。

すべては幽霊《ゆうれい》ですらないただの虚像《きよぞう》――そんなことは、作った本人が一番よくわかっていた。

それでも、もっとも精神的に危《あや》うかった時期、崩《くず》れ落《お》ちそうなナユタをこの空間が支えてくれたことは間違《まちが》いない。

こうして触《ふ》れあえる家族の姿がなければ、彼女《かのじょ》は今頃《いまごろ》、自ら命を絶っていた。

良《よ》し悪《あ》しの問題ではなく、人には逃《に》げ道《みち》が必要な時期がある。

ナユタは眼《め》を閉じ、深呼吸をする。

――クレーヴェルには、この状況《じようきよう》を気づかれたかもしれない。

兄と、そして両親も眠《ねむ》る墓へ連れて行かれた時、ナユタは言外に、〝君の家族はここにいる〟と言われた気がした。

それでいてクレーヴェルは、ナユタを問《と》い詰《つ》めるような真似《まね》はしなかった。

その理由をナユタは考える。

気遣《きづか》いとは違《ちが》う気がする。確信が持てずに誤魔化《ごまか》した、とも思えない。

おそらくナユタ以外にも、《ザ・シード》をこうした用途《ようと》に活用している人々がいるのだろう。

そしてクレーヴェル自身、その是非《ぜひ》を判断しかねている。

健全なこととは言い難《がた》い。しかし、これを必要としている人々が実際にいる。

程度の差はあれ、人は依存《いぞん》する生き物である。

家族に依存《いぞん》し、友人に依存《いそん》し、会社や学校、国家に依存《いそん》し、食料に依存《いぞん》し、空気に依存《いそん》し、地球に依存《いそん》している。

その依存先《いそんさき》の一つに仮想空間が加わっただけのことで、結局は程度問題ということになるのだろう。

居間に設置したタブレット型のツールに、メッセージが届いた。

発信者はコヨミらしい。


【なゆさん、お葬式《そうしき》どうだった？　探偵《たんてい》さんに悪戯《いたずら》されてない？　今日は残業なんだけど、明日の夜あたり、暇《ひま》だったら化《ば》け猫茶屋《ねこぢゃや》で詳《くわ》しい話聞かせて！】


ナユタはくすりと笑《え》みを漏《も》らす。

コヨミの明るさには、これまでも救われてきた。

彼女《かのじょ》はナユタに〝もっと甘《あま》えろ〟と言ったが、本人が気づいていないだけで、ナユタはコヨミにかなり甘《あま》えている。

目に見える形ではないかもしれないが、この事実は否定しようがない。

【もう自宅に戻《もど》りました。探偵《たんてい》さんとはいろいろあったので……詳《くわ》しいことは明日、ゲーム内でお話しします】

兄や家族のことも、今ならコヨミに話せそうな気がした。
メッセージの返信を済ませ、ナユタは眼《め》を閉じる。
——思うところはいろいろある。
仮想空間の家族に、これまで助けられてきたことも間違《まちが》いない。
ただ——いつまでも、このままでいいとも思っていない。
ナユタは大きく深呼吸をして、家族に背を向ける。
（そろそろ……大丈夫《だいじょうぶ》、かな——）
探偵《たんてい》のおかげで、両親と兄の墓参りもできた。
「優里菜《ゆりな》、どこか出かけるの？」
人工知能の母が声を寄越《よこ》した。
「……うん。ちょっとね」
曖昧《あいまい》な返事をしつつ、ナユタは振《ふ》り返《かえ》る。
家族の像が少しぼやけた。

「お母さん、お父さん、お兄ちゃん……私、もうなるべくここには来ないようにするね。ほんとのお母さん達《たち》に、あんまり心配かけるわけにもいかないし――」

タブレット型のツールから、ログアウトのボタンへと指を滑《すべ》らせる。

押《お》す前に少しだけ、逡巡《しゅんじゅん》が生まれた。

輪郭《りんかく》のぼやけた母親が頷《うなず》く。

「……そう。じゃあ、いってらっしゃい。体に気をつけて」

父が気弱げに微笑《ほほえ》む。

「……つらいことがあったら、気楽に戻《もど》ってこいよ」

隣《となり》に歩み寄った兄の大地《だいち》が、躊躇《ためら》うナユタの手を上から押《お》した。

「俺達《おれたち》はいつでも――ここにいるから」

囁《ささや》くような優《やさ》しい声の終わりに、ぷつりと視界が途《と》切《ぎ》れる。

――仮想空間とのリンクが切れ、ナユタはワンルームの小さなベッドで眼《め》を開けた。

窓から差《さ》し込《こ》む夕暮れの日差しが、天井《てんじょう》を鮮《あざ》やかなオレンジ色に染めている。

ぼんやりとした手つきでアミュスフィアを外しながら――

彼女《かのじょ》はしばし、魂《たましい》が抜《ぬ》けたように天井《てんじょう》を見つめていた。

虚像《きょぞう》の家族が発した、最後の言葉――

(……あんな台詞《せりふ》……私……登録、したっけ……?)

登録したなら、忘れるはずはない——にも拘《かか》わらず、心当たりはない。

戸惑《とまど》いが去らないうちに、枕元《まくらもと》で携帯《けいたい》電話が鳴り出した。

着信欄《ちゃくしんらん》にはコヨミの名が表示されている。

「……はい、ナユタです」

『なゆさん! 大丈夫《だいじょうぶ》!? あの化け狐《きつね》に何かされた!?』

開口一番、コヨミの慌《あわ》てふためく声がけたたましく響《ひび》いた。

どうやら先ほどのメッセージで何か勘違《かんちが》いをさせてしまったらしい。

「あ。あの、コヨミさん……」

ナユタの弁解を待たずに、コヨミが電話口でまくし立てる。

『何があったかわかんないけど、私はなゆさんの味方だから! 必要だったら会社すっぽかしてでもそっち行くし、逆にこっち来てくれてもいいし! とにかくなんでも頼《たよ》ってくれていいから、詳《くわ》しい事情を……って、あれ? ……な、なゆさん……? もしかして……泣いてる……?』

——知らず知らず、ナユタの頬《ほお》には涙《なみだ》がつたっていた。

気配を察した電話口のコヨミが、いよいよ慌《あわ》てだす。

『ど、どうしたの!? いったい何が!? 探偵《たんてい》さん沈《しず》めたほうがいい? バラす? 打ち首獄《ごく》門《もん》？　と、とにかく泣きやんで！　あああ電話じゃラチあかねー！　私、会社早退するから、三十分後に化《ば》け猫茶屋《ねこぢゃや》来れる⁉　課長ごめん残業やっぱ無理ぃー！　おうちかえるぅー！』

必死でなだめにかかるコヨミの声を聞きながら、ナユタは今、ようやく〝家族の死〟に向き合いつつあった。

滂沱《ぼうだ》と溢《あふ》れる涙《なみだ》を袖口《そでぐち》で押《お》さえ、声にならない嗚咽《おえつ》を漏《も》らし——

やがて彼女《かのじょ》は、子供のように泣きじゃくりはじめる。

遠い昔に何処《どこ》かで聞いた祭り囃子《ばやし》が、ふと。

ナユタの耳元を、かすめて消えた。

終

あとがき

　この小説の舞台となっている《アスカ・エンパイア》は、マザーズ・ロザリオの中心人物、ユウキが最初にプレイしていたVRMMOです。

　川原《かわはら》先生のSAO本編にはほとんど登場していないマイナーなタイトルではあるのですが、DVDの特典小説『Sisters' Prayer』ではこのゲームを舞台として、ユウキとその姉のランに焦点《しょうてん》が当たり、スリーピングナイツ設立前の一幕《いちまく》が描かれていました。

　今回、執筆《しっぴつ》に至った経緯《けいい》としては、「ザ・シードの拡散《かくさん》に伴《ともな》って世に出た、ALOやGGO以外のゲームを舞台にした一編を書いてみませんか」というお誘いが最初にあり――そこで、「できれば和風ファンタジーの世界観でやりたいです！」と提案したところ、担当氏から「それならちょうどアスカ・エンパイアというタイトルが！」と教えていただき、とんとん拍子に内容が決まっていった次第《しだい》。

　そんなわけで、あまり原作に登場していないゲームなのをいいことに、今回はかなり自由気ままに好き勝手書かせていただいた感があります。なんだかすみません。

　いい感じに監修していただいた川原《かわはら》先生、三木《みき》氏、スタッフの方々に、まずは厚《あつ》く御礼《おれい》を申し上げます。

　こうしたスピンオフ（？）企画に混《ま》ぜていただいたこと自体が初めてだったもので、自分にとっても試行錯誤《さくご》の中、いい経験になりました。特にこれまで、ＶＲＭＭＯ物に興味はあれど書く機会がなかなかなかったもので、こうしてその機会をいただけたことにも感謝しています。

　ついでにマザーズ・ロザリオ編でボロ泣きした自分としては、「スリーピング・ナイツ」に絡むエピソードを書けたことも恐縮《きょうしゅく》ながら嬉しいところで――ネタバレになるのでこのあたりはあまり詳しく書けませんが、諸々《もろもろ》、ありがとうございました。


　また、電撃文庫マガジン掲載時から、素敵《すてき》な挿し絵を描いてくださったぎん太《た》先生にもこの場で御礼を！

　女性キャラの可愛さはもちろん、探偵クレーヴェルの「妖《あや》しい狐《きつね》っぽさ」がなんとも見事な出来映えで、書く側にとっても印象深い登場人物になりました。

　印象深《ぶか》いといえば、コヨミもプロットの時点ではもっとチョイ役になるはずだったのですが――デザインラフが上がってきた瞬間に、ほぼメインキャラへ昇格したような気がします。一話の時点では作中の描写がほとんどなく、デザインもほぼ丸投げ状態だったのですが、いただいたイラストがまさにコヨミそのもので感動物《かんどうもの》でした。こういう瞬間はやはり楽しいです。

さて、世間ではいよいよVR関係の機器《きき》も出揃《でそろ》い始め、さすがにSAOのようなフルダイブは無理としても、今後の発展が気になる状況になってきました。

個人的には、家庭のソファに座ったまま見られるVRプラネタリウムや、車窓《しやそう》の景色《けしき》を眺められる既存《きぞん》の鉄道or銀河鉄道の旅、仰向けに寝た状態からの疑似《ぎじ》スカイダイビングといったゲーム以外のコンテンツにも期待しているのですが、そうはいってもやはりメインはゲームへの活用なはずで、特にホラーゲームとの親和性は高そうだなあと楽しみにしています。

深夜の森を徘徊《はいかい》し、寂《さび》れた神社に迷い込み、鳥居《とりい》をくぐるとその先は——

異界と化した廃《はい》病院に閉じこめられ、脱出を志《こころざ》すも廊下はループし、やがて目の前には異形《いぎよう》の化け物が——

みたいなノリに期待しつつ、いずれVR機器が普及すると、あのディスプレイから手が伸びてきてそのまま使用者の眼球《がんきゆう》を云々、みたいなネタも出てくるのだろうなあと思うと、なにやら微妙な冷や汗を覚えます。やだこわい。

……念のために弁解しておきますが、自分はホラーは嫌いです。ただ「嫌い嫌いも好きのうち」のほうの「嫌い」なので、我ながら距離感が悩ましく、《百八の怪異》みたいなイベントがあったらほいほい飛びつくのは間違いなさそうです。

そんな作者の願望も込めた《アスカ・エンパイア》の一幕——

わずかばかりでも楽しんでいただければ、幸甚に思います。

2016年　秋　渡瀬《わたせ》草一郎《そういちろう》

◉渡瀬草一郎著作リスト

「陰陽ノ京」(電撃文庫)
「陰陽ノ京　巻の二」(同)
「陰陽ノ京　巻の三」(同)
「陰陽ノ京　巻の四」(同)
「陰陽ノ京　巻の五」(同)
「パラサイトムーン　風見鳥の巣」(同)

「輪環の魔導師　闇語りのアルカイン」（同）
「輪環の魔導師2　旅の終わりの森」（同）
「輪環の魔導師3　竜骨の迷宮と黒狼の姫」（同）
「輪環の魔導師4　ハイヤードの竜使い」（同）
「輪環の魔導師5　傀儡の城」（同）
「輪環の魔導師6　賢人達の見る夢」（同）
「輪環の魔導師7　疾風の革命」（同）
「輪環の魔導師8　永き神々の不在」（同）
「輪環の魔導師9　神界の門」（同）
「輪環の魔導師10　輪る神々の物語」（同）
「ストレンジムーン　宝石箱に映る月」（同）
「ストレンジムーン2　月夜に踊る獣の夢」（同）
「ストレンジムーン3　夢達が眠る宝石箱」（同）
「ワールド　エンド　エクリプス　天穹の軍師」（同）
「ソードアート・オンライン　オルタナティブ　クローバーズ・リグレット」（同）
「陰陽ノ京　月風譚　黒方の鬼」（メディアワークス文庫）
「陰陽ノ京　月風譚　弐　雪逢の狼」（同）
「源氏　物の怪語り」（同）

本書に対するご意見、ご感想をお寄せください。

電撃文庫公式ホームページ 読者アンケートフォーム
http://dengekibunko.jp/
※メニューの「読者アンケート」よりお進みください。

ファンレターあて先
〒102-8584 東京都千代田区富士見1-8-19
アスキー・メディアワークス電撃文庫編集部
「渡瀬草一郎先生」係
「ぎん太先生」係

初出

「電撃文庫MAGAZINE Vol.50」(2016年5月号)～
「電撃文庫MAGAZINE Vol.53」(2016年11月号)

文庫収録にあたり、加筆、訂正しています。

電撃文庫

ソードアート・オンライン オルタナティブ
クローバーズ・リグレット

渡瀬草一郎《わたせそういちろう》

2016年11月10日 初版発行
2024年1月20日 4版発行

発行者 山下直久
発行 株式会社KADOKAWA
〒102-8177 東京都千代田区富士見2-13-3
0570-002-301（ナビダイヤル）
装丁者 荻窪裕司（META＋MANIERA）
印刷 株式会社KADOKAWA
製本 株式会社KADOKAWA

ISBN978-4-04-892487-0 C0193 Printed in Japan

電撃文庫 https://dengekibunko.jp/

電撃文庫創刊に際して

文庫は、我が国にとどまらず、世界の書籍の流れのなかで〝小さな巨人〟としての地位を築いてきた。古今東西の名著を、廉価で手に入りやすい形で提供してきたからこそ、人は文庫を自分の師として、また青春の想い出として、語りついできたのである。

その源を、文化的にはドイツのレクラム文庫に求めるにせよ、規模の上でイギリスのペンギンブックスに求めるにせよ、いま文庫は知識人の層の多様化に従って、ますますその意義を大きくしていると言ってよい。

文庫出版の意味するものは、激動の現代のみならず将来にわたって、大きくなることはあっても、小さくなることはないだろう。

「電撃文庫」は、そのように多様化した対象に応え、歴史に耐えうる作品を収録するのはもちろん、新しい世紀を迎えるにあたって、既成の枠をこえる新鮮で強烈なアイ・オープナーたりたい。

その特異さ故に、この存在は、かつて文庫がはじめて出版世界に登場したときと、同じ戸惑いを読書人に与えるかもしれない。

しかし、〈Changing Times,Changing Publishing〉時代は変わって、出版も変わる。時を重ねるなかで、精神の糧として、心の一隅を占めるものとして、次なる文化の担い手の若者たちに確かな評価を得られると信じて、ここに「電撃文庫」を出版する。

1993年6月10日
角川歴彦

電撃文庫DIGEST　11月の新刊

発売日2016年11月10日

新約 とある魔術の禁書目録《インデックス》⑰
【著】鎌池和馬　【イラスト】はいむらきよたか

右手の所有者こそが『王』となる。一〇〇人を超える上里勢力の少女達の心を縛り、木原唯一は上条抹殺を命じた。そして。ここから上条の反撃が始まる。さあ、上里翔流を救え。

ねじ巻き精霊戦記 天鏡のアルデラミンXI
【著】宇野朴人　【イラスト】竜徹　【キャラクター原案】さんば挿

イクタの推挙で登用されたヴァッキェ。相手が女帝であろうと一切の礼を欠きながら接していく無神経ぶりに、シャミーユも徐々に変わっていくのであった——。

新作 ソードアート・オンライン オルタナティブ クローバーズ・リグレット
【著】渡瀬草一郎　【イラスト】ぎん太　【原案・監修】川原 礫

≪スリーピング・ナイツ≫結成前のユウキがプレイしていた和風VRMMO≪アスカ・エンパイア≫に秘められたエピソードを、ファンタジーの旗手・渡瀬草一郎が再創造!

魔王なあの娘と村人A⑪ ～魔王さまと俺たちのグラデュエーション～
【著】ゆうきりん　【イラスト】赤人

竜ヶ峯桜子が、《魔王》の個性を剥奪される……？　そのとき《村人A》こと佐東の選択は——。大長編人気シリーズ『魔王なあの娘』、ついにクライマックス！

安達としまむら7
【著】入間人間　【イラスト】のん

しまむらと付き合うってことは、うーん、まず、い、一緒に登校するとか……でいいんだよね……。何時に迎えに行けばいいのかな。……早く学校始まらないかな。

エルフ嫁と始める異世界領主生活3 —異世界に医者がいると思った？　残念!—
【著】鷲宮だいじん　【イラスト】Nardack

異世界領主となった俺の次なる仕事は医療機関をつくること！　でも傷を癒す神聖魔法の使い手は、イタくしないと力が発揮できない変態だった!?　美羽さん、出番です!!

BabelII —剣の王と崩れゆく言葉—
【著】古宮九時　【イラスト】森沢晴行

魔法大国ファルサスの王・ラルスと謁見した雫は、剣を向けられる。「立ち去るが良い、外部者よ」。王と戦う決意をする雫だが、一方エリクは過去のとある事件を追憶し——。

マギアスブレードII／異世界剣士の科学都市召喚記
【著】一条景明　【イラスト】冬ゆき

魔法剣士クリスは悩んでいた。彼の情報を得ようと現れる〈バグ〉の少女リルカと、対抗する遠羽の板挟みな日々に。だが未来都市へ突如侵食した異世界が、平和な日常を崩壊させて——!?

改版 僕らはどこにも開かない -There are no facts, only interpretations.-
【著】御影瑛路　【イラスト】安倍吉俊

自称“魔法使い”という美しい同級生、『あぁ……人を殺したい』が口癖の友人……。自分がないはずの僕は、やがて狂気の世界へ……。改訂新装版で登場！

新作 ディエゴの巨神
【著】和ヶ原聡司　【イラスト】黒銀

陰陽術を操る青年ディエゴと、森を守る巨神タンカムイを駆る娘ローゼンが紡ぐ、巨神と黄金郷を巡る壮大なファンタジー。『はたらく魔王さま!』の和ヶ原聡司、新作始動!

新作 幸せ二世帯同居計画 ～妖精さんのお話～
【著】五十嵐雄策　【イラスト】フライ

とある事情により家を失った俺たち兄妹は、“妖精さん”として同級生の家にこっそり移住することになって——!?　同居から始まる、ハートフルストーリー開幕！

新作 混沌とした異世界さんサイドにも問題があるのでは？
【著】旭 蓑雄　【イラスト】紅緒

「うわーん、もうお嫁に行けないぃぃ!」異世界に来るなり遭遇したのは、尻尾を失って人の姿となったラミア種の少女オメガ。責任を取れと因縁をつけられた創真の運命は……。

新作 ご近所の殴りクレリック 戦鬼ウルスラの後悔
【著】奇水　【イラスト】鍋島テツヒロ

戦争が終わり無職になった流浪の剣匠アルナルド。仕事を求めて渡った新大陸で出会った修道女は……戦場を恐怖に陥れた「戦鬼」ウルスラで!?　物理無双の殴りクレリックが通る！

新作 モテなさすぎた俺は、とうとう人形に手を出した
【著】手水鉢直樹　【イラスト】U35

モテたいなら人形を作ればいいじゃない。偉い人はこんなこと言わないが、エロい人＝土属性で死霊術師の高校生・泥ケ崎洋は作り出してしまった、「俺の嫁」となる美少女ゴーレムを……。

全ての恋愛は幻想である!?
リア充爆発アンチラブコメ!
「恋愛を放棄せよ! すべての恋愛感情は幻想である!」そんな彼女の演説に感銘を受けた平凡な高校生・高砂は、彼女・領家薫が議長を務める“反恋愛主義青年同盟部”の活動に参加するが——。
いでおろーぐ!
ideologue!
第21回電撃小説大賞
銀賞
椎田十三
イラスト◆憂姫はぐれ
電撃文庫

魂が震える
壮大なる本格ファンタジー戦記！
戦争嫌いで
怠け者で
女好き。
そんな少年イクタが、
のちに名将とまで
呼ばれる軍人になろうとは、
このときは誰も
予想していなかった——。
宇野朴人
Uno Bokuto
Illustration 竜徹
キャラクター原案 さんば挿
絶賛
発売中
ねじ巻き精霊戦記
天鏡のアルデラミン
Alderamin on the Sky
電撃文庫

〝行商人〟と〝賢狼〟の旅を描いた
剣も魔法も登場しない、経済ファンタジー。
狼と香辛料
支倉凍砂
イラスト／文倉十
行商人ロレンスが旅の途中に出会ったのは、狼の耳と尻尾を有した
美しい娘ホロだった。彼女は、ロレンスに
生まれ故郷のヨイツへの道案内を頼むのだが――。
電撃文庫

『狼と香辛料』新シリーズ！
主人公はホロとロレンスの娘ミューリ!!
新説　狼と香辛料
狼と羊皮紙
支倉凍砂
イラスト／文倉十
青年コルは聖職者を志し、ロレンスが営む湯屋を旅立つ。
そんなコルの荷物には、狼の耳と尻尾を持つミューリが潜んでおり!?
『狼』と『羊皮紙』。いつの日にか世界を変える、
二人の旅物語が始まる──。
電撃文庫

はたらく魔王さま!
Satoshi Wagahara
Illustration ■ Oniku
和ケ原聡司
イラスト■029
魔王城は六畳一間!?
フリーター魔王さまの庶民派ファンタジー!
世界征服間近だった魔王が、勇者に敗れて辿り着いた先は、異世界"東京"だった!?
六畳一間のアパートを仮の魔王城に、フリーターとして働く魔王の明日はどっちだ!!
電撃文庫

DENGEKI BUNKO